平成28年 熊本地震

震災万葉集

くまもと文学・歴史館 編

出版に当たって

くまもと文学・歴史館長　服部英雄

わたしたちは平成二八年四月一四日と一六日の二度、震度7クラスの超大型地震を体験しました。尊い命をなくされた方もおられます。家屋財産を失った方もおられます。あの日を境に、私たちは変わらざるを得ませんでした。

一年九ヶ月を経過したいま、目に見えて復興がなしとげられています。眼前いたるところにあった地獄のような光景は消えていきました。むろん家屋が取り去られたあとも、大半は更地のままでしょう。それでも近い将来には、以前と同じような家屋が建てられて、多くの方が元通りの生活に戻っていかれることと思います。だが、わたしたちには地震の記憶がなくなることはありません。

あの激動の時間だからこそ、ほとばしり出た言葉の数々。それを記録したいと考えました。そんな思いから、当館にて熊本震災に関わる文芸作品を平成二八年一一月二一日から平成二九年三月一七日にかけて公募しましたところ、短期の募集期間であったにもかかわらず、応募作品数総数四、二二四点という、想定よりもはるかに多くの数の寄稿をいただくことができました。

また震災復興の趣旨から、著名文学者の方々より励ましの色紙をいただくことができました。

当館では平成二九年四月一四日から五月一九日まで企画展「震災の記憶と復興エール」を開催し、震災万葉集のすべての作品および寄稿いただいた文学者の色紙（「生まれいづる文学」）を展示することができました。きわめて好評で新聞やテレビでも報道していただくことができました。ただし応募くださった多数の作品を、限定された期間・空間にて展示することになりましたから、ゆっくりと手に取ることができる公刊を望む声が会場内外から聞かれました。わたしたちも企画の趣意から、公刊できる道を模索してまいりました。

このたび「震災万葉集」著作物の利用規定を定めました結果、出版業務を担当する花書院より利用申請があり、その協力により、ここに刊行に至ることができました。刊行に当たってはマスコミ関係からも寄稿をいただいております。

本書の刊行によって、「震災万葉集」の各作品ならびに「生まれいづる文学」が多くの方に読まれること、あの時間を文学を通じて追体験していただき、世界各地では日常のように頻発している地震の恐ろしさを、広く各地に、また後世に伝えていくことができれば、これ以上の喜びはありません。

〔凡　例〕

一、これはくまもと文学・歴史館が、平成二八年熊本地震をきっかけに生まれた言葉を広くあつめることを目的として、平成二八年一一月二一日から平成二九年三月一七日まで募集した「震災万葉集」である。

一、本集作成の方針により、基本的に原文を尊重した。なお、明らかな誤記については、訂正した箇所がある。

一、既刊行物に発表ずみの作品については、本集に採録しなかったものもある。

一、配列は俳句、短歌、川柳、漢詩、五行歌、詩歌、肥後狂句、随筆などの順とした。個人を前に、会・結社は、その後に配置し、五十音順とした。重複作品がある場合は、個人としての投稿を採用したが、会・結社の投稿方針が明確な場合、例えば一人三作品で統一されているなどの場合は、会・結社投稿分を採用した。

一、児童の作品のうち五七五からなる標語ふうの作品は川柳として扱った。

一、投稿者の作品は、原則として全員分を掲載しているが、多量の投稿者の作品については、一部割愛したものもある。また、震災に直接関係しないと考えられるものも同様とした。

一、くまもと文学・歴史館で平成二九年四月一六日から平成二九年五月二九日まで開催した企画展「震災の記憶と復興エール」において展示した全国より寄せられた文学者らの色紙等のうち、掲載許可が下りた四三名、四八作品を掲載した。

応募作品数　　総作品数四、二一四点　　応募件数（郵送・窓口受付・メールの件数）のべ三二六件

俳句六八五点　　短歌一、三八七点　　川柳八六七点　　漢詩二四点　　五行歌一四七点　　詩歌三三点

肥後狂句一、〇三三点　　随筆など三八点

掲載作品数　　総数三、二二六点　　作者数のべ九四五名（文学者による色紙等を含まない）

俳句六五三点　　短歌一、一七二点　　川柳四八四点　　漢詩二四点　　五行歌一四七点　　詩歌二〇点

肥後狂句七〇一点　　随筆など二五点

目次

出版に当たって
熊本地震記録「震災万葉集」募集要項 …… 2
復興エール　色紙など …… 5
俳　句 …… 15
短　歌 …… 33
川　柳 …… 81
漢　詩 …… 97
五行歌 …… 107
詩　歌 …… 121
肥後狂句 …… 133
随筆など …… 155
〔報道機関取材記事〕 …… 187

熊本地震記録「震災万葉集」募集要項

1　趣　　旨

　くまもと文学・歴史館では、くまもと震災の記憶を現代に、また後世に伝えるめ、震災に関連する文学作品を広く集め、当館で保存し、活用したいと考えます。

　震災でわたしたちは萎える心がまさりがちであったけれど、反面、逆境に負けない、強い気持ちがわき上がることも感じ取っています。今のこの時期に県民の皆様に広く作品を募集することで、天変地異を体験し、日常とは異なる生活を余儀なくされたことからしか生まれてこない作品が作られるものと考えます。

　熊本地震を表現したものを県民より収集した作品集「震災万葉集」を作ることで、今後の郷土熊本の復旧・復興において、互いを励まし合う言葉と心の共有を深めていきたいと考えております。

2　主　　催

　くまもと文学・歴史館

3　後　　援

　熊本日日新聞社　熊本県文化協会　熊本県公民館連合会

4　応募資格

　特に問いません。どなたでも自由に応募できます。

5　作品のテーマ

　平成28年（2016）４月熊本地震

6　作品の種類・様式

　短歌・俳句・詩・川柳・肥後狂句・散文・随筆・その他文学作品

　（＊解説がある場合はそれを含む）

　作品は既発表・未発表を問わず、原則として当館による公開が可能であることが条件となります（公開にあたって、使用許諾が得られることを意味します）

　ペンネームの方は（　）内に本名も併記ください。

　散文・随筆は1200字以内とします。

　肥後狂句について、新たに作成される場合は傘に「のさん」または「たまがった」を使い、12句以内でご提出下さい。

　代表者によるグループ（学校、同人、社中、同好会等）応募もできます。その場合、代表者名とグループ名、各作品の作者名を明記ください。

7　応募の方法・提出方法

原則としてＥメールでお願いします。

アドレス　manyo@library.pref.kumamoto.jp

Ｅメールの件名に「震災万葉集」とご提出のジャンル（短歌・俳句・詩・川柳・肥後狂句・散文・随筆・その他）をご記入ください。

Ｅメール送付が難しい場合には、郵送もできます。作品をくまもと文学・歴史館学芸調査課に郵送ないしご持参ください。作品は館で所蔵し、返却は致しません。ファクシミリによる提出は受付ておりません。

8　募集期間

平成28年11月21日（月）から平成29年３月17日（金）まで。

9　応 募 料

無　料

10　作品の発表および公開

第一段階として、来年４月に当館が予定している震災をテーマにした展示会における一部作品のパネル展示を行います。その際に、それまでの中間発表として作品をマスコミに提供することがあります。

第二段階がインターネット・ホームページによる発信とします。

第三段階として印刷物の作成を検討します。

なお、公開は、当館にて公開が妥当と判断したものを対象とします。

11　留意事項

応募作品の著作権は、作品執筆者本人に帰属しますが、今回の応募により、作品の使用許諾をくまもと文学・歴史館が得たものとします。当館における展示、メディアにおける広報目的での使用、ＨＰ等でのインターネット上での使用、および、将来的な印刷物作成を含めての許諾を含むものとします。なお著作権の関係あるいは作品の内容から、保存のみを希望される方、あるいは当面は公開を保留し、将来的な公表を希望される方はその旨と理由を明記願います（その場合は保存対象とするにとどめ、当面公開対象にはしません）

12　提出先および問い合わせ先

くまもと文学・歴史館　熊本県立図書館学芸調査課

〒862-8612 熊本市中央区出水２丁目５番１号

TEL：(096) 384-5000

「震災万葉集」作品募集

あの日のことを言葉のバトンに

くまもと文学・歴史館では、くまもと震災の記憶を現代に、また後世に伝えるため、震災に関連する文学作品を広く集め、当館で保存し活用します。県民の皆様より収集した「震災万葉集」を作ることで、今後の郷土・熊本の復旧・復興において、互いを励まし合う言葉と心の共有を深めていきたいと考えております。

作品の種類　短歌・俳句・詩・川柳・肥後狂句・散文・随筆など（既発表含）

応募期間　平成28年11月21日（月）～平成29年3月17日（金）

主催　くまもと文学・歴史館
後援　熊本県文化協会　熊本日日新聞社
　　　熊本県公民館連合会

お問合せ　くまもと文学・歴史館
電話　096-384-5000
住所　〒862-8612
熊本市中央区出水2-5-1

応募方法　　原則としてEメールでお願いします。

アドレス　manyo@library.pref.kumamoto.jp
作品は本文に記入か、添付して下さい。ペンネームの方は（　）内に氏名も併記下さい。件名に「震災万葉集」と作品の種類を明記して下さい。その他の提出方法も可能です。
詳しい募集要項は熊本県立図書館HPからダウンロードできます。

全国の文学者らからの復興エール

企画展「震災の記憶と復興エール」開催にあたって、全国から県民への励ましに、色紙などを寄贈いただきました。

阿木津 英（歌人）

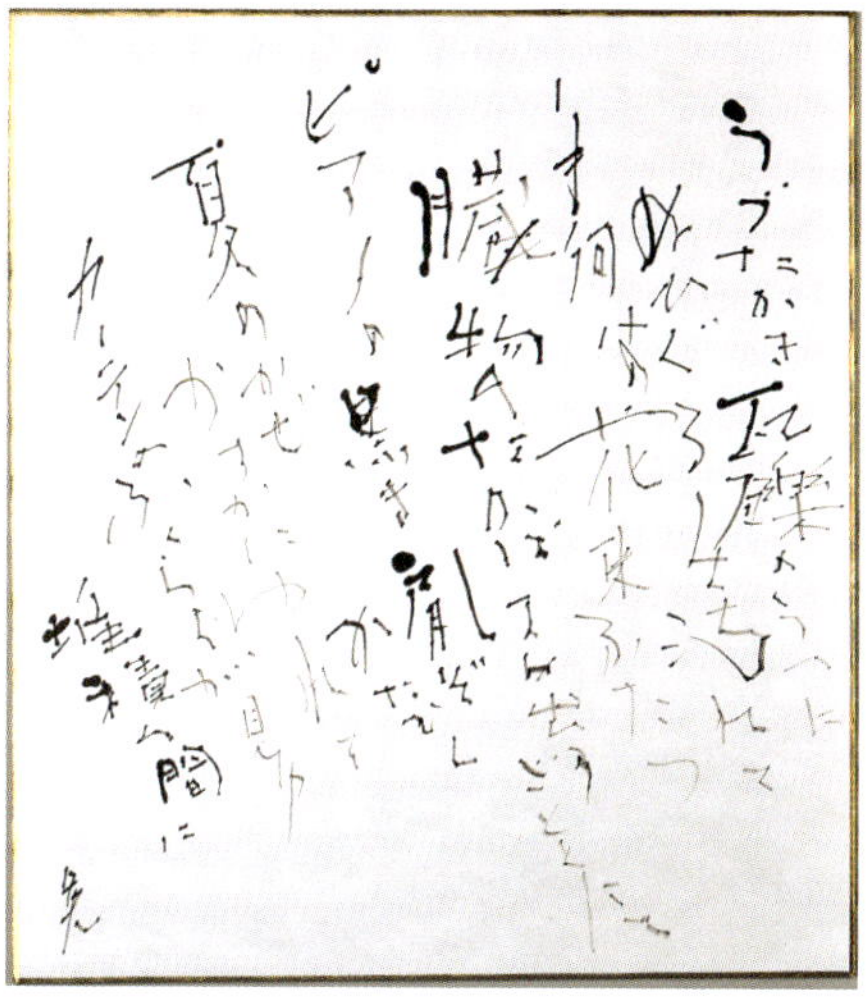

新井 高子（詩人・編集者）

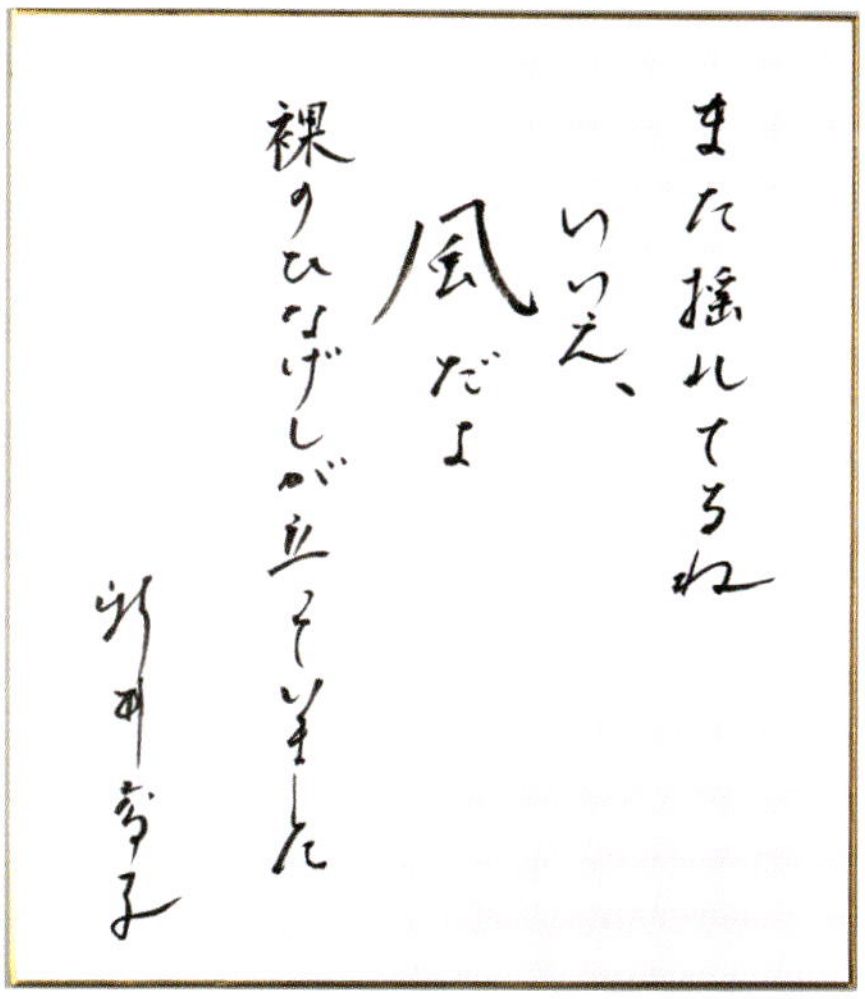
また揺れてるね
いいえ、
風だよ
裸のひなげしが立っていました
新井高子

伊藤比呂美（詩人）

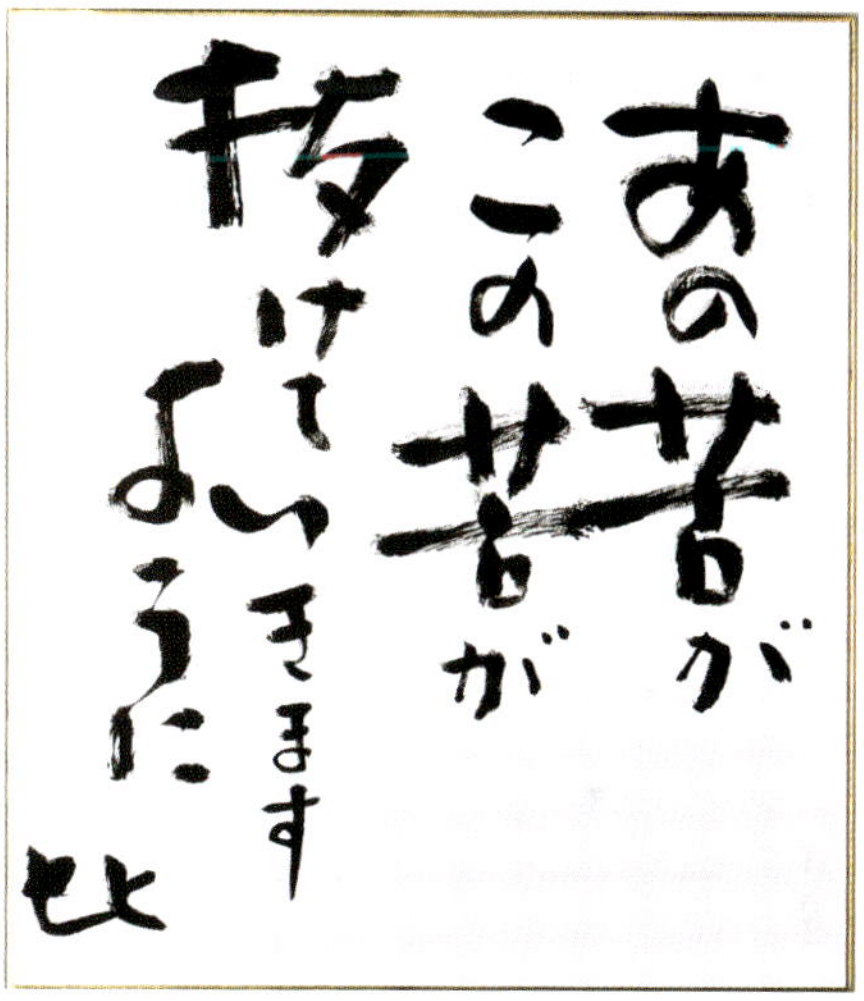
あの苦が
この苦が
抜けていきます
ように
比

岩岡 中正（俳人）

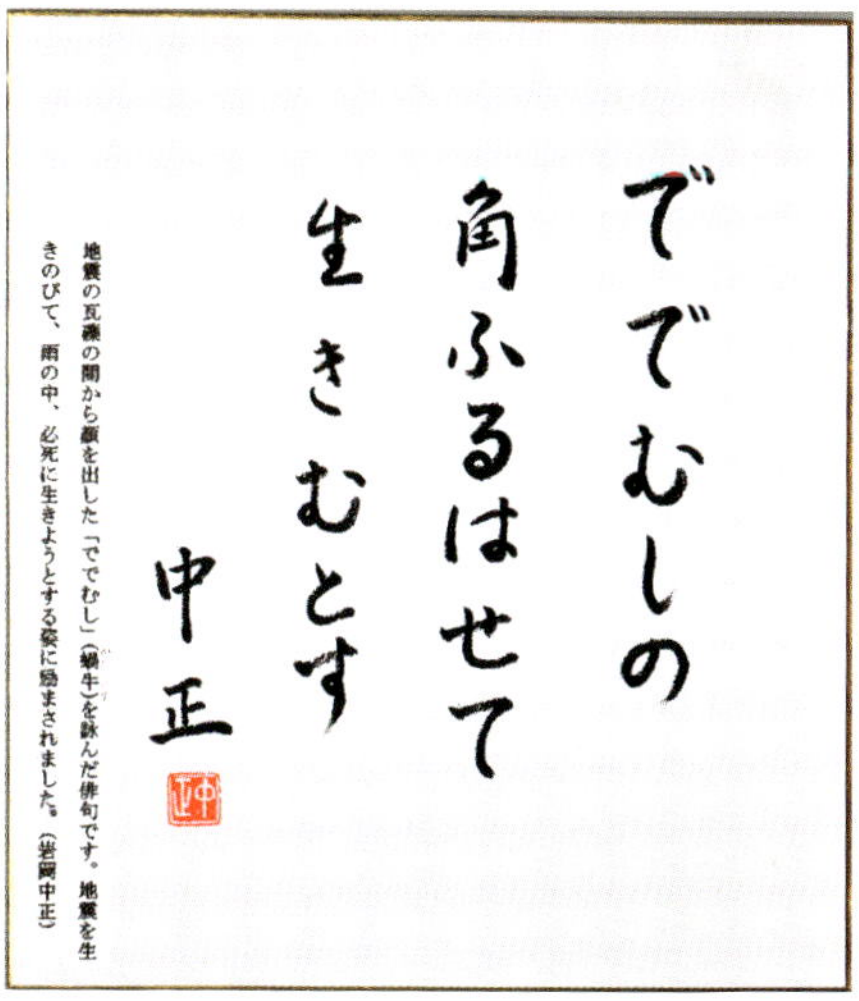
でで虫の
角ふるはせて
生きむとす
中正
地震の瓦礫の間から顔を出した「ででむし」（蝸牛）を詠んだ俳句です。地震を生きのびて、雨の中、必死に生きようとする姿に励まされました。（岩岡中正）

上野千鶴子（社会学者・評論家）

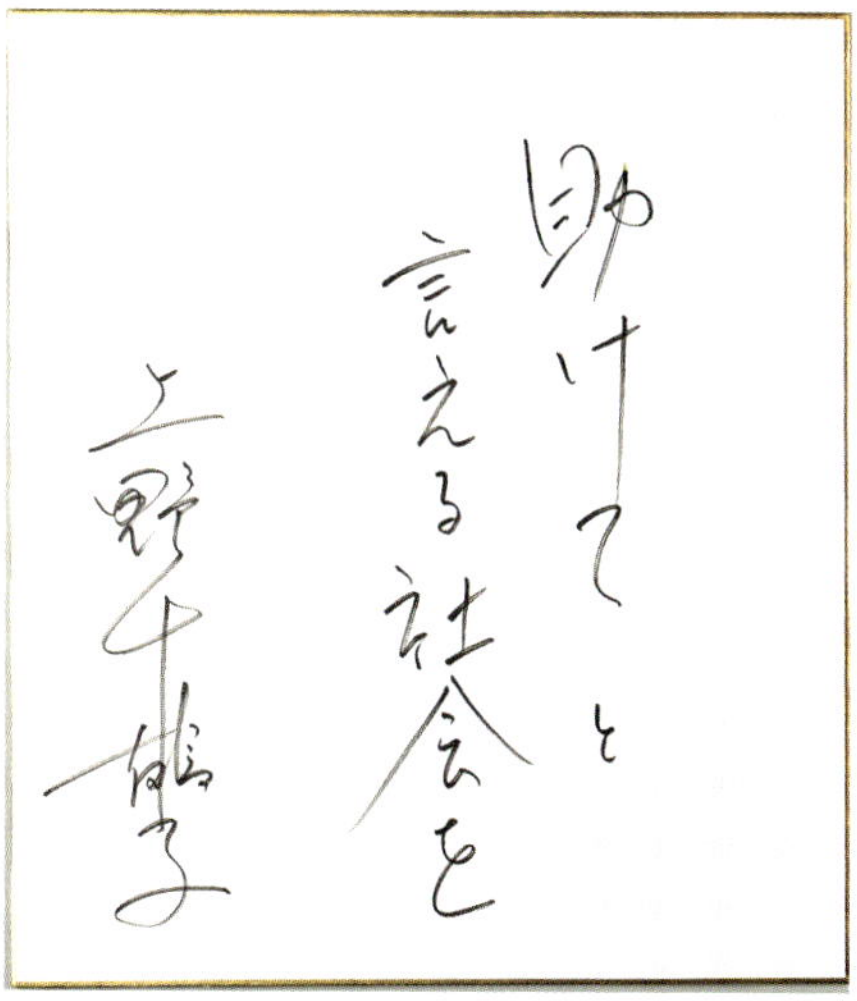
助けてと
言える社会を
上野千鶴子

海猫沢めろん（作家）

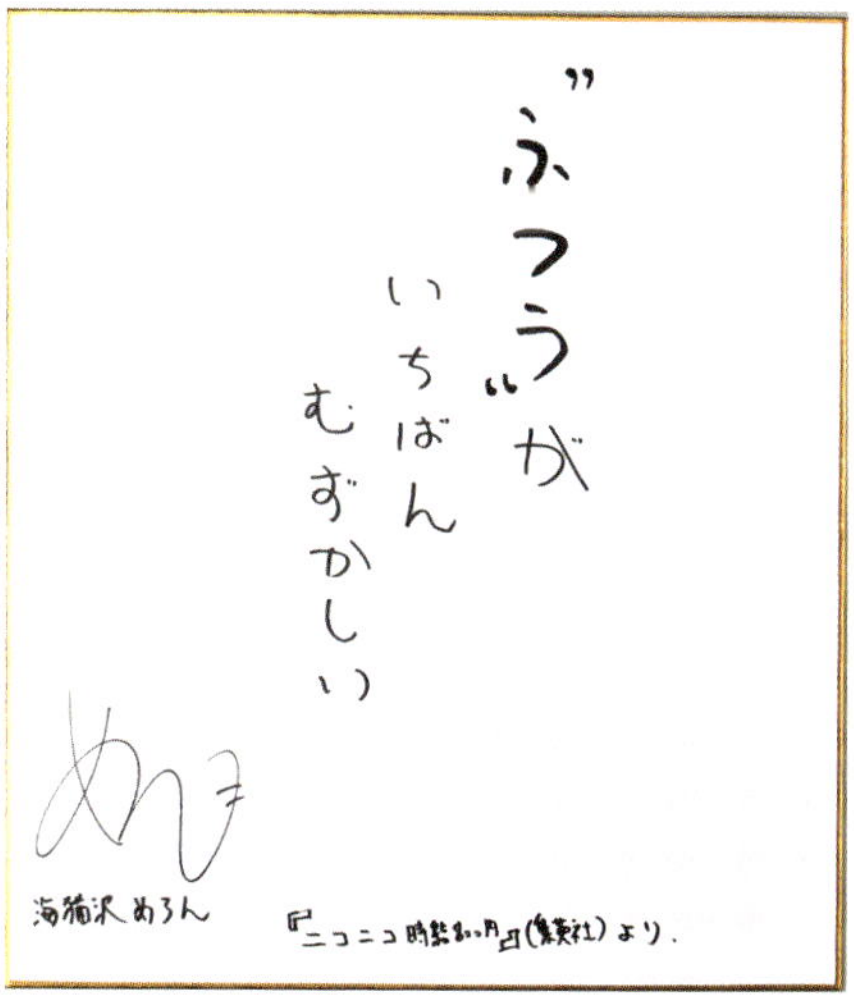
"ふつう"が
いちばん
むずかしい
めろん
海猫沢めろん
『ニコニコ時給800円』（集英社）より。

石牟礼道子（作家・歌人）

花を奉るの辞

春風萠すといえども　われら人類
の劫塵いまや累なりて　三界いわ
ん方なく昏し　まなこを沈めて
わずかに日々を忍ぶに　なにに誘
なわるるにや　虚空はるかに一連
の花　まさに咲かんとするを聴く
ひとひらの花弁　彼方に身じろぐ
を　まぼろしの如くに視れば　常世
なる仄明りを　花その懐に抱けり
常世の仄明りとは　この界にあけし
こよなき闇の謂にして　われら世々
の悲願をあらわせり　かの一輪を
拝受して　今日の仏に奉らんとす
花や何　ひとそれぞれの涙のし
ずくに洗われて咲きいづるなり
花やまた何　亡き人を偲ぶよすが
を探さんとするに　声に出せぬ胸底の
想いあり　そを取りて花となし
み灯りにせんとや願う　灯らんと
して消ゆる言の葉といえども　いずれ

大塚ムネト（劇作家）

岡田　利規（劇作家）

未来

岡田利規

覚　和歌子（作詞家）

粉々に砕かれた
鏡の上にも
新しい景色は
映される
―「いつも何度でも」より
覚和歌子

梶尾　真治（作家）

地球に生命が誕生してから、五回の大量絶滅を
経験したという痕跡が発見されています。災厄の原因は
さまざまですが二六〇〇万年毎に起っています。一握みの種が生き残り
進化を遂げ繁栄し、次の大量絶滅を迎える……。
もし次の大量絶滅が起れば、原因は何であれ、人類は地上から
いなくなるでしょう。受入れるしかありません。
そんな不安に脅えるよりも、私は熊本地震でダメージを受けた
今の自分に、とりあえず何ができるのか！を考えて、動き、生きて
いきたいと思っています。失った、もののかたちの方はまだまだ
ですが、自分の気持の方は復旧させましたよ！

梶尾真治

2017.3.09.

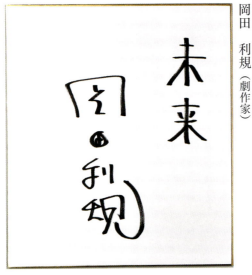

冥途の風の中にて　おのおのひとり
ゆくときの花あかりなるを
この世を有縁といゝあるいは無縁とも
いう　その境界にありて　ただ
夢のごとくなるも花
かえりみれば　いま目前の御彌堂にお
わす仏の御形　かりそめのみ姿なれど
もおろそかならず　なんとなれ
ば亡き人々の思い来たりては離れゆ
く虚空の思惟像なればなり　しかる
がゆえに　われら　この空しきを礼拝
す　然して空しとは云わず
おん前にありて　ただ遠く念仏したてま
つる人びとをこそ　まことの仏と念う
ゆえなればなり
宗祖ご上人のみ心の意を体せば　現世
はいよいよ地獄とや云わん　虚無とや云
わん　ただ滅亡の世迫るを共に住むのみ
か　こころ許いて　われらなお地上に
ひらく一輪の花の力を念じて
合掌す

昭和五十九年四月二日

石牟礼道子

鹿子　裕文（編集者）

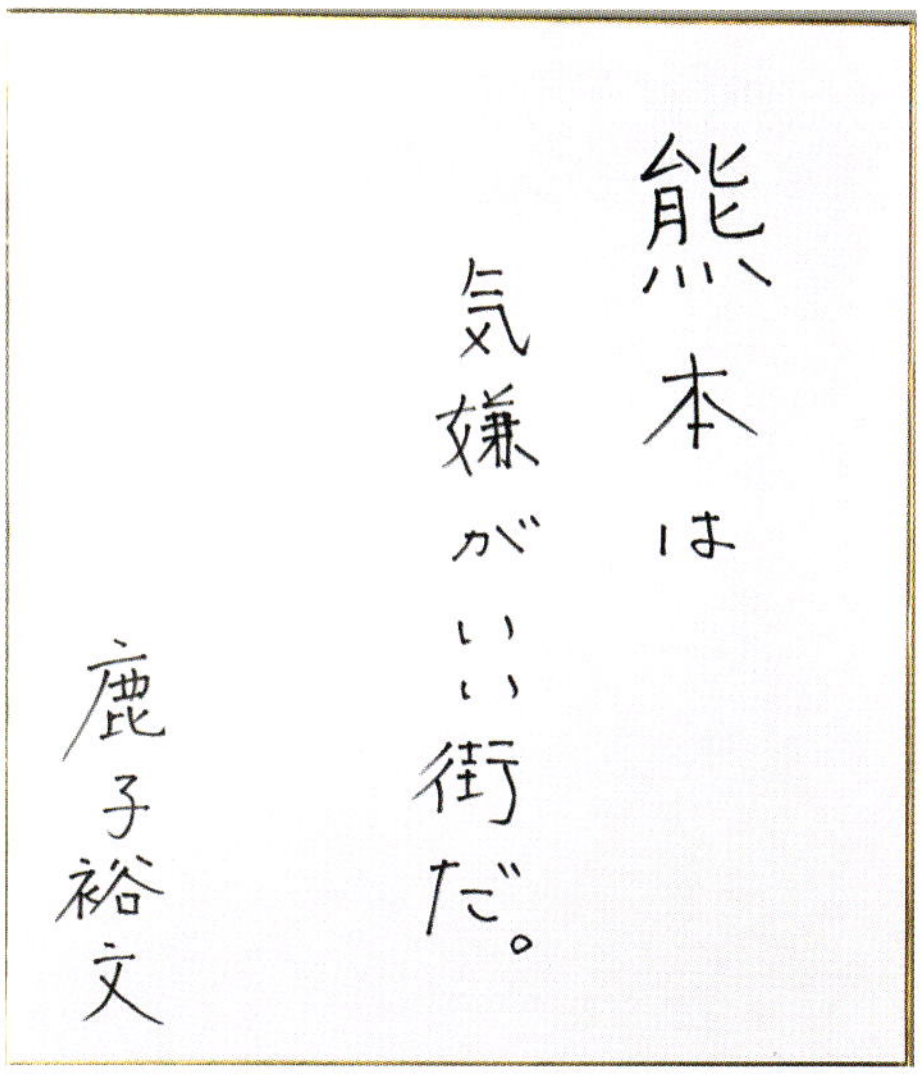
熊本は
気嫌がいい街だ。
鹿子裕文

川内　倫子（写真家）

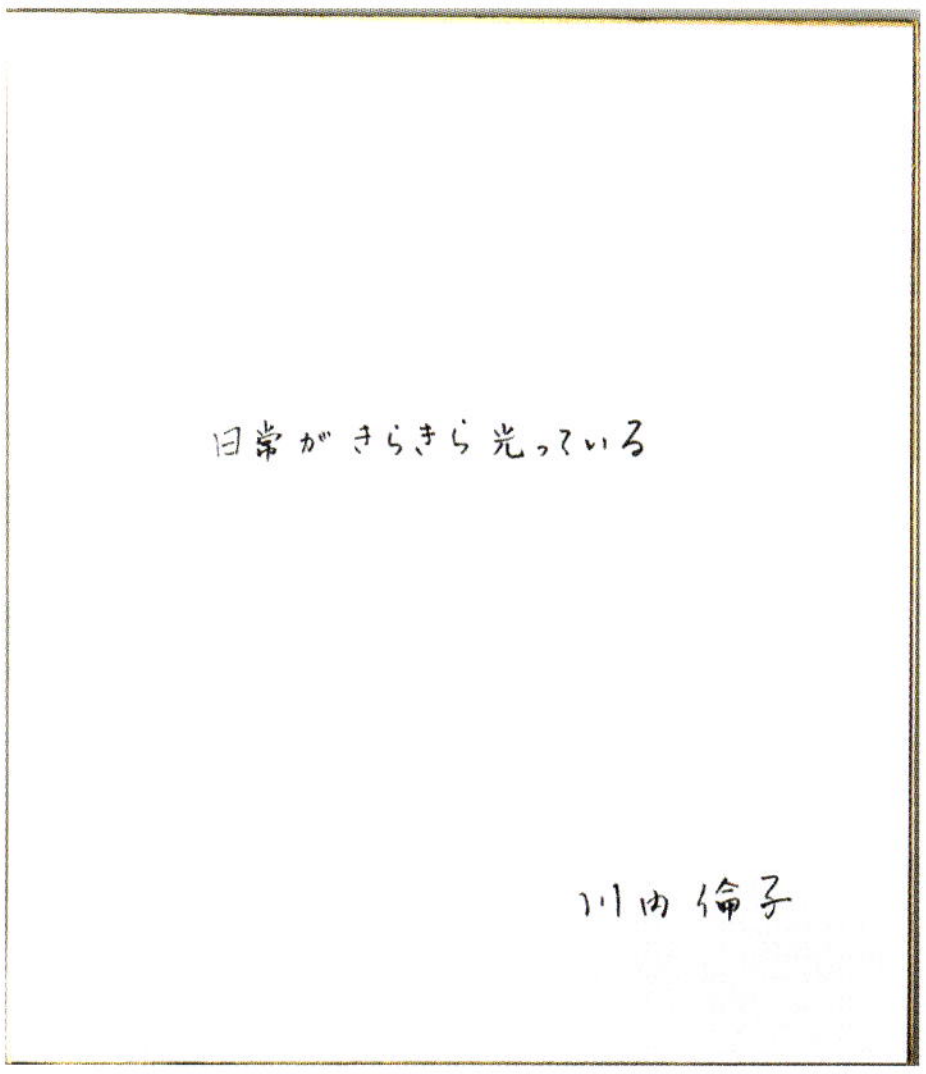
日常がきらきら光っている
川内倫子

姜　尚中（作家・熊本県立劇場館長）

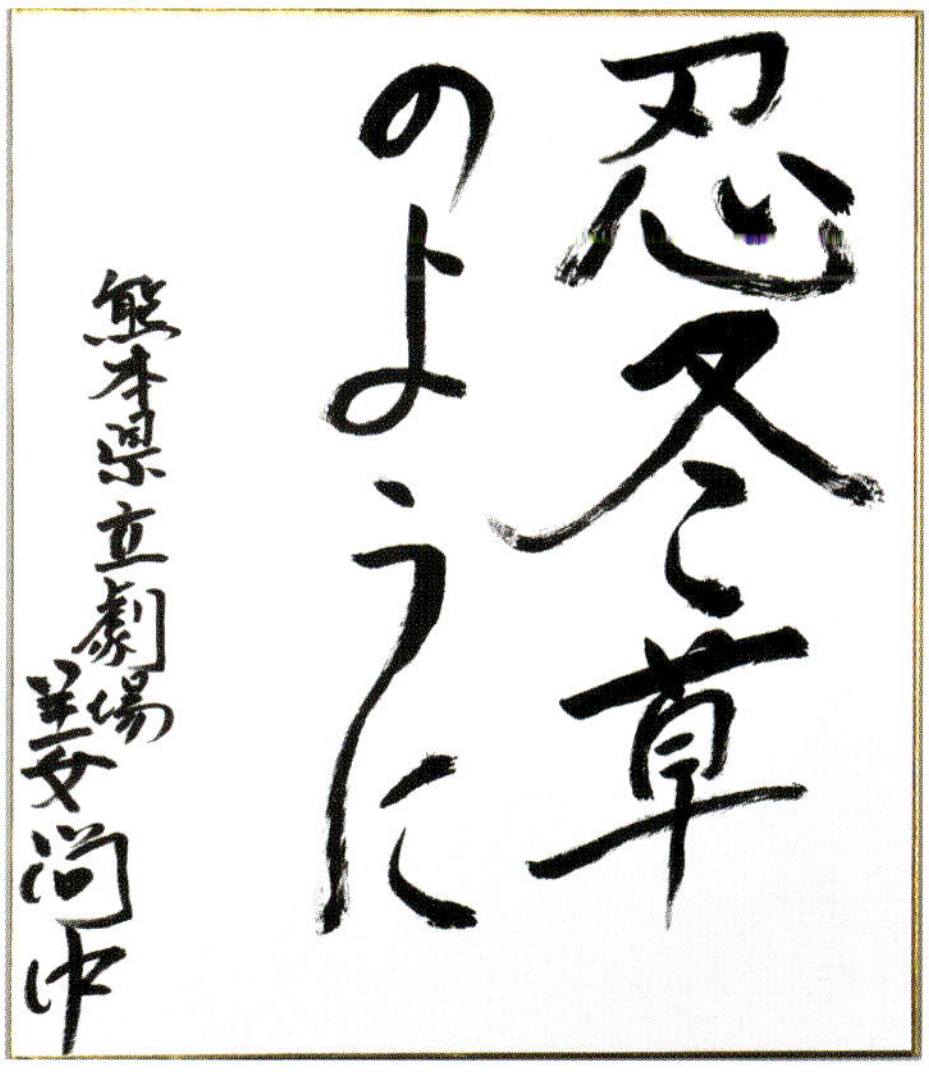
忍冬草のように
熊本県立劇場
姜尚中

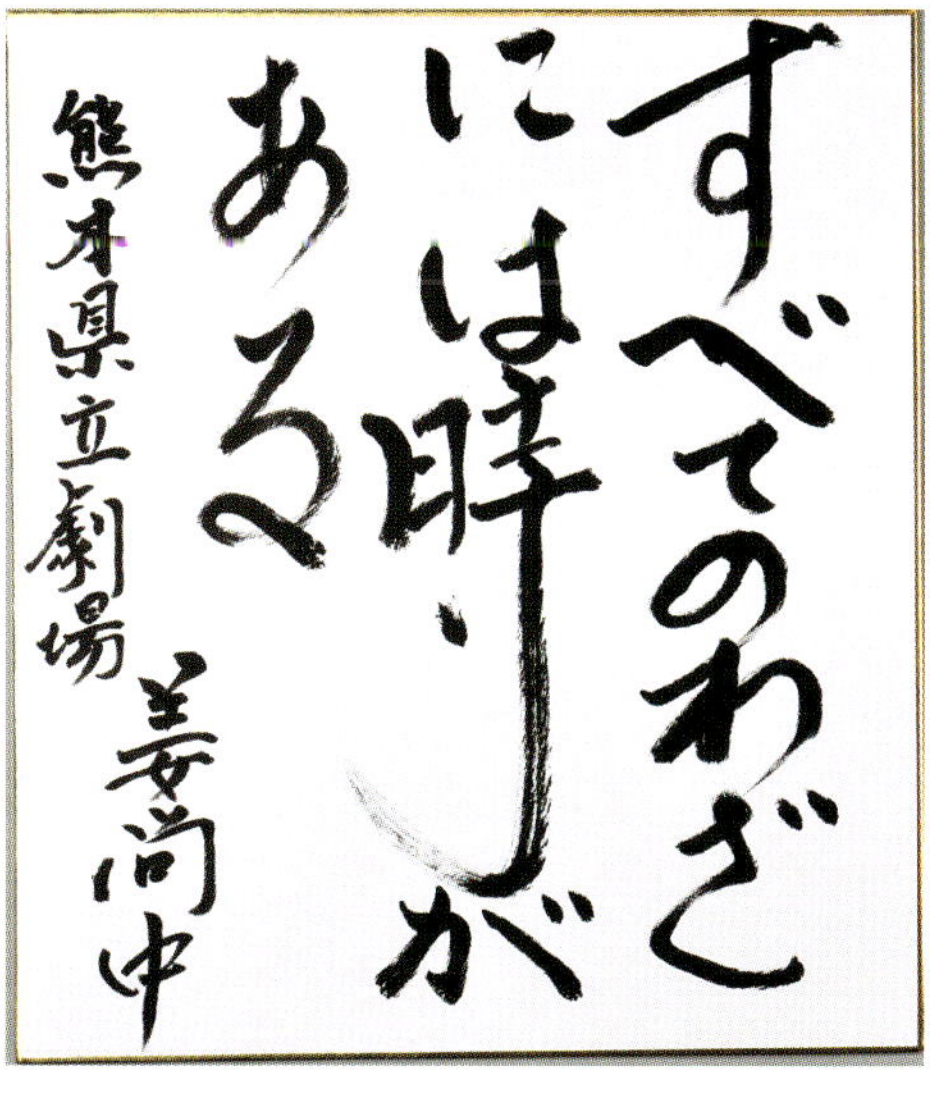
すべてのわざには時がある
熊本県立劇場
姜尚中

木村　友祐（作家）

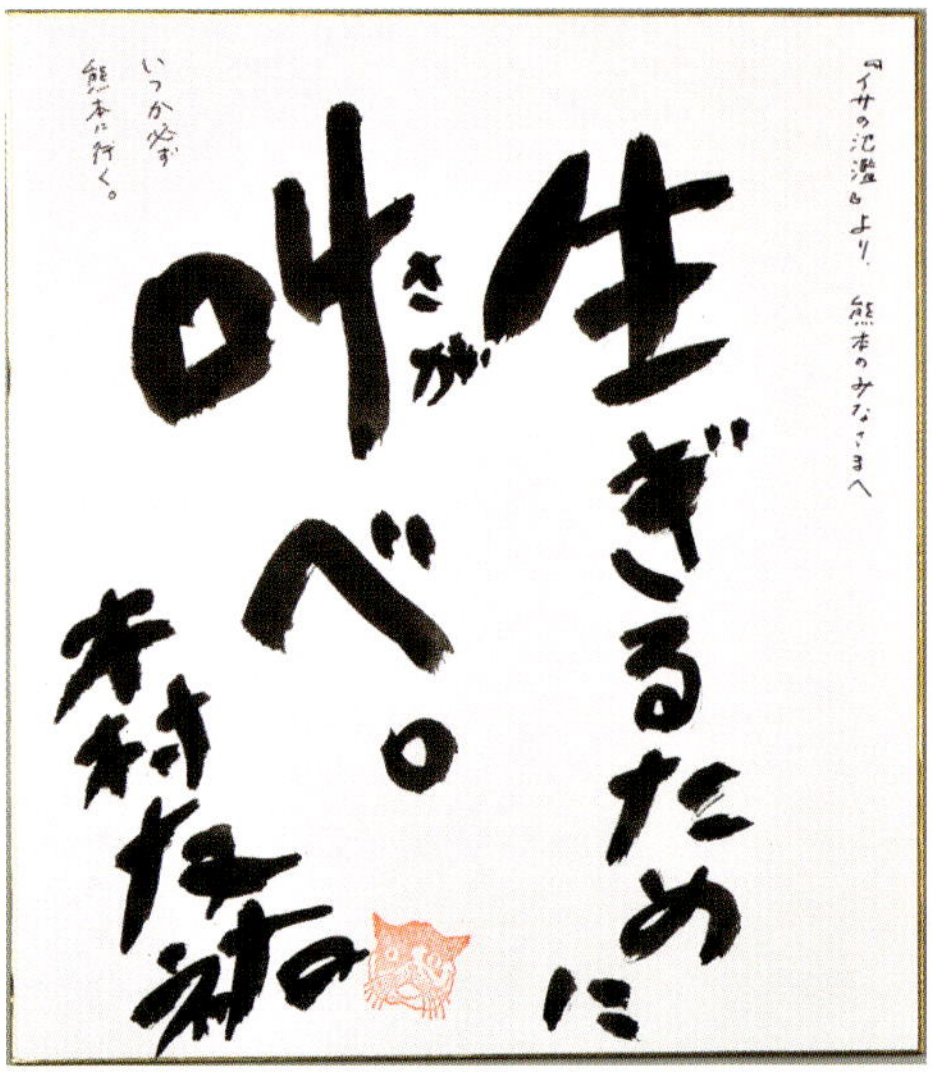
『イサの氾濫』より　熊本のみなさまへ
いつか必ず熊本に行く。
生きるために叫《さけ》べ。
木村友祐

姜　信子（作家）

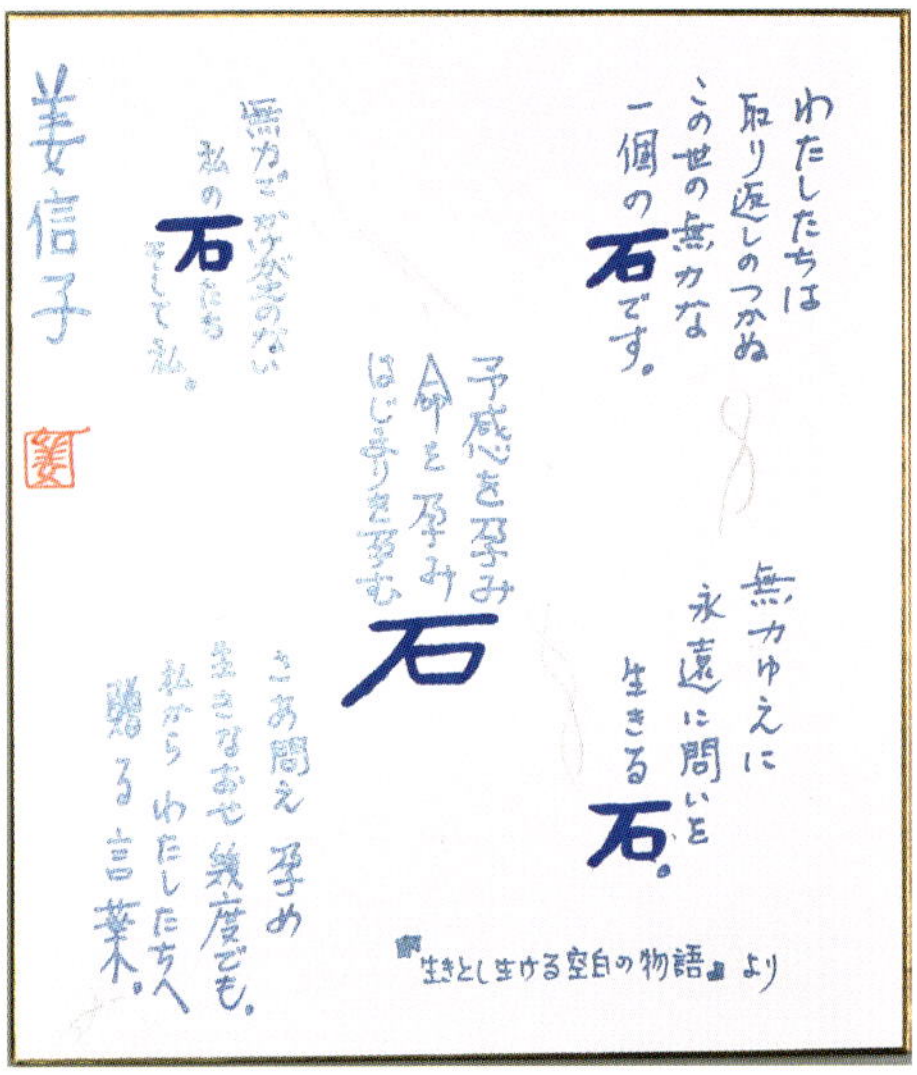
わたしたちは
取り返しのつかぬ
この世の無力な
一個の石です。
無力ゆえに
永遠に問いを
生きる石。
予感を孕み
命を孕み
はじまりを孕む
石
無力でかけがえのない
私の石たち
そして私。
さあ問え　孕め
生きなおせ　幾度でも
私から　わたしたちへ
贈る言葉。
『生きとし生ける空白の物語』より
姜信子

佐々木幹郎（詩人）

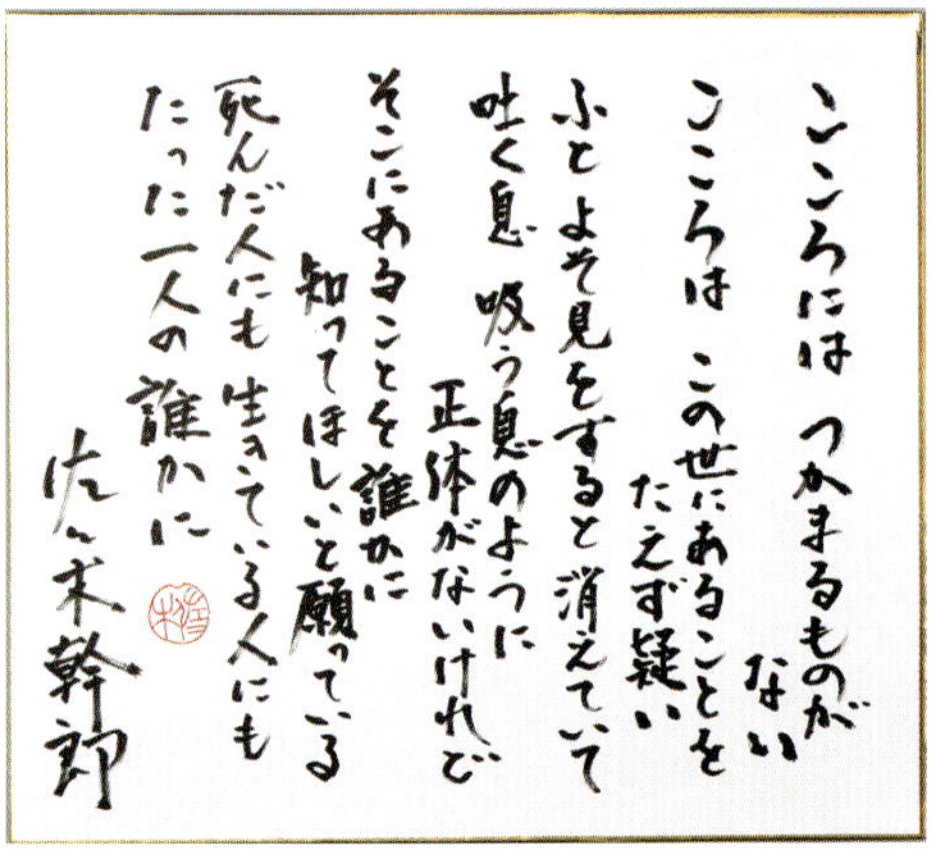
こころには　つかまるものが
ない
こころは　この世にあることを
たえず疑い
ふとよそ見をすると　消えていて
吐く息　吸う息のように
正体がないけれど
そこにあることを誰かに
知ってほしいと願っている
死んだ人にも　生きている人にも
たった一人の誰かに
佐々木幹郎

ジェフリー・アングルス（詩人）

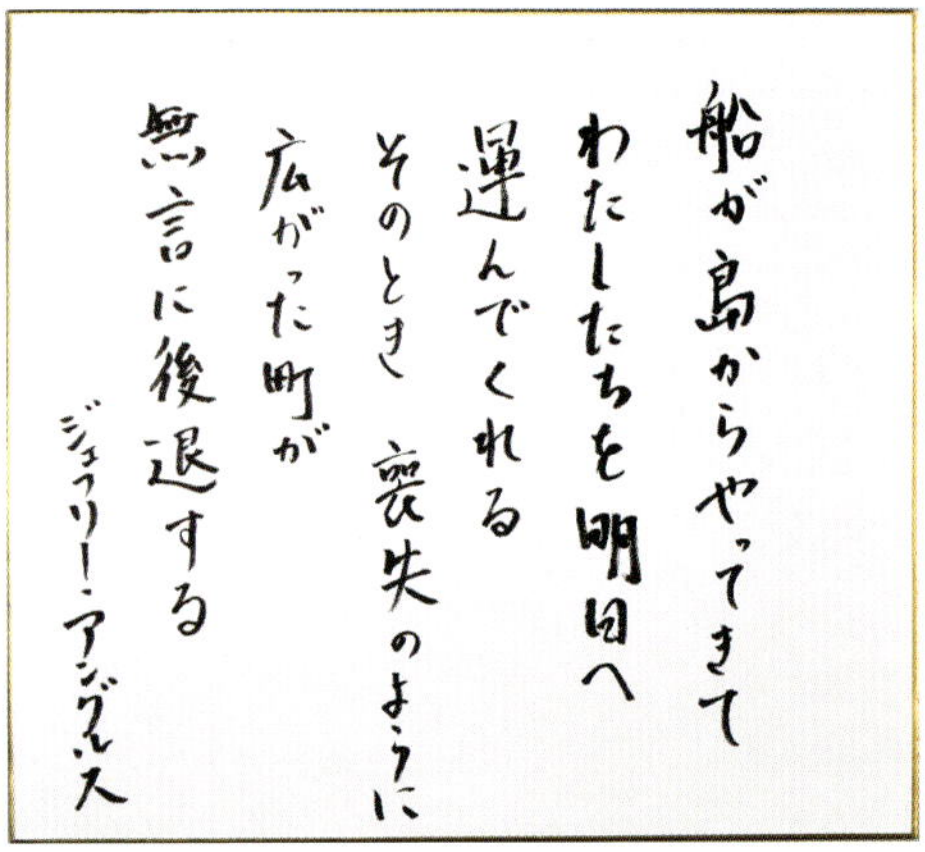
船が島からやってきて
わたしたちを明日へ
運んでくれる
そのとき　喪失のように
広がった町が
無言に後退する
ジェフリー・アングルス

下田　昌克（イラストレーター）

しもだまさかつ

田中　庸介（詩人）

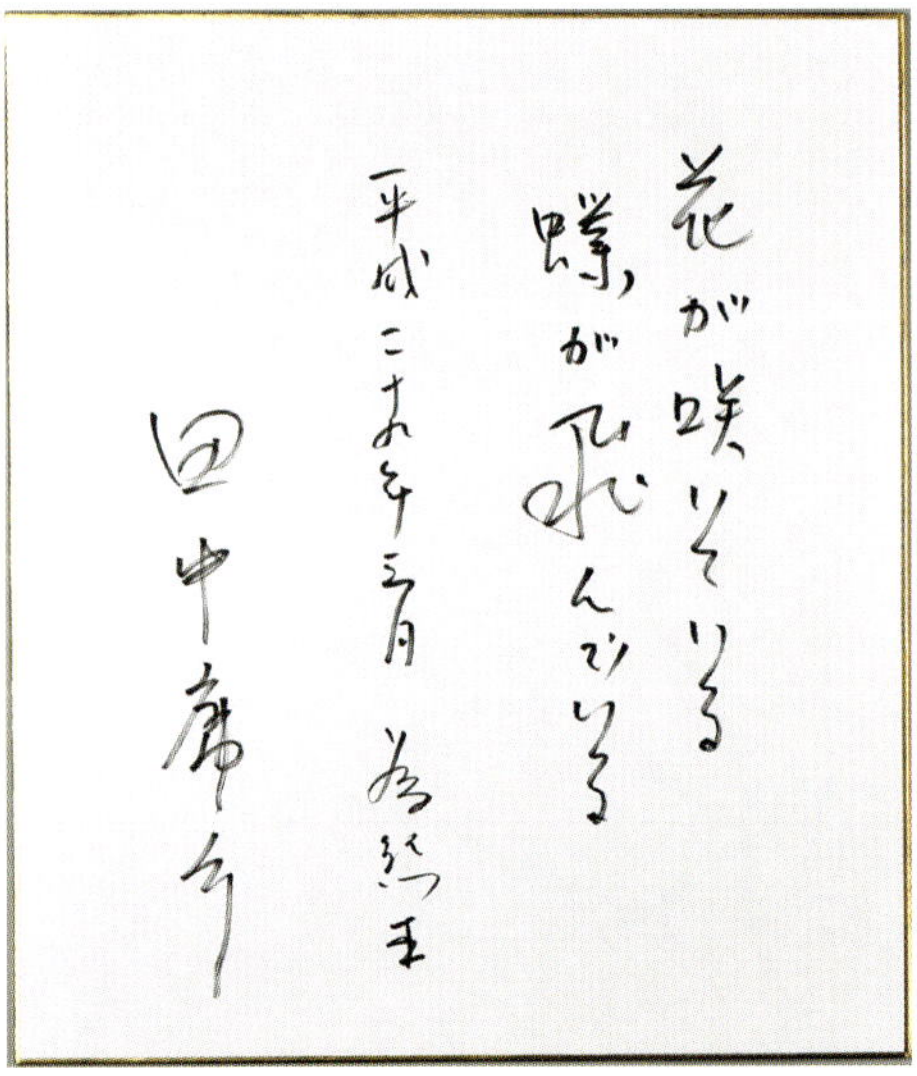
花が咲いている
蝶が飛んでいる
田中庸介

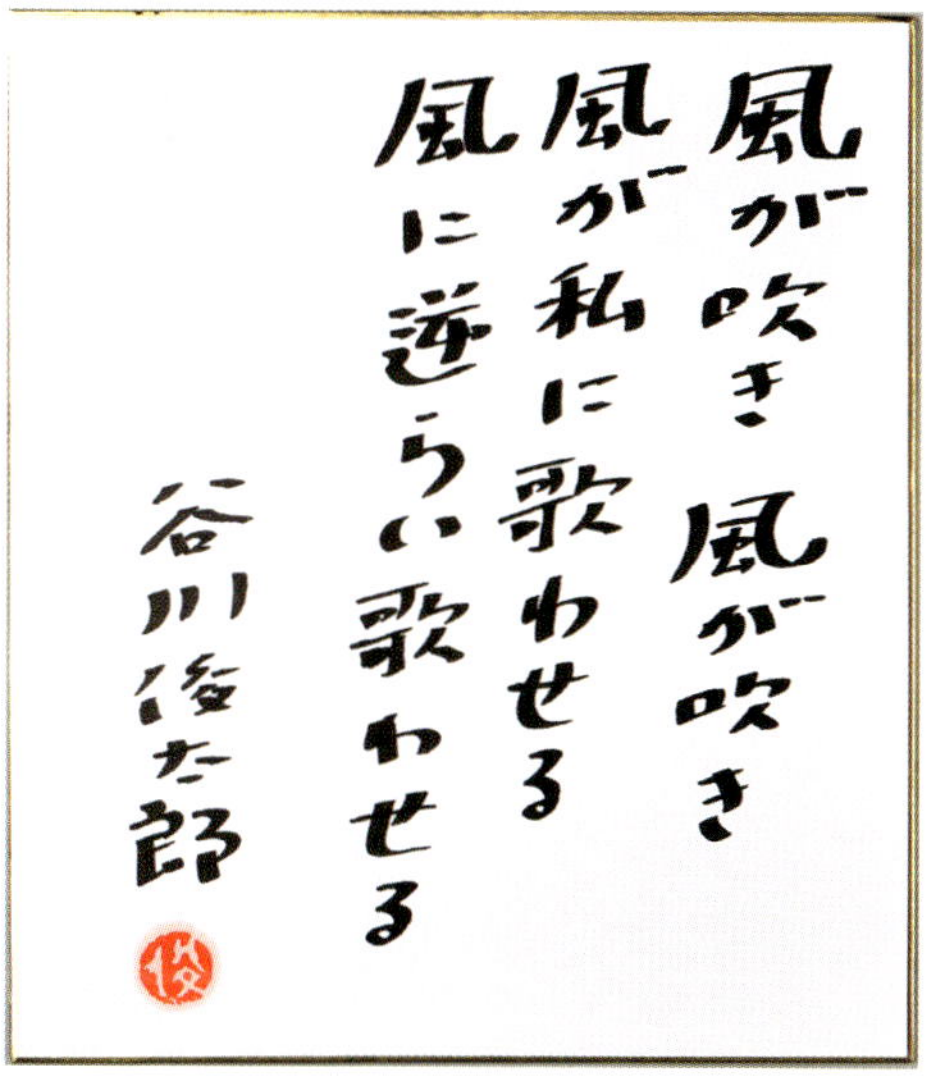
風が吹き　風が吹き
風が私に歌わせる
風に逆らい歌わせる
谷川俊太郎

谷川俊太郎（詩人）

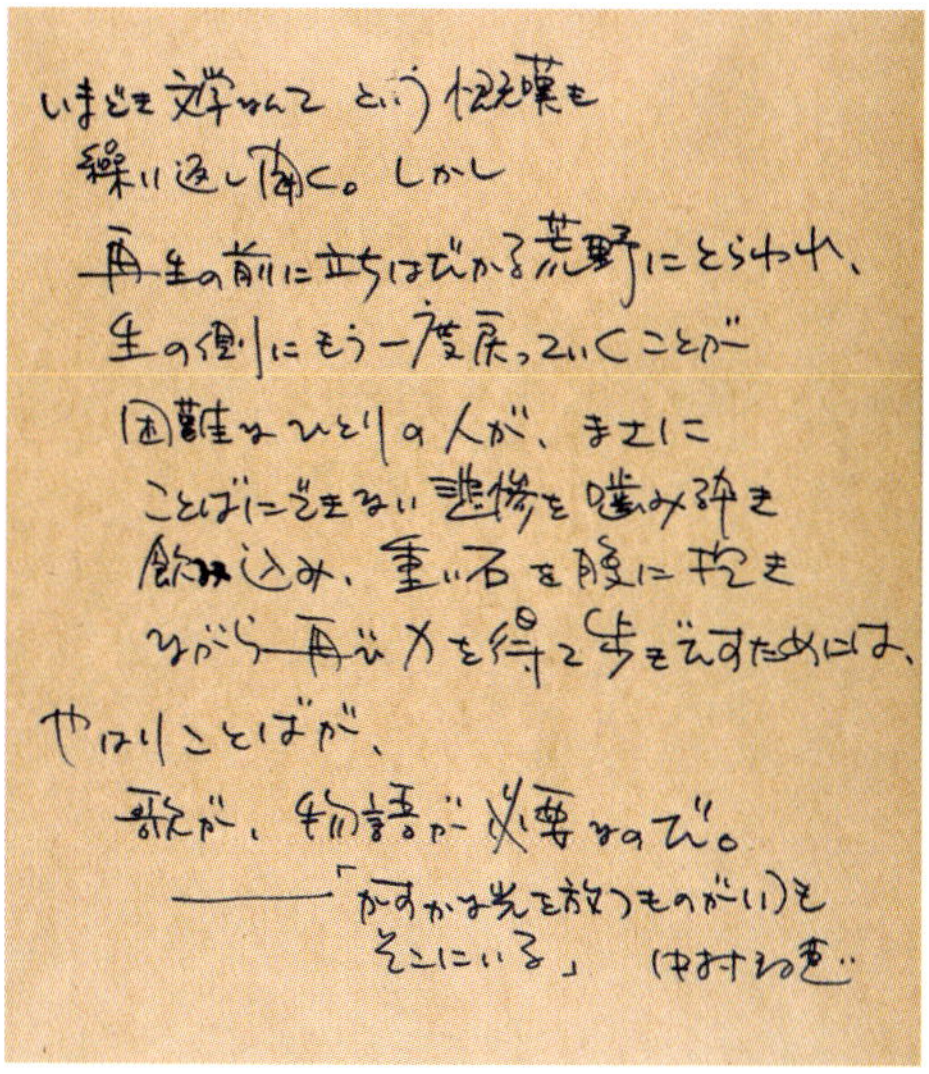
いまさら文学なんてという慨嘆も
繰り返し聞く。しかし
再生の前に立ちはだかる荒野にとらわれ、
生の側にもう一度戻っていくことが
困難なひとりの人が、まさに
ことばにできない悲惨を噛み砕き
飲み込み、重い石を腹に抱き
ながら再び力を得て歩きだすためには、
やはりことばが、
歌が、物語が必要なのだ。
――「かすかな光を放つものがいつもそこにいる」
中村和恵

中村　和恵（詩人・エッセイスト）

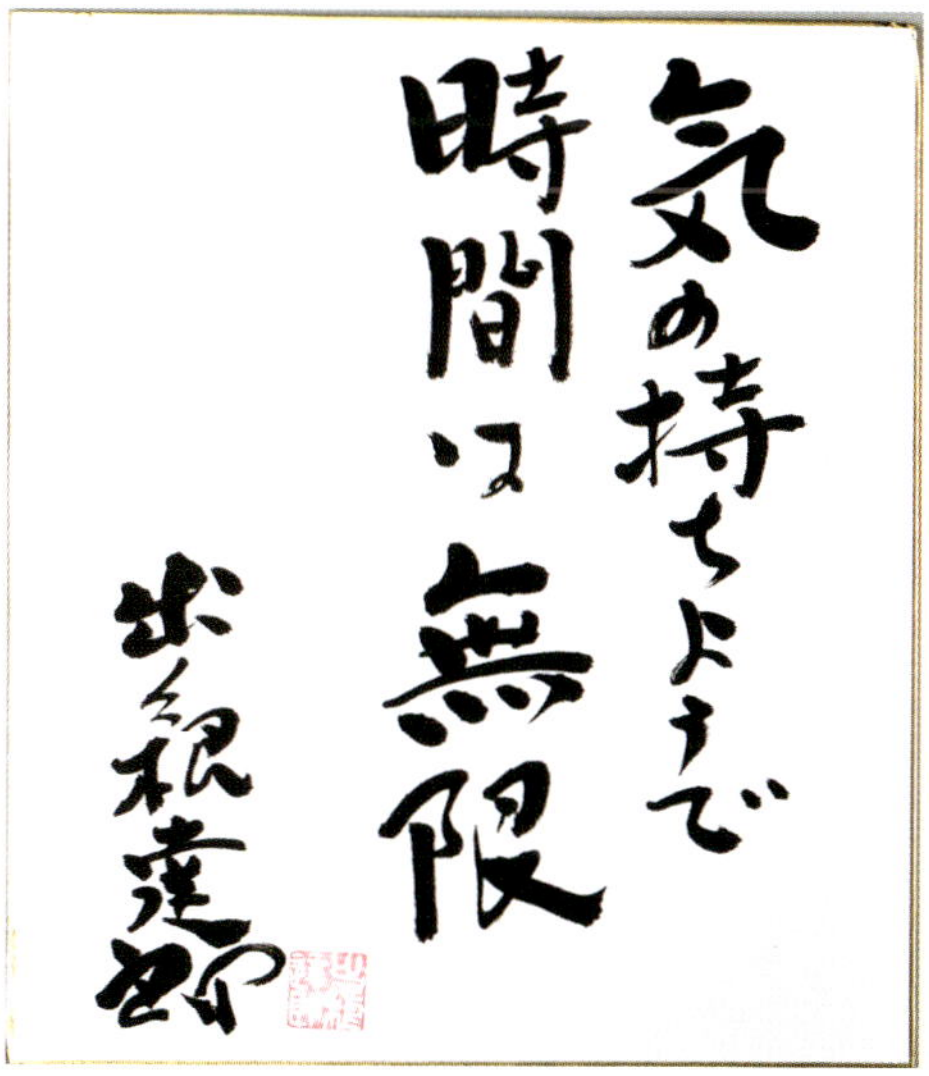
気の持ちようで
時間は無限
出久根達郎

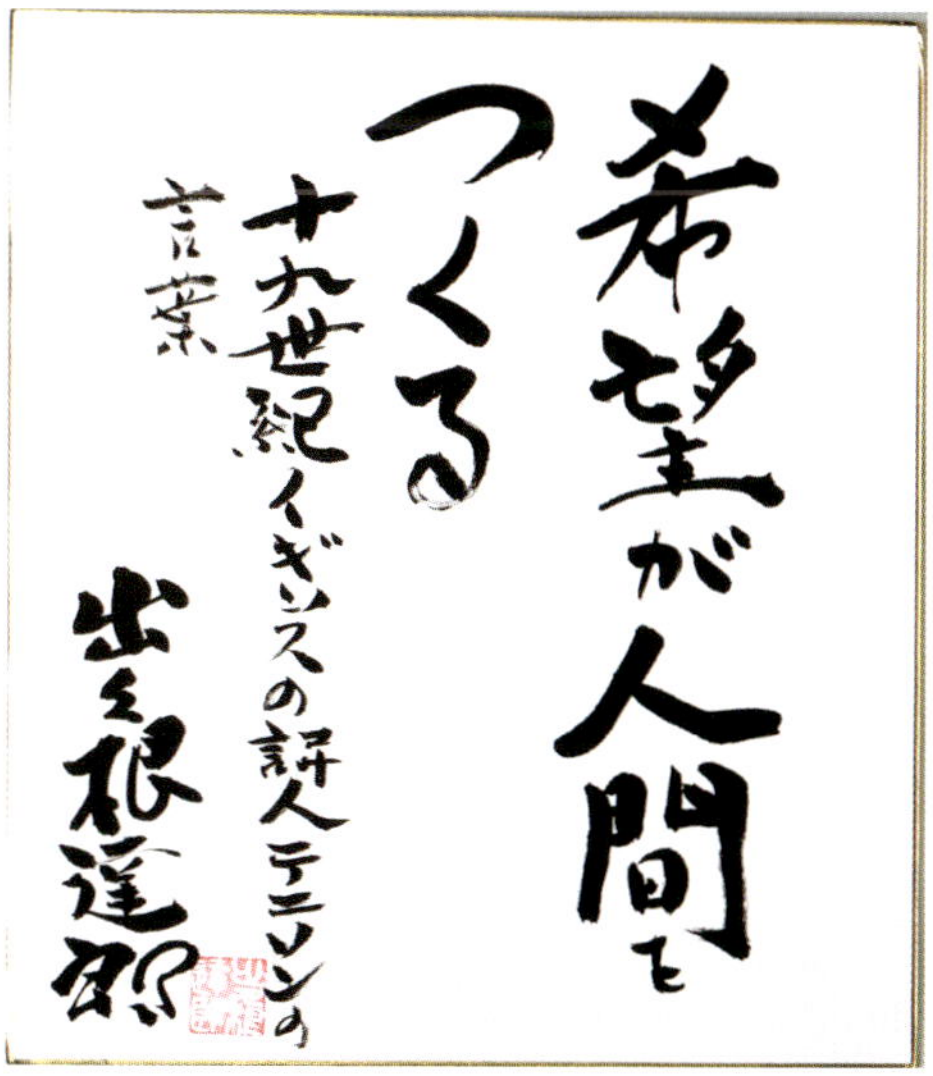
希望が人間をつくる
十九世紀イギリスの詩人テニソンの言葉
出久根達郎

出久根達郎（作家）

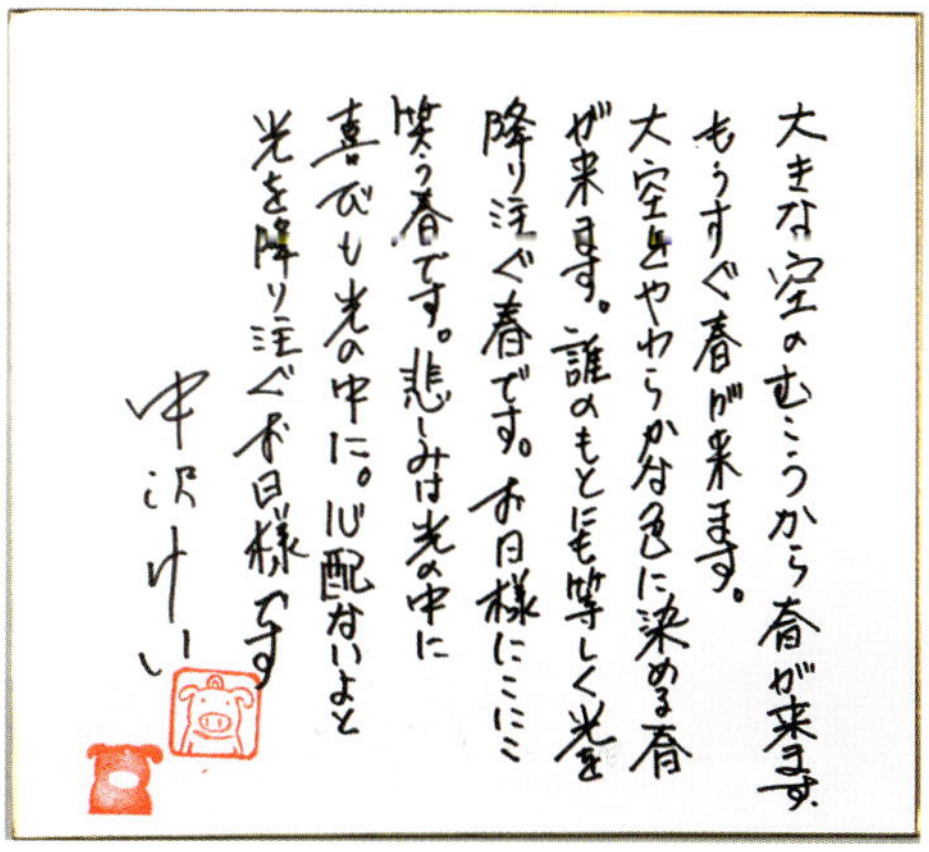
大きな空のむこうから春が来ます。
もうすぐ春が来ます。
大空をやわらかな色に染める春
が来ます。誰のもとにも等しく光を
降り注ぐ春です。お日様ににこに
笑う春です。悲しみは光の中に
喜びも光の中に。心配ないよと
光を降り注ぐお日様です。
中沢けい

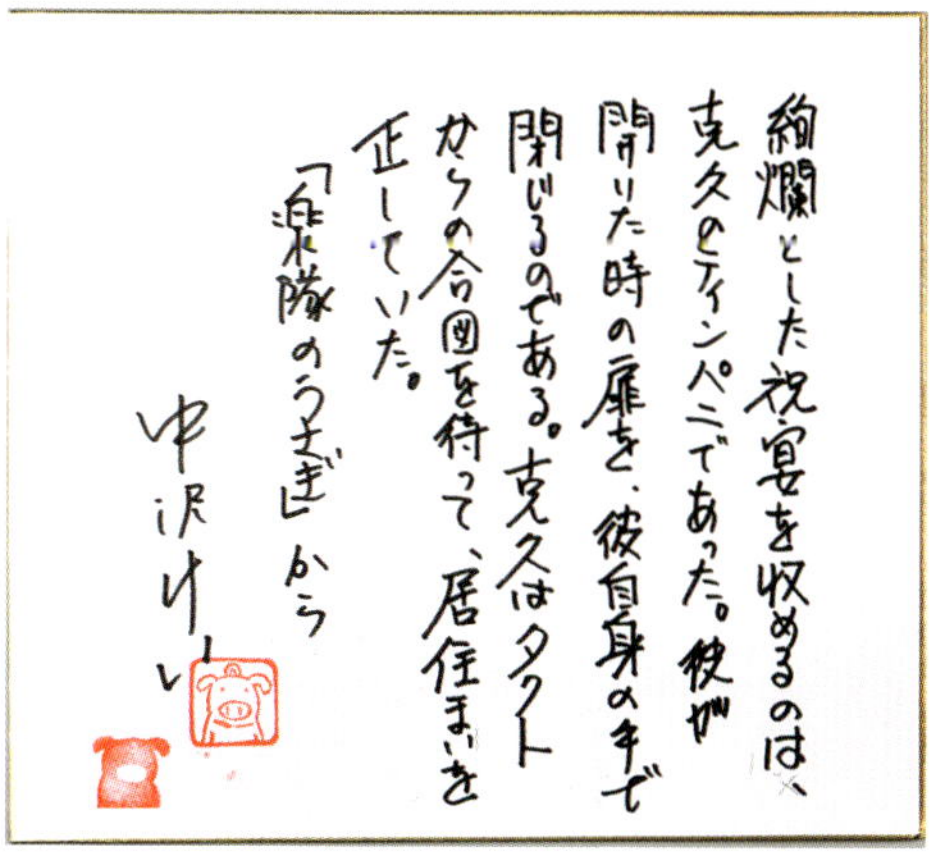
絢爛とした祝宴を収めるのは、
克久のティンパニであった。彼が
開いた時の扉を、彼自身の手で
閉じるのである。克久はタクト
からの合図を待って、居住まいを
正していた。
「楽隊のうさぎ」から
中沢けい

中沢　けい（作家）

長谷川　櫂（俳人）

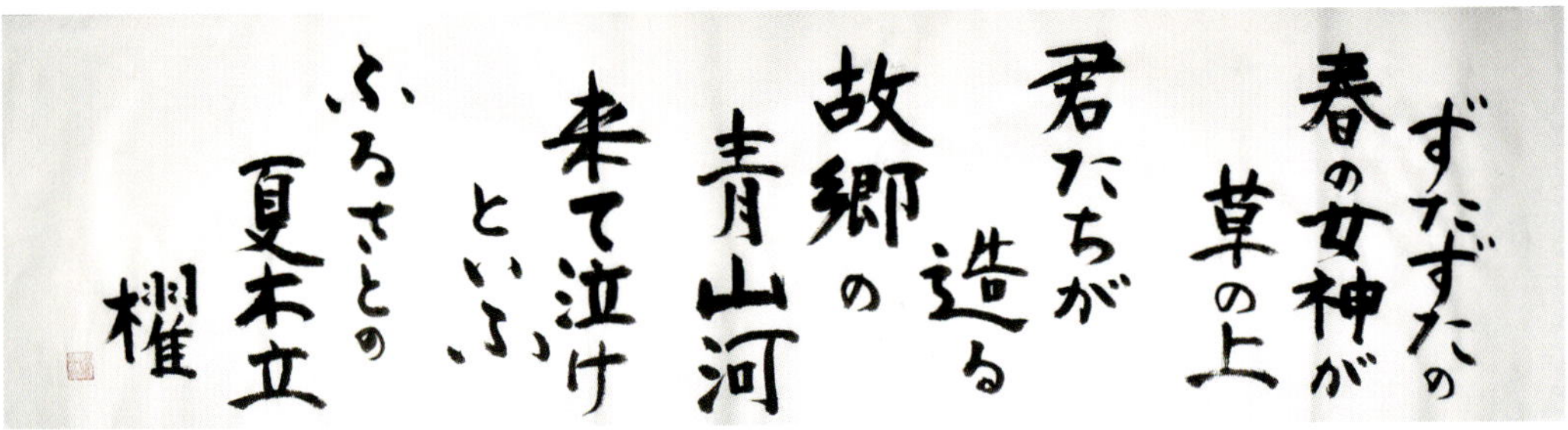
ずたずたの
春の女神が
草の上
君たちが
造る
故郷の
青山河
来て泣け
といふ
ふるさとの
夏木立
櫂

平田オリザ（劇作家）

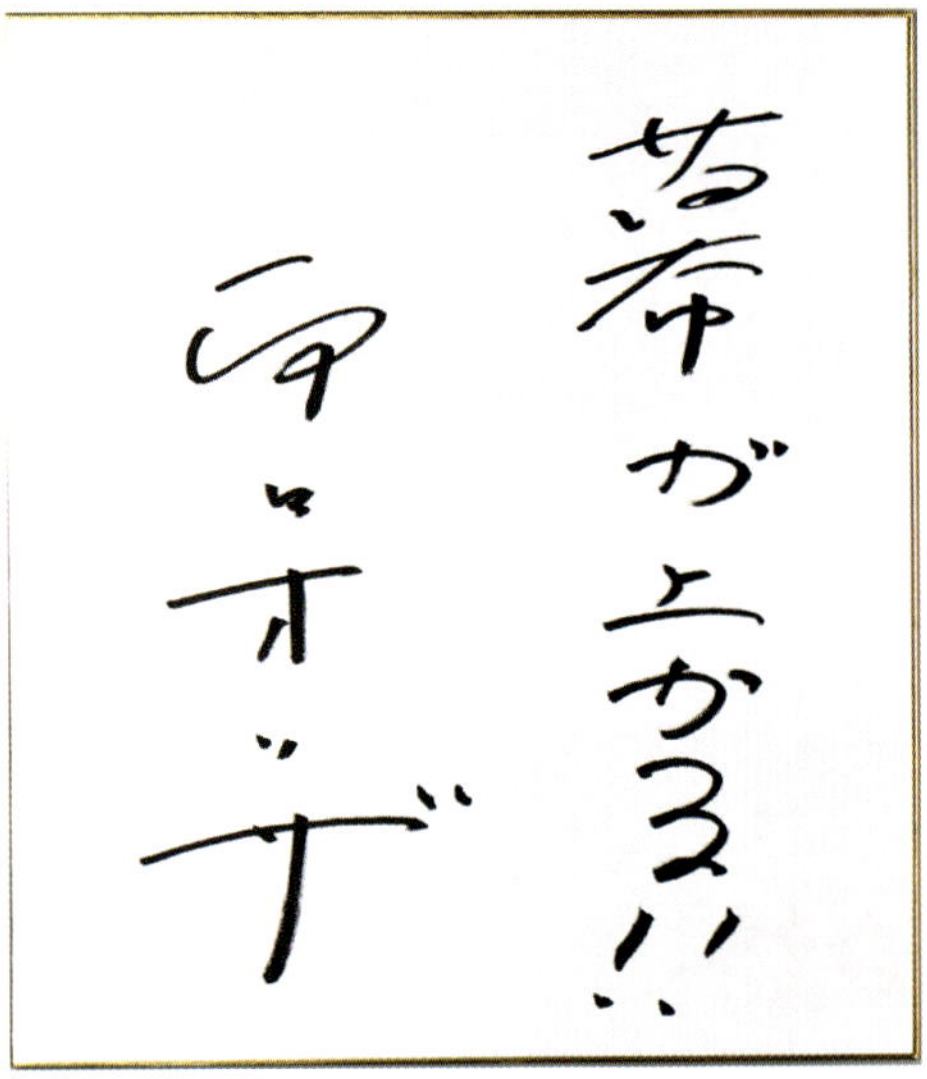
幕が上がる!!
平田オリザ

平田　俊子（詩人・作家）

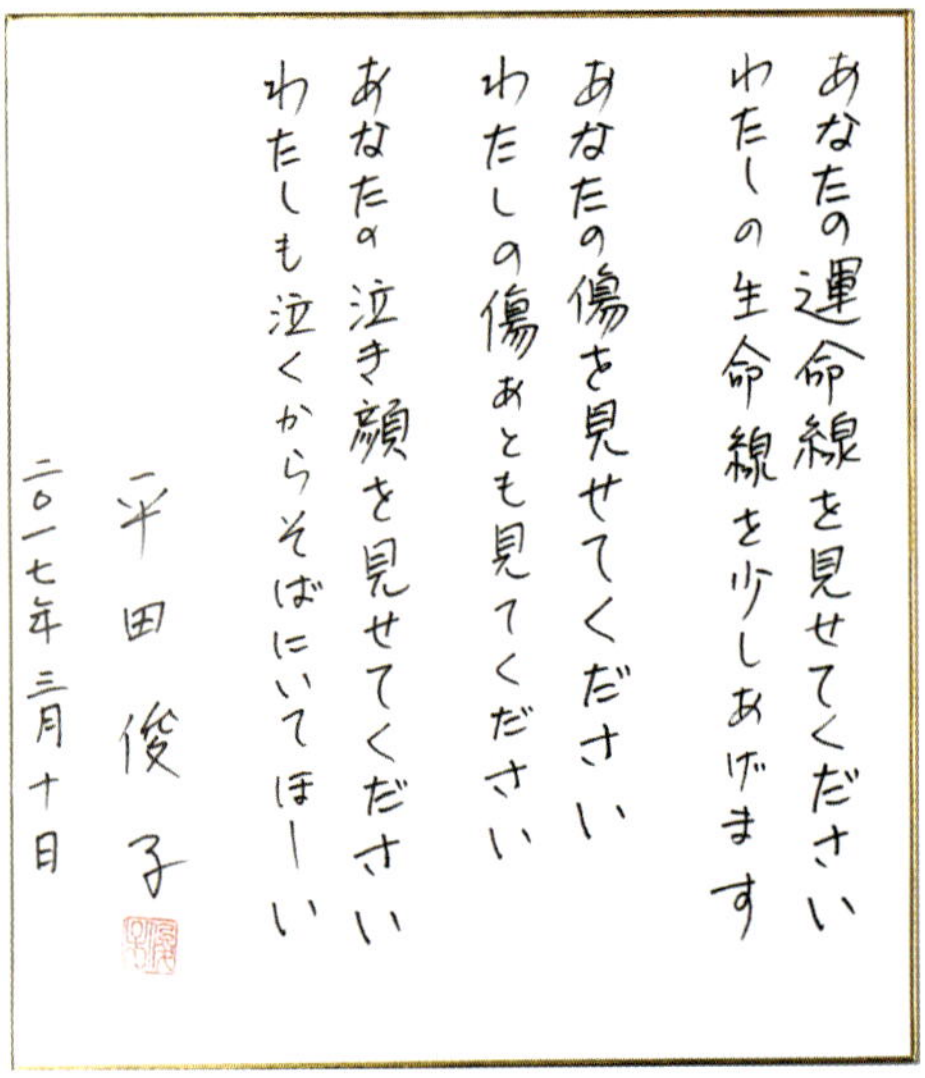
あなたの運命線を見せてください
わたしの生命線を少しあげます
あなたの傷を見せてください
わたしの傷あとも見てください
あなたの泣き顔を見せてください
わたしも泣くからそばにいてほしい
平田俊子
二〇一七年三月十日

平松　洋子（エッセイスト）

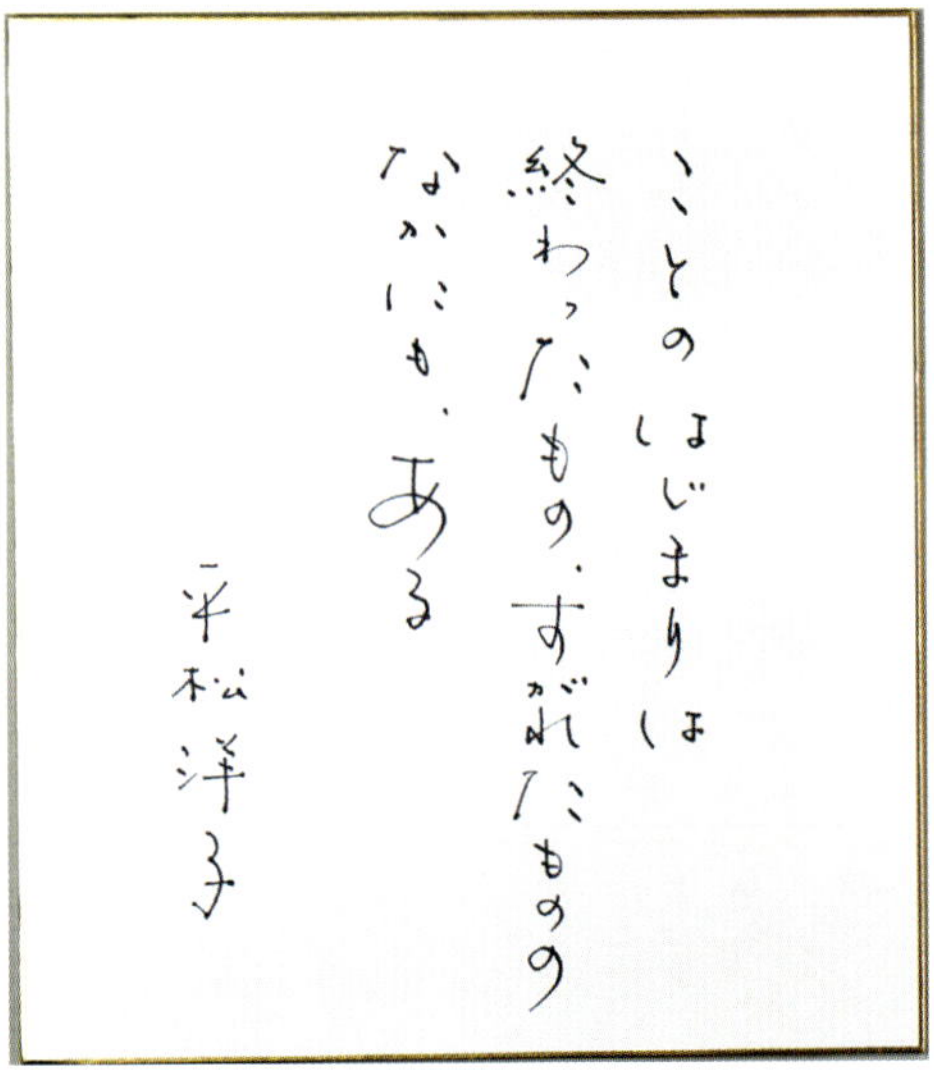
ことのはじまりは
終わったもの、すがれたものの
なかにも、ある
平松洋子

藤本由香里（漫画研究家）

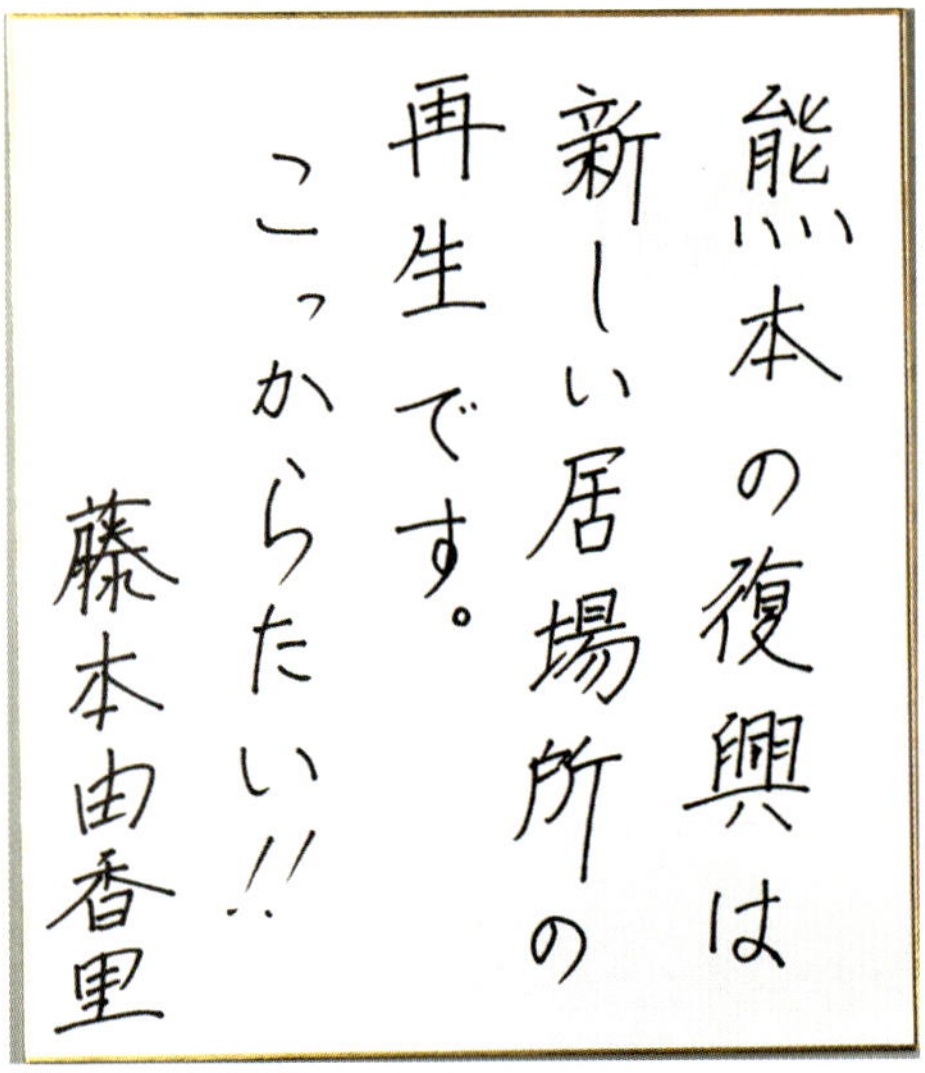
熊本の復興は
新しい居場所の
再生です。
こっからたい!!
藤本由香里

ペコロス岡野（漫画家）

生きとけば
どんげんでんなる
だけん
生きとこうで♡
ペコロスおかの
H29 3/6

星野　智幸（作家）

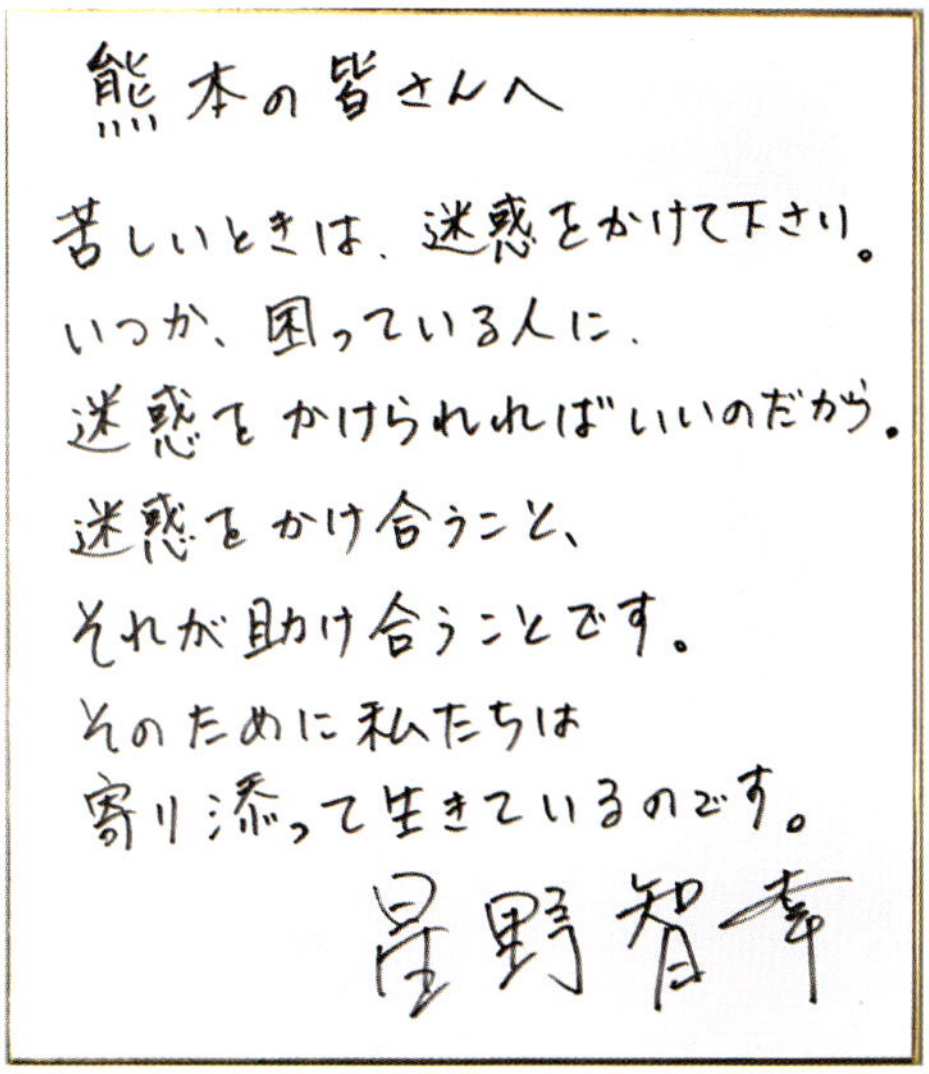
熊本の皆さんへ
苦しいときは、迷惑をかけて下さい。
いつか、困っている人に、
迷惑をかけられればいいのだから。
迷惑をかけ合うこと、
それが助け合うことです。
そのために私たちは
寄り添って生きているのです。
星野智幸

正木ゆう子（俳人）

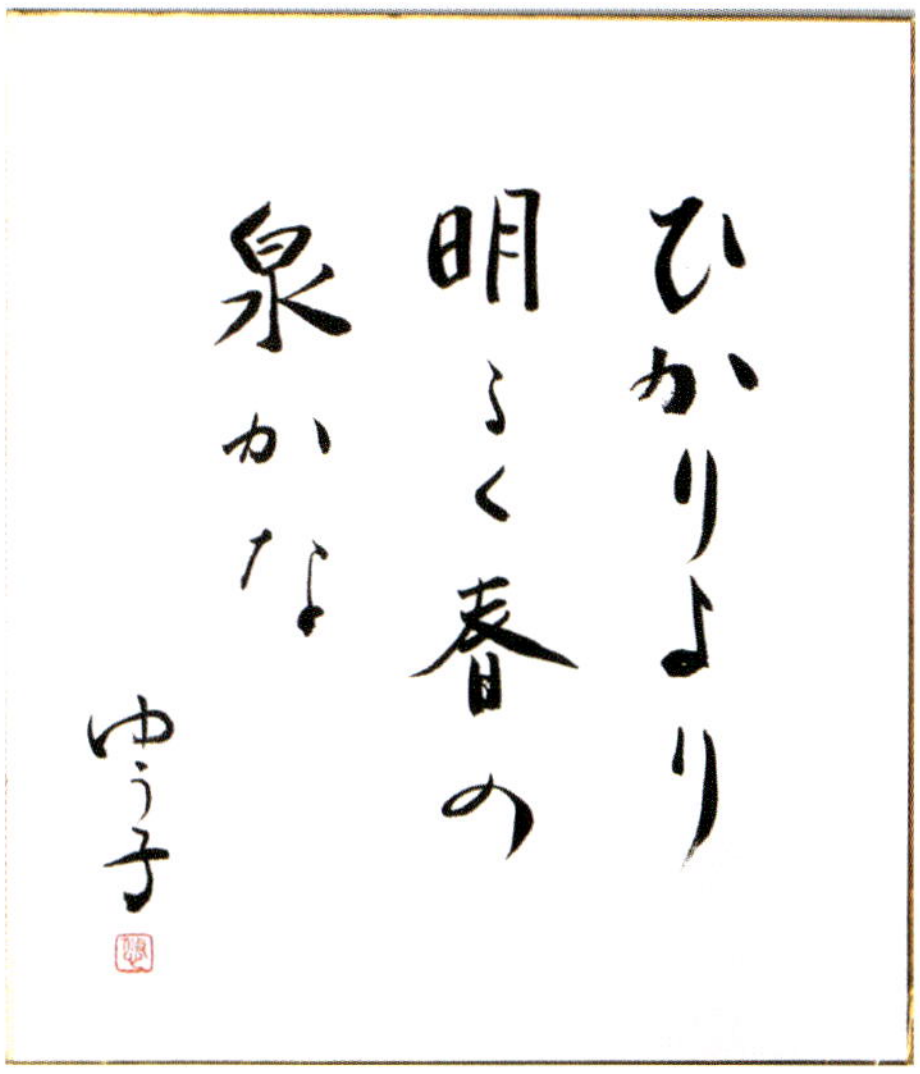
ひかりより
明るく春の
泉かな
ゆう子

三砂ちづる（作家）

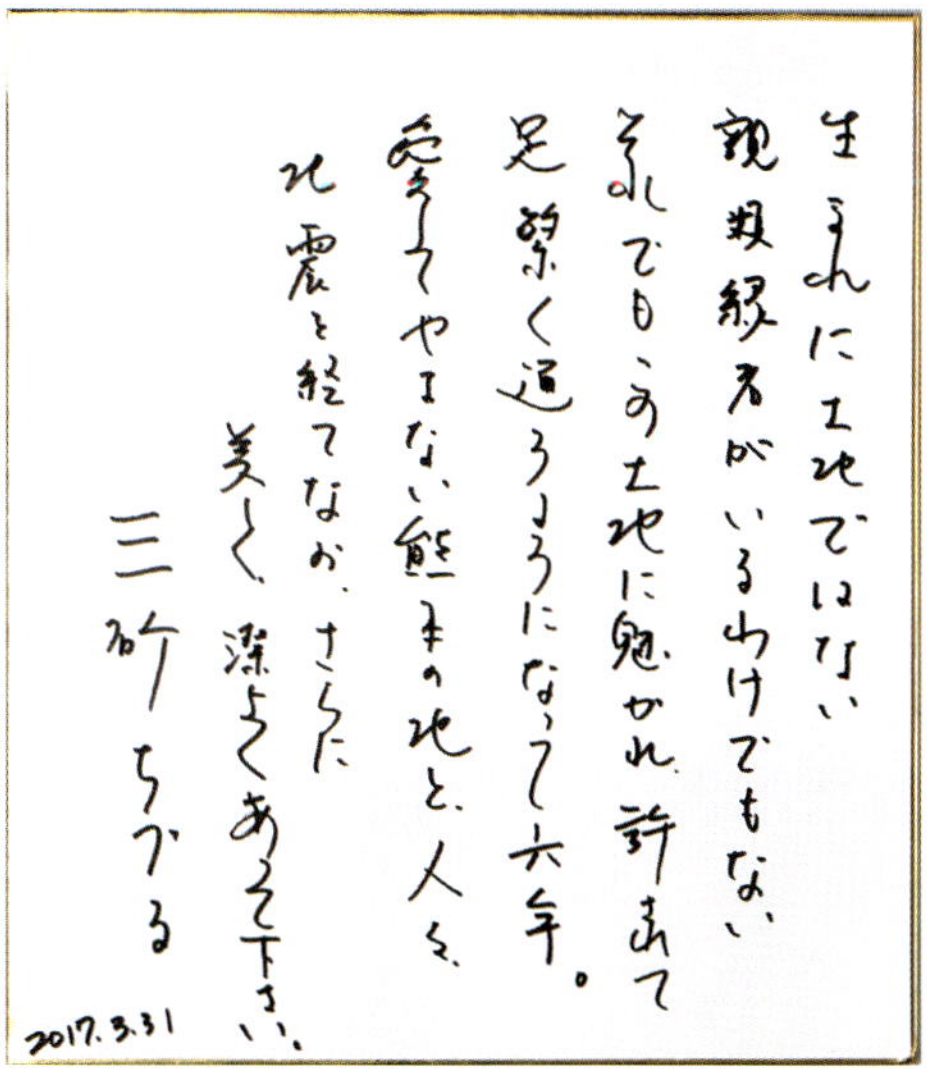
生まれた土地ではない
親類縁者がいるわけでもない
それでもこの土地に魅かれ、許されて
足繁く通うようになって六年。
愛してやまない熊本の地と人々、
地震を経てなお、さらに
美しく、深くあって下さい。
三砂ちづる
2017.3.31

町田　康（作家）

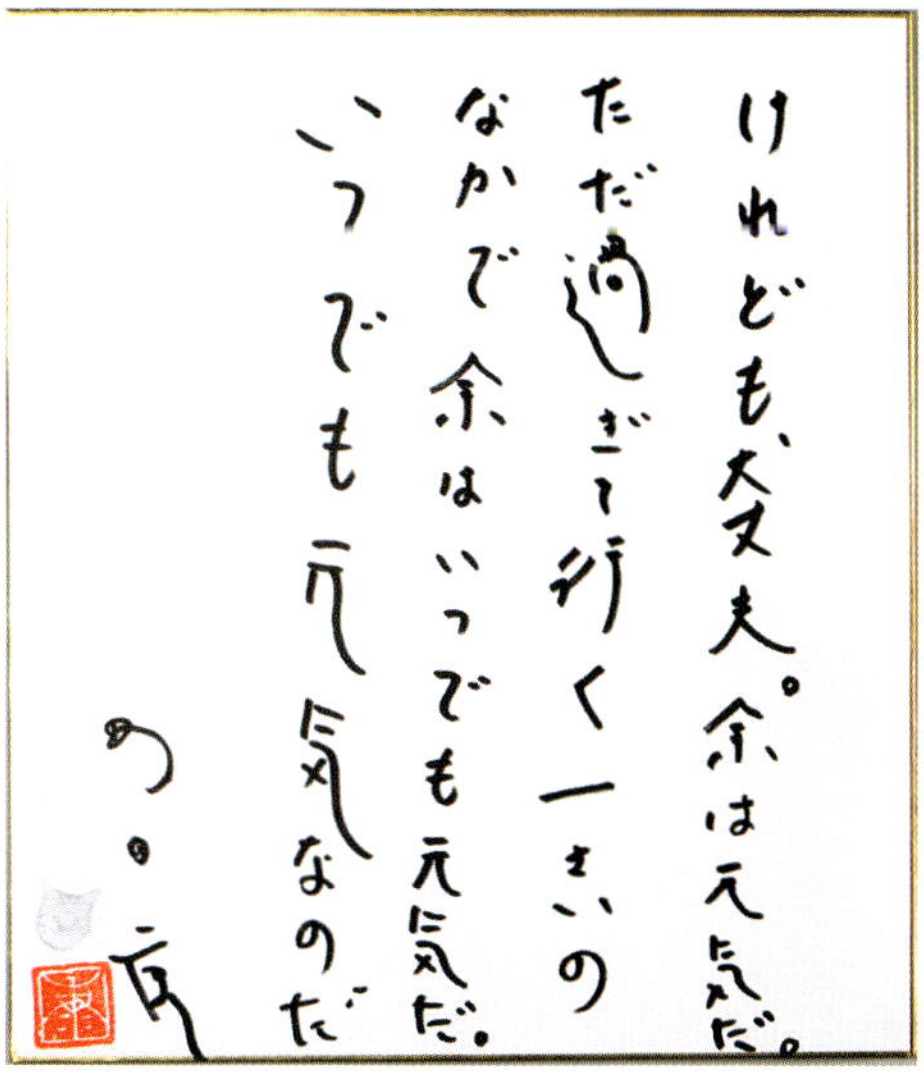
けれども、大丈夫。余は元気だ。
ただ過ぎて行く一さいの
なかで余はいつでも元気だ。
いつでも元気なのだ
町田康

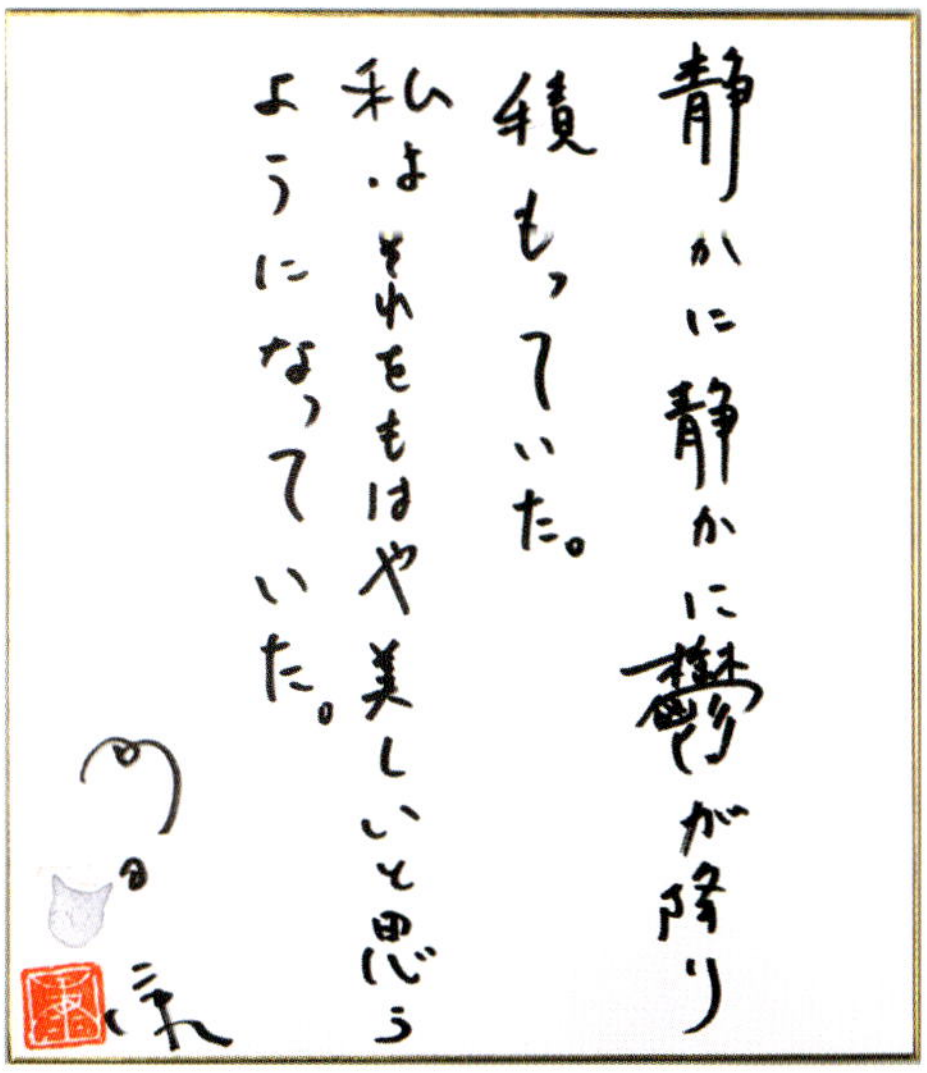
静かに静かに鬱が降り
積もっていた。
私はそれをもはや美しいと思う
ようになっていた。
町田康

三浦しをん（作家）

幸福は
再生する。
形を変え、
さまざまな姿で、
それを求める
ひとたちの
ところへ何度でも、
そっと訪れてくるのだ。
三浦しをん
二〇一七年
三月

幸福は
再生する。
形を変え、
さまざまな姿で、
それを求める
ひとたちのところへ何度でも、
そっと訪れてくるのだ。
二〇一七年三月
三浦しをん
©2010 熊本県くまモン

三角みづ紀（詩人）

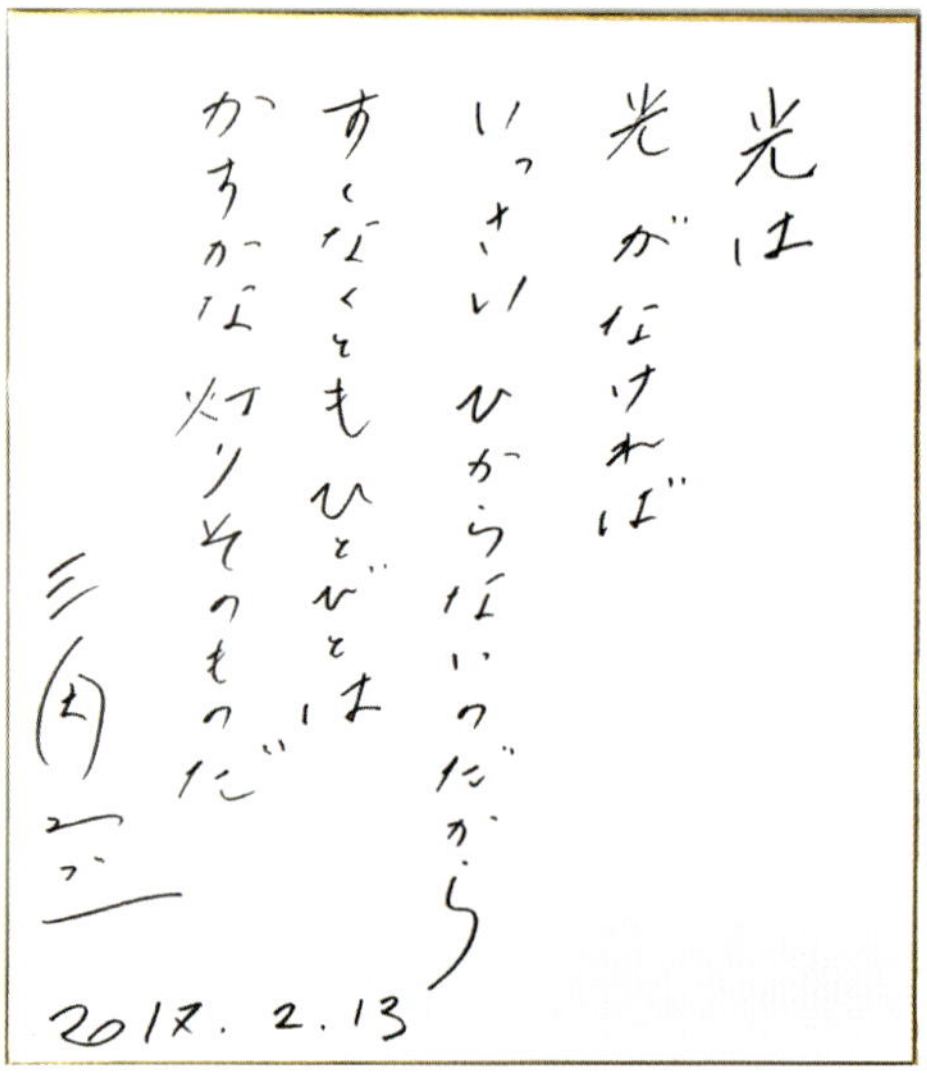
光は
光がなければ
いっさいひからないのだから
すくなくともひとびとは
かすかな灯りそのものだ
三角みづ紀
2017.2.13

山浦　玄嗣（医師・作家）

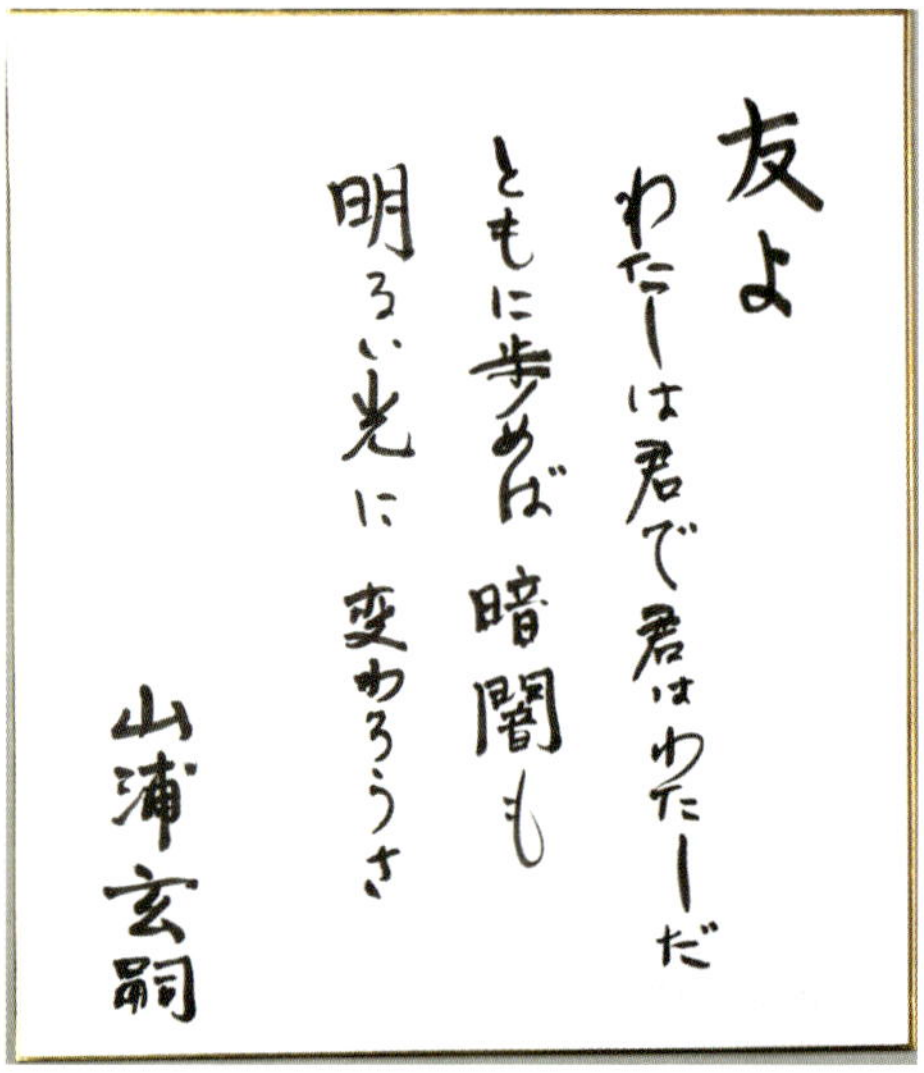
友よ
わたしは君で君はわたしだ
ともに歩めば暗闇も
明るい光に変わろうさ
山浦玄嗣

山折　哲雄（宗教学者）

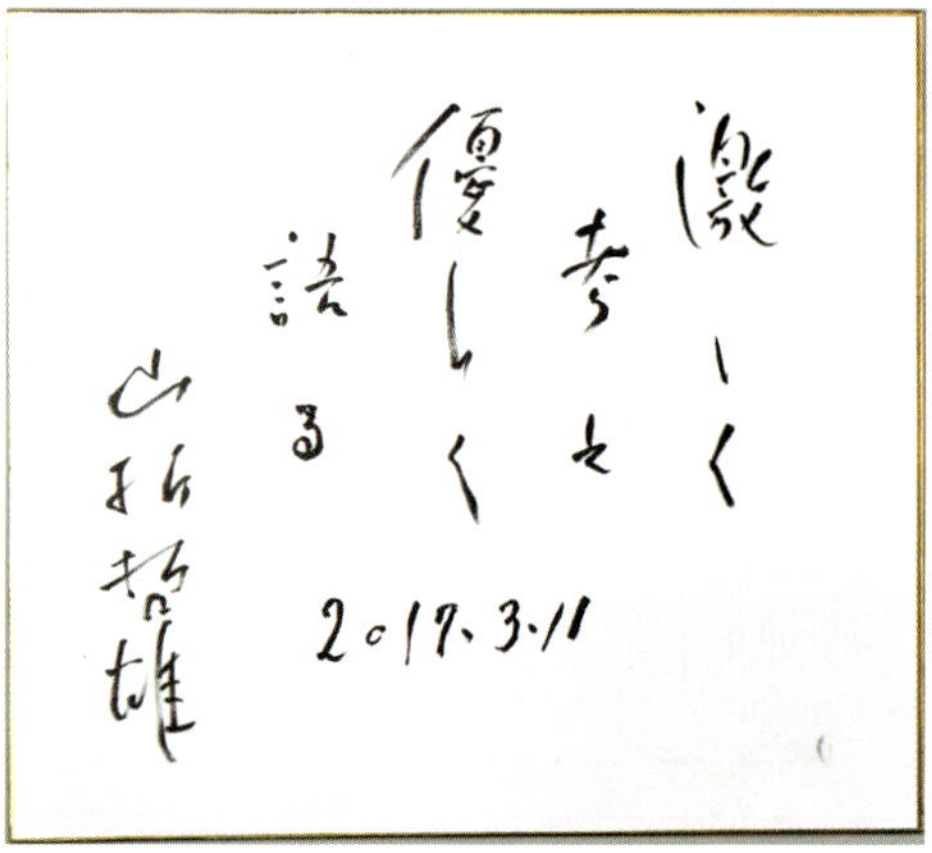
激しく
考え
優しく
語る
山折哲雄
2017.3.11

山福　朱実（木版画家）

大地と空　山と海
風がふくところに　生きものがいて、
ひとたちは、どんなにつらくても、
よろこびや　かなしみを　わかちあおうとする
ふしぎ。
いのちのしくみ
2012
いのちのしくみ
山福朱実

吉本 由美（作家・エッセイスト）

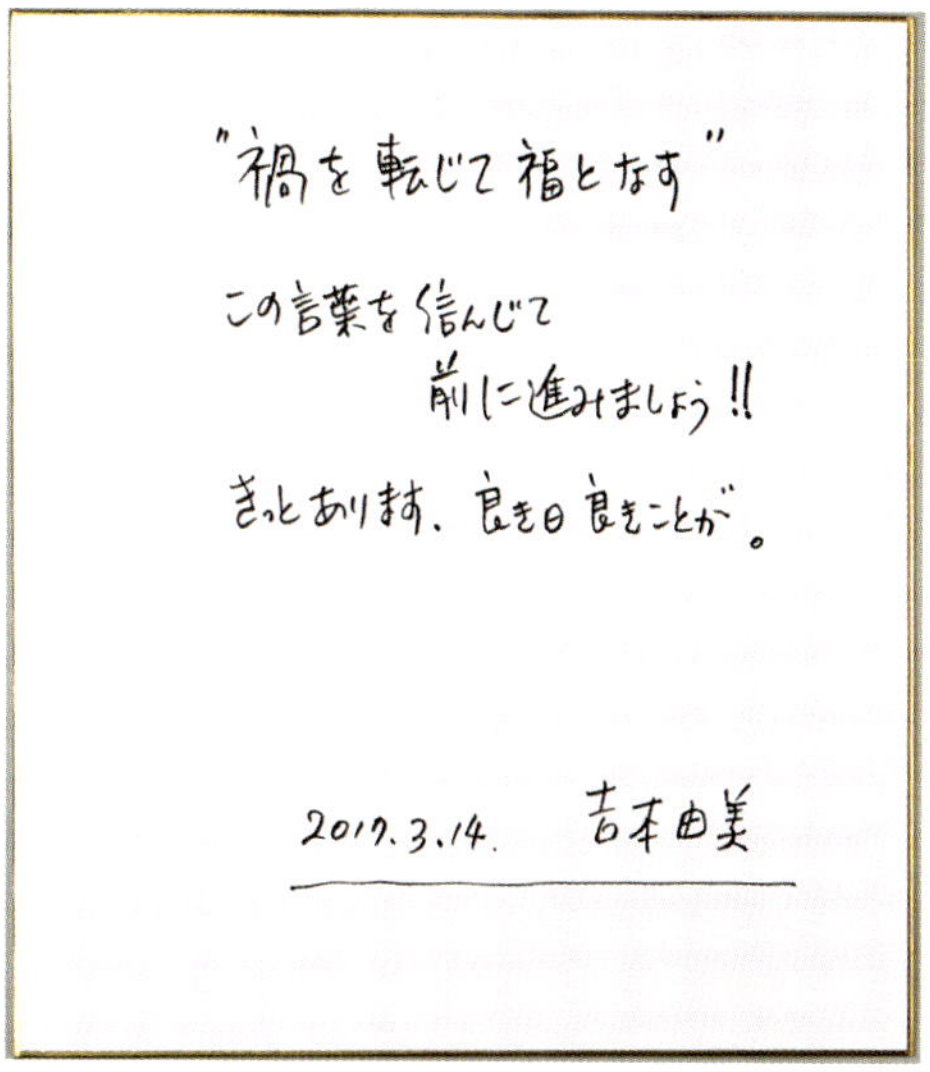
"禍を転じて福となす"
この言葉を信じて
前に進みましょう!!
きっとあります、良き日良きことが。
2017.3.14.
吉本由美

四元 康祐（詩人）

そこへ

遠くから見守るほか術がなかった
駆けつける代わりに
せめてそこから離れるよう
何度言っても聞く耳を持とうとはしなかった

ネコは家につくというけど
ヒトも土地について生きているのだと
つくづく思い知らされた
無理矢理引き剥がしたら枯れてしまうのだろう

なにもかも振り払おうとするかのように
身を震わせ唸りを上げ暴れまわる激情の大地であっても
四つんばいになって爪を立てて
必死でしがみついて

一歩でもそこを離れたら
丸い地球の上をどこまでも滑り落ちてしまうとでも
思っているのか　何度投げ捨てられても
すぐにまた縋《すが》りついて

バカな女だ
壁には罅《ひび》が走っているのに
柱は傾き　床はガラスの破片で埋め尽くされて
いつ屋根が崩れてもおかしくないのに

土地と心中するつもりなのだ
生き別れるくらいなら
ここで思いを遂げるほうが本望なのだ
ただそこに生まれ育ったというだけの理由で——

＊

子供の頃からあちこち転々として
生きてきた僕には分らない
世界中にFRIENDSがいる代わりにただのひとりも
幼馴染のいない僕には想像もできない

故郷という名の愛と呪縛
身体の奥に滲みこんだ地形の記憶
僕は糸の切れた風船みたいに空をふらふら
いつでも逃げ出すつもりで遠い世界に目を凝らすだけ

＊

濁りきった水の底へ日々が堆積して
少しずつ透明さが戻ってくる
再び流れ始めたせせらぎが新しい春の指に擽《くすぐ》られて
少女の脹脛《ふくらはぎ》を思い出す

一年という歳月の気の遠くなりそうな
長さと遮り切れないあっけなさ
失ったものは測り知れない
繰り返し蘇る大地の上に生きる人の命はひとつ限り——

だからこそ君はまた立ち上がるのだ
傷だらけ疵まみれでも　降りかかってきた運命を
押しのけるのではなくむしろ引き寄せ
その暗い眼を覗《のぞ》き込んで

理不尽の底からいまここに有《あ》ることの不思議を汲み出す
あっ、普通の人が普通に暮らすということの
なんというさりげない凄まじさ
人間の心のうねりの前では地震すら立ち竦むだろう

いつかまたその土地を訪れることができる
君と共にあの水辺に佇むことができる
たとえそれが永劫のなかの一瞬の幻に過ぎないとしても
その歓びは時空を超えて限りない

木々が芽吹き　風がひかり
ひとのほほえむそこへ
いつの日かきっと
花を持って

二〇一七・三・一一
ミュンヘンにて
四元康祐

若松　英輔（批評家）

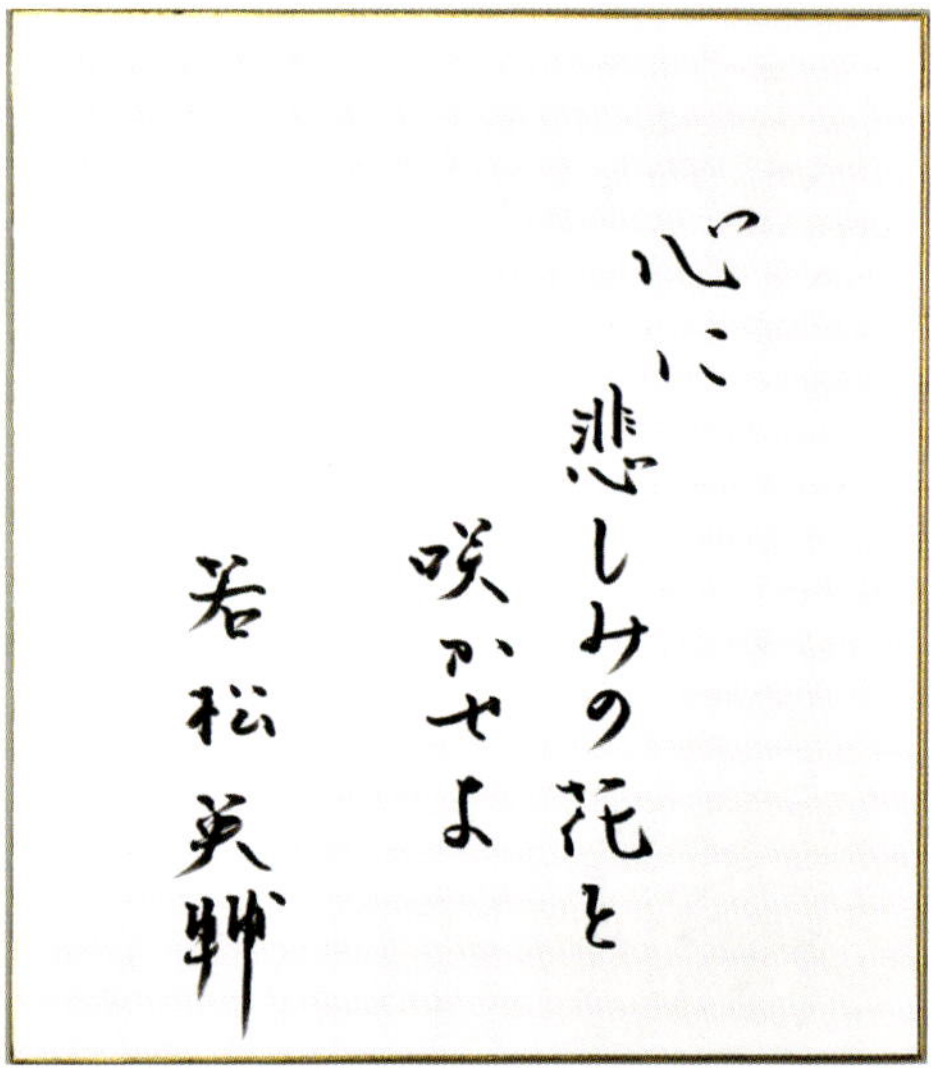
心に
悲しみの花を
咲かせよ
若松英輔

渡辺　京二（評論家）

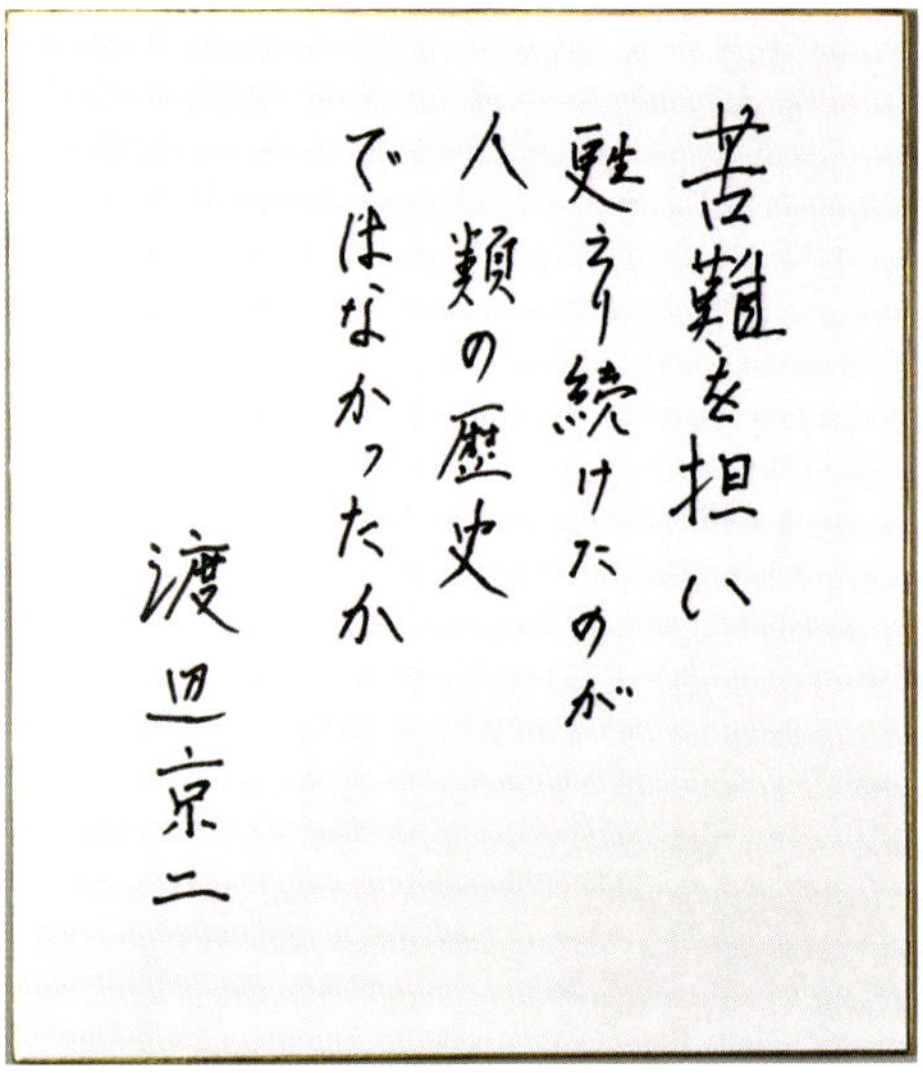
苦難を担い
甦えり続けたのが
人類の歴史
ではなかったか
渡辺京二

俳　句

新井　悠

揺れ震えされど動じぬ肥後の春
舞い落ちるされど崩れぬ銀杏城
文豪の息飲み見守る地震跡

荒牧　成子

永き日のカトレア匂ふ地震疲れ
大南風地震に痩せたる天守閣
山裂けてなだれて阿蘇のほととぎす
激震地日のさんさんと麦の秋
地震後の海まだ濁る走り梅雨
話題まだ地震を離れず梅雨に入る
ボランティア車の屈強へ山滴る
崩落の虚子の御句碑青芭蕉
音立てぬ避難所暮し芙蓉咲く
地震二千度いま日盛りの瓦礫山
地震あとの阿蘇の一番草を刈る
桐一葉地震治まると思ひけり
五十四万石ゆるがし地震の年逝くか
地震振りし宮から宮へ初詣
地震跡の奥に地震あと冬すみれ
地震傷の天守にも馴れ日脚伸ぶ

石原　清子

短夜や夢か現か車中泊
暴れ梅雨軒先避難の孤独かな
黴臭き青天井の座敷かな
炎天や庭の亀裂を深くせり
凩や更地となりぬ吾が里は

生田富貴子

地の神の荒れ狂ふ夜や朧月
ぼんやりとふらここにかけ地震の夜
避難所に舞ひ込む蝶の落ち着かず

池上　経

地震あれど全山緑いざ生きむ

今福　公明

春の夜の記憶失せたり震度七
春の宵地震に大揺れして湯舟
地震の庭薔薇一輪のまくれなゐ
余震なほけふも落ちたる夏蜜柑
葛水を啜る余震の合間かな
糸瓜棚青きむかうの瓦礫山
瓦礫山残りしままに秋の雨
夜夜の月影さすところ地震の道
櫓負ふ一条の石冷まじや
春風にのりて槌音両隣

岩岡《いわおか》　中正《なかまさ》

戦場のごとくに地震《ない》や春深し
春天や足下に地震の神うごめく
囀《さえずり》に地震の神鎮まり給へ
余震なほ指先にある春の闇
ほととぎす一村地震に痩せにけり
余震やや遠ざかりたる更衣《ころもがえ》

地震去つてあつけらかんと花《はな》南瓜《かぼちゃ》
ぱつくりと大地口開け鼓《つづみ》草《ぐさ》
山蟻の考へてゐる亀裂かな
赤赤と鬼灯《ほおずき》われに為すことあり
人の世はいつも唐突かたつむり
ででむしの角《つの》ふるはせて生きむとす
梅天《ばいてん》を遠流《おんる》のやうに歩きけり
ふるさとが城が崩れてゐる炎暑
瓦礫みな祈る形に炎天下
灼《や》け石に手を置けば地震の記憶
倒壊の寸前にして冷《すさ》まじや
秋の雨天守は父のごと病めり
年明くる地割れの深きところより
地の怒り地のかなしみに掃く落葉
冬蝶の地震の石にもすがりゐる

岩城恵美子

地の底の何が怒った四月の夜
ツツジ咲く一メートル以下の干拓地
真夜中に義姉が避難と四月空
九十の叔母が這う四月地震
新学期遠足させぬ地震が来る
大地震裂けた大地が蛇を呑む
山崩れ人・車・稲押し潰す
危険域捜索中止を梅雨発見
動かぬ山地震台風崩しゆく
啓蟄が地震も一緒に引き連れて
啓蟄と地震で土葬の祖父戻る
新幹線開通したり梅雨晴れ間
新幹線地震の音させ元旦に
年の暮れ地震測定器持つ身体
空に来ぬ地震花火で再現す
地震に遭い北国人を尊敬す

植川まゆみ

春の望月《つき》ないの轟《とどろ》く肥後平野
避難所の広場にて摘むクローバー
傷負えど天守は聳《そび》ゆ万緑の上
蒼天や山《やま》肌《はだ》露《あらわ》阿蘇五岳
肥後平野緑を纏《まと》い傷癒やす
刑部邸災禍の庭に梅花輝る

上村 孝子

たんぽぽの絮のさ迷ふ地震の空
余震より逃れて来たる梅雨の蝶
五月闇活断層の犇きぬ
夏祓崩落の石累累と
激震の地下の闇より蝉生るる
水澄めり天変地異を潜り来て
地震つづく天守の空を鳥渡る
復興の篤き願ひや雁来紅
復興に槌音弾む鵙日和
料峭や楼門にただ祈るのみ

梅原 慶子

春の星路上に座る被災者に
慶長の櫓崩落雉子啼けり

名城は満身創痍若葉寒
蟇鳴くや足下走る活断層
そこここの道路波打ち青葉寒
テロップの余震警戒新茶汲む
七夕や更地となりし一角に
崩落の城垣濡らす蝉の声
崩落の石の下なる蝉の穴
秋風や踏ん張ってゐる熊本城

大川内みのる

返り咲くつつじに大地震の記憶
終の蝉城を悼んで鳴きにけり
修復の城へまっすぐ初燕
明易や身ぬちに残る震度六
時鳥地震に傷みし城巡る
夜の地震密柑の花の香りけり
震災の露営解けゆく合歓の花
大雨も地震も祓ふ御田祭
激震に二度も遭ひたる墓洗ふ

岡崎 志昴

大阿蘇の草千里まで春の地震《なゐ》
父母に骨抱かれて盆の月
芦北の透析の友春の地震《なゐ》
戻らざる日々語る時鼻冷たし

梶山 純子

震災をかなたにやりし青田かな

※震災から僅か2ヶ月後に目の前に拡がった青田に癒されました。

激震の町

加藤いろは

家鳴りとは家哭くことか地震の春
テント泊車中泊あり月おぼろ
城垣の崩れくづれて鳥雲に
麦の秋活断層の上に住む
短夜や身ほとりに置くヘルメット
激震の町に育ちて燕の子
万緑や城といふわが拠りどころ

金田 佳子

大地揺れ右往左往の春暮るる
被災地となりし故郷緑燃ゆ
船酔ひのごとき地震酔ひ春の宵
大地震にたんぽぽ綿毛そのまんま
教会に三種のバラや地震続く
友情の備蓄たつぷり風薫る
非日常日常となり梅雨に入る
紫陽花や警備員とは顔見知り
復旧の大型車輛夏の雲
亀裂はないか夏空のビル見上ぐ
解体の決まり踏み出す夏の朝
秋暑し公費解体打ち合はす
余震なほ震度五弱や震災忌
地震の傷覆ひてをりぬ葛の花
新しきアパートで聞く虫の声
つなぎ来し命の鳴くや虫の夜
秋草や仮のアパートにも慣れて
隣室のドアの軋みや暮の秋
災を幸として年迎ふ
千回の地殻変動紙魚走る
つくつくし手ぶらの両手重かりき

河田 武文

冬ざれて毀ち墓石も供花得たる
淑気満つトンネル抜けて初湯行
墓銘碑も倒れしままに盆の入り
大地震や天地開闢かくありぬ
なゐも嫌寒さも嫌よ地虫出よ
冬一日無事暮れることの有り難さ
大地震や飛び込む卓下妻が居り
すわ地震円陣組んで去るを待つ
余震なし二十日大根種を播く
春の闇揺れるブランコ大地震

川本美佐子

蔓薔薇の太く巻きつく震災地
春光にタンクまぶしき給水車
蝙蝠の誘ふ夜や余震なほ
夏の月思ひ思ひの雑魚寝かな

菊池 一郎

堂舎塔廟　斜《はすかい》に見ゆ　春の闇
堂舎塔廟　石碑も崩る　桜咲く
大地裂く　高殿いずこ　春の闇
大地裂く　石垣崩る　桜咲く
胸突坂　石かたぶきぬ　春の闇
（本妙寺にて）
胸突雁木　石かたぶきぬ　桜咲く
（本妙寺にて）

ギザギザ仮面

熊本や　地震に負けん梅　くまもんと
熊本の　瞼の裏に　応援歌
震災の　割れた大地に　クロッカス

圭々

地球哄笑し春の夜の大地震
ふるさとの山河破れて桜草
看取る間も余震しきりや明易し
梅雨深し傷みは深し南阿蘇
余震千八百回や百日紅
激震の里や青田の消え失せし
片付けも生きていくこと日日草
愛書みな手放し夏を逝かしむる
復興のクレーン伸びる雲の峰
避難所に習ひしつぼや土用灸

阪田　孝雄

五月雨や明治の鳥居八つに落つ
枯葉のるごろ寝の塔や武蔵塚
万緑や墓石おこせし若き腕
大割れの地底をのぞくすゝきかな
大揺れや傾ぐ建具のすきま風
壊す音建てる音して年暮るる

坂田美代子

万緑の村を去らねばならぬ地震
大いなるもの失ひし地震の夏
大地掴みて倒れたる大夏木
汗惜しみなくボランティアの青年
緑蔭に息災のかほそろひけり
大地震に遭ひたる稲も稔りけり
崩落の石に手を置く暮の秋
災禍なほ残る山々冬に入る
冬芽立つ地震にかたむく一樹にも
春光のすっぽり包む地震の城

佐藤　邦夫

春の花ささやく頬に風騒ぐ

椎葉　公子

襲ひ来るかに万緑も心闇
地震跡の解体業者三尺寝
負けんバイ半壊古家麦とろろ

しとさたぼく

地割れても　純白二人　風光る
春田割れ　ドローンが往く　阿蘇探査

下村奈津美

石垣の　ふんばって櫓　守る春
一心行の大桜　君は何度目　動く阿蘇
春霖や　ブルーシートも　かけぬ屋根

高木　恵子

地震あとの瓦礫の街の樟若葉

たかし

裏込めの石もあらはよ銀杏城
末黒野の若葉も仰げ肥後の空

高橋　満子

崩落も亀裂もやがて万緑裡
巣立鷹あげて阿蘇野の亀裂かな

瓦礫より町を窺ふ蜥蜴かな
蟻の道　神は大地を弄ぶ
幻日を掲げ春待つ地震の街

高濱　和夫

大地震人の構えを解き放つ
震災を越えて今年も稲稔り
漆黒に轟きわたる地の呻《うめ》き
被災地に舞い降りてくる人ごころ
震災の黒土《くろつち》の中芽吹きあり
熊本のなまずもついに大暴れ
避難所の子らのはしゃぎに救わるる
避難所に降り注ぐもの新たなり
遺伝子は震災越えて稔らせる
石垣も瓦落ちても大天守

田上俊太郎

崩れ落つ　甍眺むる　城の月
農学ぶ　子らの逝きたる　阿蘇の春

また地震　妻も怯える　立夏かな
豆腐屋の　解きし更地に大豆《まめ》生ゆる
震災の　ボランティア植ゆる　藷を掘り
復興に　思いを込めて　餅を搗く
年賀状　友は仮設に　住むとあり

高峰　武

亀浮いて小さく鳴けりなゐの朝
今年また自転公転初蛍
大地震《ない》の揺らす大地や代田掻く
藻の花や止まりしままの観覧車
墓碑銘も倒れしままに百日紅
空蝉やなゐの記憶も留めをり
なゐ止んで光る大地や新豆腐
なゐの地に少し傾く葉鶏頭
鳥渡る小さき更地となりにけり
物言はぬ城となりけり神無月
なゐの城ひときは濃ゆく黄落す
極月や風は更地の上にあり

四月より書かざる日々の日記果つ
黒屏をなくせしままや東風の城

滝川　光成

グラウンドを車の占めて春の月
仮設トイレ列なす瞳《め》には春夕焼
車中泊ひざ曲げ仰ぐ春満月
百年の石垣崩れ春星仰ぐ
散乱す街中図書館花水木
抱きしむる再会の妹《いも》咲く紫蘭
ガレヤと言へそれぞれの思ひひなげしの花
家を怖がり入らぬ児よ四月尽
犬連れて余震の話えご散りぬ
ボランティア神戸からとは風薫る

田島　三閒《さんげん》

大地震《なゐ》に崩れし土手の日永かな
春の夜生あるものの匂ひ這ふ
桜蕊ほとほと降りぬ避難所に

田打ち止む無韻の村の亀裂かな
にぎり飯配る人あり朧月
喰うて寝る晩春の瓦礫の中に
崩れゆく石垣枯れゆく銀竜草
春疾風ブルーシートの屋根揺らす
余震止み緑夜一瞬輝けり
夏めくや崩れし里に牛のこゑ
逃げ水のごとき平和や鯉幟
夏茱萸《ぐみ》の酢いこと余震なほ止まず
常なるもならざるも皆夏の暮
めぐりくる禍福の波や秋起し
初凧に「興」の一文字空晴るる

田島　直人

野焼せし草千里たちよみがえれ
彼岸花ふだん通りに咲きにけり

田中　順子

震度七逃げも隠れもできぬ春
春寒し瓦礫にさがす銀の匙
沙羅の花ひたすら地震の闇抱く
被災する蜘蛛も守宮もわれもまた
地震の罅貫入のごとなじむ春

田中　茗荷

避難所の白湯一杯の暮の春
翻るブルーシートへ夏燕
避難所の六千人の梅雨晴間
瓦礫しづもり天心に夏の月
湖心まだ地震《ない》の止まざる蓮かな
避難所の子に遅れて来る夏休
炎天の片寄せてある墓石墓石
避難所の秋の風鈴しまひけり
避難所の閉鎖されたる無月かな
ブルーシート静脈のごと垂れて冬
地震など無かつたやうな寒鴉

谷　喜美子

春眠の背柱を貫く地震
襲ひくる阿鼻叫喚や春の闇
春の闇倒れし書架の鴨長明
眼に見えぬものに脅えて明易し
行々子いくら鳴いても戻らぬ日
棒立ちの熊本城や樟若葉
青嵐踏ん張ってゐる飯田丸
ボランティアのバスに目礼梅雨晴間
被災地と呼ばるることに慣れて夏
見舞はれて見舞ひて夏の逝かんとす
帰省子に倒れしままの父の墓
望月の照らす瓦礫のひとつひとつ

つのだともこ

踏ん張って大地震の年逝かしむる
迂回路の先も迂回路鳥曇

鶴田 信吾

城壁の崩るるままに冬ざるる
今は無き石の鳥居の淑気かな
阿蘇神社楼門伏して秋を待つ

寺本 公昭

あさがおのつるのばしてや青シート
大地裂け男の子に託す鯉のぼり

利根 暢子

激震の　あけて真紅の　牡丹かな

中川 裕子

給水の列に加はる雀の子
漆黒の地震のひと夜の遠蛙
余震なほ明日へ開くアマリリス
生きること得て地震の地の花南瓜
崩落の木の根顕に山滴る
倒壊の句碑に影濃き夏の草

永田 満徳

こんなにもおにぎり丸し春の地震
霾天に遍満したるヘリの音
春の夜やあるかなきかの地震に酔ふ
新緑や湯に流したる地震の垢
被災して五月の空を見るばかり
体感で当つる震度や夜半の夏
地震の地を逃れて風の菖蒲かな
余震なほ耳元で鳴く蛙かな
「負けんばい」の貼紙ふえて夏近し
骨といふ骨の響くや首夏の地震
夏蒲団地震の伝ひし背骨かな
蝉時雨鎮守の森の地震に透く
本震のあとの空白夏つばめ
阿蘇五岳秋の村雲渺々と
深秋の丑三つ刻の震度四
居住地が震源地なる夜長かな
秋の夜の家もろともに震度四
身に入むや被災の城に鴉舞ふ
冬の日の地底を照らす熊本よ

中野しずこ

大地震の倒せし町も夏に入る
余震まだ続く朝寝の夢現
夫も吾も無事なる不思議明易し
地震後の石となりたるごみ鯰
避難所の誰も仰がぬ花樗
大地震は夢でありしか合歓の花
被災地を去らぬ一閃夏燕
山法師被災の人に咲きにけり
避難所に風渡りゆく梅雨晴間
月澄めり人間万事塞翁が馬
石といふ石に秋冷地震の城
潰えたる城の井辺り秋の声
冬ざるる尚閉館の美術館

長野ゆう子

枇杷黄なり卒寿に重き地震豪雨

帰る家の無き入院や菜飯喰ふ
うち踞む朝地震の庭芽の愛《いと》し
家なしに客あり震後の桜愛《め》づ
天守閣春星飾ってゆさりゆさり

中宮　順子

一目全壊てふ故郷や草朧
余震ある里の卯の花腐しかな
烈震に作り直せる燕の巣
損壊の数には入らず燕の巣
家あるといふ幸せや燕の子
水求め彷徨ひし町額の花
大夕焼野武士の如し熊本城
傷つきし家語り継ぐ立葵
鉦叩なほ全壊の家に住む
新涼や地震の傷ある広辞苑
震度五の二百十日となりにけり
迂回路も地震の傷跡曼珠沙華
身ほとりの復興の音冬ぬくし

冬の雨地震の名城見舞ひけり
歯の抜けたやうな町並み枯葉舞ふ
短夜が嬉し烈震余震の日
傷あるは城の勲章冬紅葉

震度七

中村あつこ

短夜の夢引き裂ける震度七
地鳴りドンとずれる断層春の闇
途切れなき余震の責め苦凍返る
春暁の事なき命抱き会へり
おぼろ夜の声かけ合ひて避難所へ
ずたずたの町よ生活よ春寒し
陽炎や瓦礫の町をさ迷へり
挫けまい蝶々でさへ海わたる
病葉や目を閉じてゐる地震疲れ
逝く春の大地の神に跪く

永村千枝子

大地震　無事とメールの　夜半の春

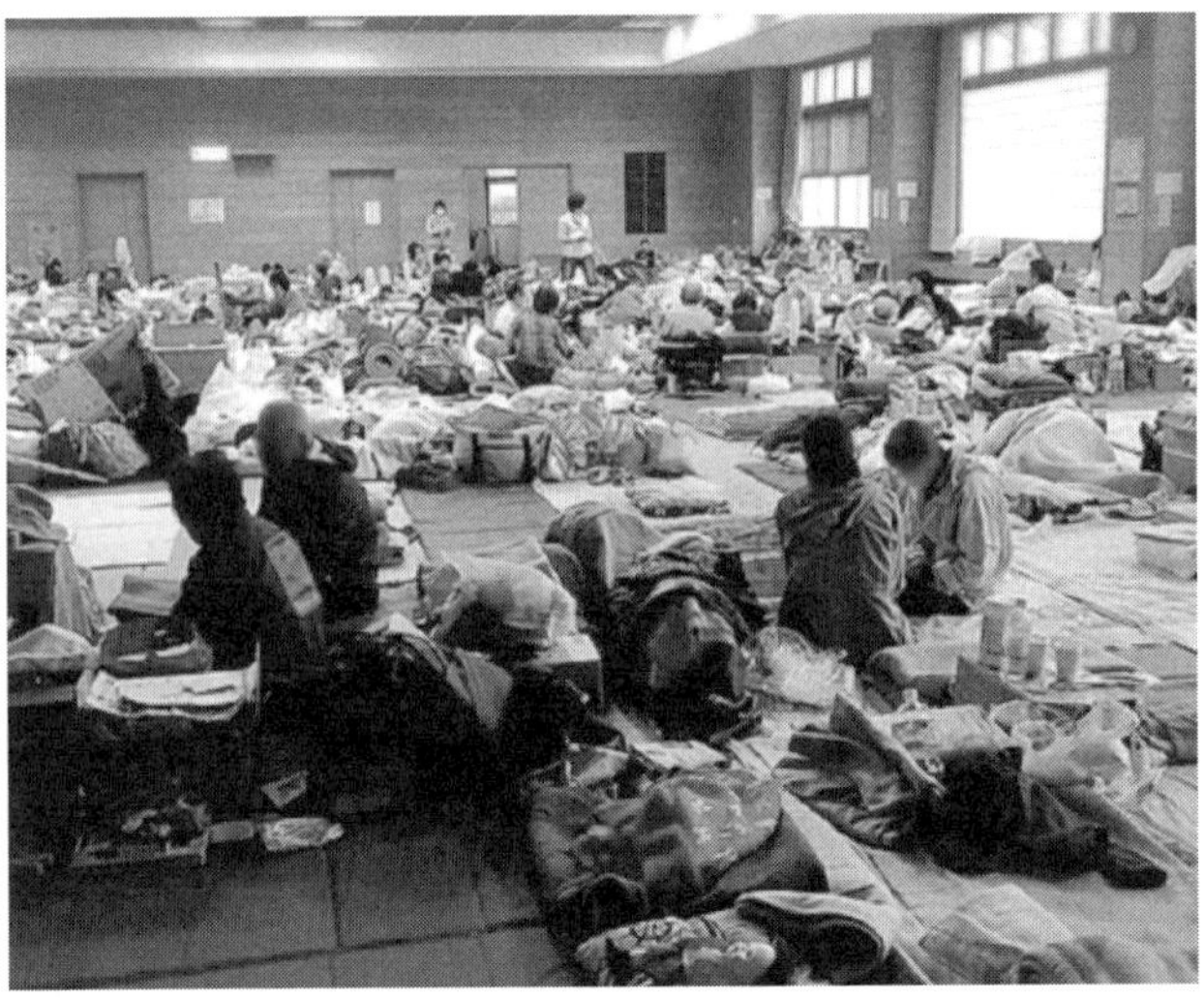

写真提供　特定非営利活動法人くまもと災害ボランティア団体ネットワーク（KVOAD）

楠若葉　震災の中　城かざる
地震の城　再びのぼるぞ　楠の頃
手を合わせ　楠の向こうの　地震の城

永村　典子

拠《よ》つて立つ大地あやふや地震《ない》の春
うつつとも夢とも思ひ春の地震《ない》
まなうらの揺れ収まらずほととぎす
地震《ない》によく耐へたる家よ枇杷熟るる
傷つきし天守間近に夏祓
地震《ない》の無事報告したる墓参り
ちちろ虫けふも地面の震れ動く
地震《ない》あとの今も名城小鳥来る
コスモスの揺るる図書館再開す
避難所が体育館に戻り秋

永村美代子

ふと浮かぶ大正の地震春の月
地震あとの街を五月の風渡る

再開を願ふ書店や夏燕
浄めたる地震の疵痕若葉雨
並べある地震の記録や街薄暑
すれ違ふ貌の強張り春は逝く
地震の城真近に仰ぐ夏越かな
手付かずの瓦礫散乱秋の草
地震の疵つつむ青葉の城下町
歳晩や海を越へ来し地震見舞

仁尾《にお》　綾子

傷付きし城を照らすに余る月
冬ざれや仮設住宅音もなく
郊外の仮設住宅そぞろ寒む
傷付きし城を包みし黄葉かな
半壊の門によりそう枝垂梅

西　美愛子《みえこ》

おぼろ夜の眠りを砕き活断層
春の地震闇を上下にゆさぶりぬ

大地震修羅となりたる春の闇
短夜をさらに短かく地震走る
地震の町影くろぐろと花は葉に
復興の大地を鳴らし盆踊
名城の深傷をいやす夜夜の月
胸熱く見上げて寒き地震の城

西村　孝子

縋る膝なく丸まって春の地震
八十路なる夫祝ふ夜の春の地震
春の地震夫のさ迷ひ始まりし
陽炎より生きよと父や母の声
天高し我も復興城主なり

服部　英雄

全壊の　家　見上げれば　名前旗
人住まず　三月も過ぎて　軒ツバメ
二千人　夏狂言に　風も止む
白木蓮　あれからいまだ　十一ヶ月

平川みどり

たましひの凍れる暁の余震
余震なほ月下に傾ぐ半仙戯

平山紀美子

地震に覚め縋るものなき春の闇
沈黙の春となりけり地震の朝
給水を手伝う子らや柿若葉
復興の一歩一歩や早苗植う
地震の疵深き阿蘇路や麦熟るる
鶏頭の赤き炎や余震なほ
存問の旅となりけり地震の夏
鎮魂の言葉のやうに泉沸く
ふるさとは祈りに満ちて秋の声
慟哭のやうに木枯らし地震の城

福島ミキエ

奈《な》落《らく》へと三《み》度《たび》卯月の大地震

藤田　康子

城の美や不覚を負いし春のこと
武者返し平成重機暑き夏
又いつか桜誇れよ熊本城

青葉風　藤本　淳子

根子岳の天狗砕ける春の地震
救援の車列野山の藤揺るる
新緑の包みきれない地震の傷
ライフライン失くして暮らす昭和の日
余震なほ伸び放題のわらび山
山越えて来るボランティア風薫る
青葉風名園に水湧き始む
救援のパック御飯や青葉冷
余震なか田植機の音風の声
迂回して帰る故郷霧の中

復興へ　藤本　征男

炊き出しの無口の列にもんしろちょう
避難所に笑顔久々春野菜
余震続く阿蘇麓にも青葉風
熊本城被災せしまま梅雨に入る
虚ろなる被災の街に梅雨しとど
崩落の痕幾筋も大西日
崩れ家の庭にコスモス揺れてをり
地震跡の北風トタン捲りゆく
復興を信じて啜る晦日蕎麦
復興の狼煙のごとくどんどの火

戸次　柳親

被災地の余震に凍る寒見舞
震度7世界遺産もゆれる街
城壁が崩れ悲しや街あかり

花茨　松嶋　洋子

ボランティア一寸一服花茨
被災者の黄色いテント芝青む
震災に崩れし屋根や青葉雨

盆供養倒れ墓石に手を合はす
朝顔や被災の屋根に咲き誇る
地震跡の錆びた線路に帰り花
被災家のつぶれしままに又春が

松本よし枝

門火焚く家も無くしてしまひけり
倒壊の家に屈める秋日傘
万緑や地震の大地は蘇る
草原の亀裂を渡る青嵐
黒々と地球の亀裂阿蘇夏野
万緑や地震の大地はただ黙す
がうがうと地震の亀裂へ男梅雨
浅き夏地震の疵跡深かりし
更衣して瓦礫の中に精を出す
全壊の庭に静かに杜若

松山　永恵

震災や兄の書籍の落ちし冬
寒中や手をたずさえて避難する
寒風や立ち入り禁止の赤レンガ
（五高記念館）
振動や切炬燵にてかばいたり
冬空に熊本城の雄姿かな
寒き日に水の配給並びけり

光永　忠夫

花みかん強く匂へり地震の夜
春の地震認知のひとをもてあます
サンパウロ新聞援護の募集記事
春霖の追い打ちひねもす地の震ふ
見舞ひたる恩師肌脱ぎ余震来る
倒壊の鴨居に揺るる春着見ゆ
しかすがに地震の荒野に泉湧く
容赦なき残暑ひたすらしづもれる
夕端居仮設団地に長き椅子
八朔や深傷のお城訪ふ人も
トルソーや避難百日秋を待つ
救援の車列過ぎゆく彼岸花
地震の地に秋冷来たる安堵かな
余震なほ仮寓に多き冷奴
秋時雨断層の道けものめく
竹林や夜寒のなかの仮住まひ
解体の重機唸りて石蕗の花
方舟のごとき仮設や冬の霧
聖樹に灯点して仮設の老ふたり
門松に手塩の盆栽仮設棟

宗像　和子

春の地震四百年の城を斬る
夏草に大蛇のごとき地割れかな
ねぶの花安堵の夜のもどりけり
花ふよう瓦礫の残る湖畔道
萩の花灯《あかり》の消えし地震の家
身にしむや被災の家を壊す音
被災地を元気な色に曼珠沙華
図書館の復興まぢか冬木の芽

冬紅葉地震の大地のレクイエム
復興へ全速力の十二月
被災者のこころの叫び鵙の声

矢澤　幸乃

四月十四日仏滅瓦降る
地の神に弄ばるる春の闇
おにぎりの一個に並ぶ暮の春
春宵の肩に届かぬ湯をもらふ
かたつむり静かに遊ぶ避難の子
その日より燕くぐらぬ石の橋
城若葉この戦さには破るるも
トラックの瓦礫満載男梅雨
明易の避難所そつと出勤す
囀の戻りし朝の生サラダ

山下さと子

行く春の数へきれざる余震かな
葉桜となりても戻らざるくらし
地震疲れしたる眼を葉桜に
収まらぬままの余震や梅雨に入る
車中泊して短夜の長かりし
家並の崩れて高き鯉幟
ほととぎす地震に傷みし山に啼く
夏草の覆ひ尽せぬ地震の跡
秋の水しづかに地震の痕に沿ふ
地震痕をいたはるごとく水の澄む

山下しげ人

四月十五日昨日と違ふ朝
短夜をいくつも区切る余震かな
父母に余震の添ひ寝明易し
文字滲む罹災証明梅雨深し
家財一切なくなつて梅雨寒し
被災して黴の家屋となりにけり
秋風を宿し瓦礫の影深し
秋風の更地となつてしまひけり
地震疲れひきずる街に颱風来
白靴の汚れもろとも形見とす

山野柘榴子

蟻穴を出ずひび割れたビルの下

山本　淑子

春の地震一鳥こゑもなく過ぎる
地震また来るよくるよと蟇鳴きぬ
余震まだつづく闇より時鳥
震災の消息を聞く羽蟻の夜
避難所の梅雨の灯一つづつ滲む
余震来ぬかと川蟹の穴覗く
走り根の先まで余震梅雨深し
震災の灯ちらちら夜蝉鳴く
冬帝に護られてゐる地震の城
仰ぎてもなほ春寒き地震の城

湯本　康二

降る雪や大《おお》地《な》震《ゐ》後《あと》の地を浄め

春の日を再びもらふ草千里

吉住　淳子

帰省子のただ立ちすくむ地震の城

熊本海程俳句会

野田　信章

夜の地震臓腑におよぶ立夏かな
地震いくたびねむれば瞼緑さす
地震の顔ばかり立夏の城下かな

伊藤　幸

地震止まず蟇の声さえ神々し
卯月川濁れるも水は水　汲む
裏も引越し枇杷いつ生りて落ちたやら

柏原喜久恵

千の余震欠けたコップのばら開く
生きよう　一重の蔓ばら咲き初むる
罹災の荷埴輪の馬の目のかなし

汀　圭子

春の地震まるで玉砕墓石は
若葉闇犇と抱き合う震度七
城壁の崩落を慟哭《な》け樟若葉

森武　晴美

燕の巣抱きて倒壊震度七
水の来ぬ田に豆を蒔く黙々と
顔見れば地震の話鳥渡る

村松　喜代

蕗味噌や二夜連続の大地震
避難所の暗闇ぽわっとこでまりの花
余震続く知らんぷりしてだんご虫

下城　正臣

ほうれん草地震の畑に柔らかく
倒壊や春暁救いの手をつかむ
熊本地震老朽木造ゴーと鳴る

生田　一代

笑ぅ他なし天井落ちて春の空
地震の後蛾が湧く井戸の大きな木
尿する青田次の余震がまた来るぞ

福朗俳句会

麻生　恭子

余花いまだ余震つづきて疲れけり
爆音にあごを上ぐるや若楓
地震あとの電動鋸や音涼し

家村フミヨ

水道の水ほとばしる青葉かな

木村 久子

青シート町は壊れて金木犀
大地ゆれ泥にまみれた鯉のぼり
かかる世に影もかわらぬ春の月
春の夕ほとばしる水二度三度
被災地に無情の雨や春嵐
古き家に留む一葉大地震
風薫る熊本城も崩れたり
園遊会若葉に嬉しいおてもやん
大地ゆれ応援もらう肥後の春
地震見舞いたづね来し娘や青葉道
炎天下認定に汗地震の家
獅子舞のけいこの最中大地揺れ
通り町ロアッソ団扇絆でき
呼び合うか初秋の白川不明の子
大地揺れ倒れし墓に矢車草
本尊の真上にシート梅雨近し
立冬や山伏百螺ひびく城
冬の日や解体決める家の影

後藤 梓

くまもとの復興祈り大花火
大地震負けなかったよ一学期
大地震負けず笑顔の運動会

下村 道

夏近し小さき地震の一つかな
大地震五月の闇や夜半の月
鮒金の地震見舞や青葉風
春闌けて空家らしきや赤い紙
大地震小さき蕾の紅つつじ
クレーン車終夜動きてさみだるる
大地震無かった如く若葉かな
一筆を納めて夜半の地震かな
ぐらぐらと夜中の地震や梅雨深し

田尻八重子

阿蘇噴火地震水害助けてよ
地震ぐらり福朗で無事春の夜
青葉風インフラ解除でほっとした
葉桜や順番を待ち並びをり
世は連休震源地に住む淋しさよ

津下 辰吉

天災に春高楼の名残りかな
見る影もなき地崩れの阿蘇薄暑
恐ろしき地震の揺れて青嵐
春地震に夢破れたる武者返し
地震哀れブルーシートの春夕
春昼や清正公の像哀し
春愁や浅き眠りに地震続く
休校の明けし子供ら風薫る
城霞み欅青葉の涙雨
熊本を思い見舞いの夏近し

花田 彰子

秋雨のしとしと続く震災の城

松村　武子

金木犀地震にもめげず香りくる
漱石も訪ひし阿蘇宮なぎ倒れ
草萌ゆる阿蘇路や今は無惨
芍薬や被災の庭に主無く
ボランティアに笑顔の戻る農家かな
同い年と互いはげまし地震の春
五月晴見渡す屋根はブルーシート

村上　フミ

一服の新茶に忘れ大地震
何事もなかったようにつつじ咲く
春の夜の何が何だか怖ろしき
初夏やむろやは町を潤して

北部公民館　初級俳句教室

水野つとむ

地震の傷癒えぬお城も春立ちぬ
崩落のままの天守や春の雪

後藤　悦子

崩落の城の石垣春の雪

早坂　猛

春の夜の大地震呆然生きて在り
大地震の崩れもよそに楠若葉

宮村紀三子

夜の地震にのどけき心失しなへる

田中美千代

緑陰や地割れしままの山河かな
崩落の城垣に咲く石蕗の花

久木田恵美

崩落の阿蘇路の旅や冬紅葉
年の暮地震の被害に家移る

山﨑八重子

花みかん地震の闇をただよへり
大ゆれの地震に目覚むる牡丹かな

写真提供　特定非営利活動法人くまもと災害ボランティア団体ネットワーク（KVOAD）

短　歌

愛沢　流字
震災はいつ起きるのかわからない明日はわが身と学んだあの日

新井　悠
予想だに襲う地震の二度あれど負けじ捨てじの肥後魂

アリス
倒すまいと咄嗟に掴んだ点滴器手術着で降りるロビーは遠し

池田　照子
地震に倒れし我家の瓦を一かけら大事に持ちゐる十六歳よ

石田　健二
あるじ居ぬ小春日和の縁側で我が物顔の野良背伸び

石橋　謙三
二十一時二十六分突然に部屋が捻じれる　眩暈来たるや
堅牢と見えたる山が唐突に表層雪崩で青年を呑む
前日にゴキブリ六匹捕獲せり　地震の予兆か今に想えば

九時間を要して百㎞の博多へと一時避難す「渋滞」のなか
被災者の苦しむ街を離れじとおもえど避難す老いをぞ憎む
ひと月を待ちても手元に届かざるクロネコヤマトの宅急便が
嘘すこし交えて話す地震のこと梅雨に明るくあじさいの咲く
堤防を下りれば壊れし四時軒の狭庭にエゴの白き花見ゆ
「二、三日前より余震が0となる」七月尽日日記に一行
二年目の春を迎えし被災地の息づく空に雲雀飛び立つ

伊藤　三郎
荒ぶる神とわが女神
大地震に壁の写真は揺れながら先づは座れと見下ろすわれを
一瞬の震動の惨に湧く空虚地球の欠伸に戦くばかり
熊本城飯田丸の奇跡
角積みの石が支へて飯田丸石工まだかと重機が抱く
地震跡のカルデラに生きる万象に虹をくだされ日光さまよ
ビルの間の軒低き家が喪せてゆく過ぎし大戦平成の地震

稲葉　順子
大地震に耐へたる我が家守らむと壁割れたるを夫が補修する

揺れるも日常

岩城恵美子

突然の大揺れ感じ夫を見る互いに手を取り終わり感じる
一瞬はいつまでたっても終わらないホッとできずに夜は更けてゆく
電話鳴る耳に当てても不能なり返事届かぬ孤立の我が家
テレビ消えラジオもつかず暗闇で揺れるまま立ち明日を待とうと
これは夢ただ事ではない家の中しかしこのまま死ぬも本望
死ぬるとは予期せぬ時に迎えると実感できたあの時だけは
五人の子に生きているぞと電話する何も言わない携帯空し
避難所に逃げ込む近隣昼間会い移動も危険と我が家離れず
交通も寸断されていると言うもともと買い物難民地帯
子が来れば親は何処だと探すはず家に居るのが一番無難
連日の大揺れ程は来ないはず思った途端又一六襲う
熊本がとんでもないと放送す熊本熊本熊本報ず
状況がやっと呑み込め我が家では良かった方だと納得したり
熊本城県民皆の心からガラガラ音立てしかし踏ん張る
凄まじさ四百年の時を越え熊本シンボル崩れて崩れず
腰痛む夫と共に整形外科三時間駆け辿りつく診察医
歩行だけやっと可能な夫見て痛みの除去が可能かどうか
家の中片付ける気も失せていく長期戦なりまずは食べよう
庭先の野菜の溝も裂けており例年通り揃わぬ野菜
土地があるそれだけでも良い恵まれて何とか自給自足が可能
二人して生きれた事が有り難し地震の事故死五十人なり
報道で益城の被害伝え聞く行くに行けない道路が寸断
動かずにいる事もまた協力と周りを見に行く勇気も持たず
元職場八代よりも被害あり線路開通で赤飯届ける
年を越し揺れの生活少なくし落ち着かぬ様で落ち着いてくる
地震とは押さえつけられたマグマ等が人智を超えた大地の怒り
県民性呑気大らか横に置き今後ジワジワ燃えていくはず
日常に戻りたがるが非日常あってこそなり日常となる
何処までが日常なのか考えて壊れた家屋も思えば日常
災害に出会って分かる相棒の何と存在頼もしきかな
今からも貴男の後をしっかりと付いていくだけ絆深めて
この人を夫に選び又我も選ばれていたと納得した日
これからも夫を心の真ん中に抱いて過ごさん人生僅か
お互いに今を今日を大切に何があっても生き抜くだけと
子や孫に未来に向けた取り組みを小さいながら出来るのは何
我は今民生員を引き受けて社会への目を学ぶ日々なり

定年後短歌を学び面白み日々の変化に言葉紡げり
九〇歳短歌の先輩地震後も頭と手と口短歌披露す
動じずに生きれることが羨まし動じながらも歌にするとは
あそこには行ったことありあの山が涙で画面見えにくくなる
皆が居て社会が動くと実感し仕組み完璧日本の社会

岩田　和子

帰省中大地震《なゐ》に遇ふ吾娘《あこ》夫婦吾れに奇跡の救い賜る
大地震の余震いまだに卯月尽屋根のシートに月のみ照るも
八十四才詮なきまゝに年暮るる仰ぐ星座に吐く息太し
慟哭の声とも聞きぬ家きしむ離れ住む子孫《こら》の絆に泣くも
帰るにも帰れぬ予震に胸痛む非日常日日《ひび》疲労増す娘よ
生かされて生きねばならむ齢草《よわいぐさ》新らしき朝春月淡し

上田　康彦

風もなく水面に揺れる銀閣寺大地の動くかなた火の国
（京都旅行で銀閣寺を観光中）
気を抜くな阿蘇の怪獣目を覚ます土砂を吐き出し大橋潰す

上野　暎子

解体の順番を待つ家々の間の我が家に夜がまた来る

大江　美典

卵抱ふ親鳥のごと吾を庇ふ父の背《そびら》の広さに驚く
肥後ツバキ肥後シャクヤクも咲くだらう大地割れても諦めざれば
雨のごと絵本は降りて粉々に動物ビスケット割れていた日
はらわたを裏返すごと地響きにすべなく屈む大なゐ震れば

大江　豊

どの子にもお家はあるよ震災の軒で唄うよおいでよおいで

太江田妙子

激震に身動き出来ぬ束の間の奈落に叫《おら》ぶ声にならぬ声
歪なる闇をつんざき地震前ぶれの空振窓叩きゆく
毎日の写経も七千六百に途切れて地震の幾日続く
避難所にただ泣く赤子の声聴けば心に沁みて切なかりけり
また余震　身構ふ風呂場の玻璃に這ふ守宮の胸がどきどき動く
身を護る力あるのか　頭陀袋肌身離さず地震の日続く

十五年亡夫と守りし観音の例祭阻みこの大地震

壊れたる観音堂は閉じしまま　牡丹祭りの十八日過ぐ

大地震に傷みし観音堂巡り天意のごとくぼうたん咲けり

終息の見えないままに地震続くひと日を牡丹の花によりゆく

大地震の今年最後の白牡丹手折りて供ふ仏の夫に

被災地に今日は激しき梅雨の雨神様なんて居るの本当に

うしろから抱き起こしたる観音の御顔の無傷　ただに喜ぶ

毀ちたる観音様のいと小さき欠片仏師の手が拾ひゆく

ページ繰るごとく幾山越え来たる糸島仏像修理工房

親であり子であるやうに慈しく地震に傷みし観音見舞ふ

声かけつつ仏師が顔を向けくれし修理の仏　吾に微笑む

三月ぶり逢ふ観音のかんばせに常より深き絆を結ぶ

観音仏修理の進む工房に玄界灘の春の風吹く

震災に毀れし橋が突き刺さる河にのうのう浮かぶ春鴨

大友　清子

唐突に醒めし大地母掌の上の万物揺すりこぼたむとする

大畑　靖夫

夜を徹しへりの四、五機の音絶えず誰かが起きて人探しをり

砕けたる赤き瓦の鳴く音を聞さつつ歩む秋津川べり

春光に照りて菩薩の後光なり地震に動かぬ大観覧車

隆起せし地震の野面のただならぬ亀裂をまたぐ夢をまた見つ

ある無しの風に揺れたる姫女苑地震に埋もれし瓦礫の中を

小川　道子

並ぶ人並べる人も戸惑えりおにぎり一個配らるる朝

小野　順子

夏草の生ふる姿か熊本城　残りし石垣《いし》を風登りゆく

見遥かす南郷谷に桜見し七日後に遭ふ激震の報

激震にあへなく折れて墓石《いし》あまた戦場のごと父母眠る地は

人はただ地球の動きに身を敏く敬ひながら生きてゆくべし

地割れして地獄の闇の底いより地上に噴き出す天変地異か

「熊本地震」五十名もの犠牲あり行きて拝まむ地蔵菩薩に

淡《うす》青く明けゆく空を仰ぎつつ祈るもしばし地震が止むを

三ヶ月地震《なゐ》の経過も夢ならむ道の路肩の雑草猛し

復興にかかる歳月分からねど風よ光よ阿蘇よふたたび

地震《ない》を詠わむ

尾方　徳一

震度6激震襲う夜の9時　皿やガラスの破片や危なし
地震来て後片付けはそのままに　歌誌の発送友と二人で
枕元懐中電灯・ラジオ等　風呂に水貯め地震に備う
真夜中の寝込みを襲う烈震に着の身着のまま家を飛びだす
恐ろしさ怖さの極みか地が震う家の悲鳴は心の悲鳴
空き地には人等多く集まりて怖さ寒さに震えていたり
震度7激震二つありしかば亡妻《つま》に祈る「助け給え」と
車中泊三日を過ぎて胆座る　家居にありて亡妻《つま》と過ごさむ
屋根壊れ壁に亀裂がある家に暮らして今日の一日を生きる
水の無き暮らしに神か隣家より十八リットルのタンク頂く
水《みず》道来れば「ややや大変」大慌て　トイレ水漏れ・床上浸水
ドンときてキュンと心臓縮まる日　今日も続きて余震十日目
メル友の見舞いの短歌に癒されて余震十日の今日も暮れゆく
かかる日もバラは咲き初む薄紅に余震の震え今日も続くに
この難に耐えるほかなし先ず一歩「朝の散歩を始めてみるか」
我が安否友づてに案ずる人いると友のメールの心に滲みる
被災地に無情の雨か容赦なくブルーシートの屋根叩く音
手作りの蜂蜜贈れる友のいて余震の今日は心嬉しも
ホトトギス「天変激多過《テンペンバゲタカ》」と声高く余震の夜半の空に啼きたり
どことなく遠雷に似た震え来て我のセンサー「震源遠し」と
とめどなく余震は続くや二千回　足裏センサー六感となる
熊本の大地を恃み住み暮らす地震《ない》のありとも我らが山河
あすありと思う心の古稀我は地震《ない》を畏れつ地震《ない》を詠わむ

地震を越える

沖田須磨子

ねぎらいを頂きながら余震なおつづける朝《あした》新聞配る
地震におびえ避難の人へ確《しか》と渡す絆の証のにぎりを十個
終息の見えぬ地震の怖ろしさそれでも我は新聞配る
雨の日を車中に過ごす人見つつ傷む心に新聞配る
鉄路こえ新聞配る被災地は仮設入居の始まりており
半壊の家の庭先あじさいが雨に打たれて重たく咲けり
やさしかる蛍の光目に追いて余震の不安を忘れていたり
地震にて二時間遅るる朝刊を配れば朝餉のみそ汁香る

子が笑う笑い袋のようにまた笑う地震のつづく幾日を
満ち潮が干潟をゆっくり沈め行く地震《ない》の禍事《まがごと》消し去るごとく

奥山　直人

目覚むれば妻は箪笥を背に負いて吾名を叫び闇に震えおり
ブロックをコの字に組みて竈とす飯炊く炎に心和らぐ
車中泊今日で幾日数えつつ深夜のラジオに聴く〝神田川〟
大地震の後の大雨更に風萎えし心を折らんとするか
麦の穂は四月の風にそよげども行方に数多ブルーシートの屋根
倒壊の家屋の続く街逃れ楠の並木に眼安らぐ
十六夜の月光の下倒壊の屋根は余震にまた震えおり
引かれゆく脱線車両〝つばめ号〟高速列車の面影はなし
電柱も家も道路も傾きて平衡失う被災の町に
避難所を仕切る白布の内に居て何を思うや雨の夕暮れ
ブロックの積込み作業梅雨最中雨具の内も汗にまみれつ
大槌に堅固な家具も他愛なく木片となりボランティア終う
半壊の吾家捨て置きボランティア何故ゆくかと妻に問われし
列車にて熊本離れ行くに連れブルーシートの減るは安らぎ
市職員も震災対応慣れざるを詰る被災者僅かなミスを
界隈は解体・新築進めども半壊吾家手付かずのまゝ
断層の延長上の原発に稼動の選択あるは不可思議
被災家の解体済みし里に来て立ち尽す妻何も語らず
解体の済みたる更地の水溜り寒月映し風に波立つ
〝早よう去《い》ね〟二重峠の凍結を案じて義兄帰えり促がす

加来はるか

轟音と地を裂くごとき大揺れが襲う真闇に怖れおののく
熊本地震想定外と言われたり聴くたび恐怖つのりゆくなり
魂が抜け出た様な地震の午後何はなくとも水求めゆく
戦中も戦後も辛《つら》き追憶も齢九十大地震《なゐ》に生く
激震に産土《うぶすな》の鳥居崩落し偙《かたえ》の大楠恐れ戦《おのの》く
唐突の地震にはげしき音立てて毀《こわ》れゆくものに言葉はあらず

金子フム子

震災で崩れし家に電話して呼出し音をじっときいる
待ち待ちし罹災証明受取れば突き付けられる我に家なし
地震《ない》により崩れしこの家「住めないの住めるんじゃない」子をこまらせる
益城での書道教室再開し集えば今をみんなが語る

目をとじて「南無阿弥陀仏」唱えれば心は益城の仏間に座する
震災で行くべき道のおもほえず春の霞の野に迷うごと
東に益城の山々見放くとき断ちきりがたき絆のあるを
待ち待ちし解体予定知らされて我を忘れて一日を過ごす
我家と共に歩みし桃の木の華やぎ見るも今年かぎりで
我ための終の栖ときめし家はひなの節句に重機の入りて
紅梅の陽ざし集めて明るめる崩れし家を見守るように

本震後の避難所にて

金田　佳子

安堵の声思いやる声不安の声の中に激しきイライラの声
四年前車中泊の旅行せし車は米寿の母のベッドに
一晩中夜間照明つけくれし自動車学校に車中泊する
ご近所と車中泊する自動車学校子ら駆け回りピクニックのやう
戦後すぐの住宅難もかくやある２ＤＫに六人で住む

川崎　浩生

楓の木地震のあとを枯れ朽ちし四月の青葉記憶にあるを

神田　武尚

いつまでも震動やまずこれまでかこの地に住みし苦難と歓喜
家悲鳴ガンガンガン震度七部屋中まき散る茶碗も家具も
家を逃げ夜の芝生に伏せおれば底より突き挙ぐなんの怒りぞ
暗闇で声も名前も知らぬ人へ怖かったねと相槌かえす
気が付けばわれは被災者炎天下給水列の三百番目
親こども避難の一家訪ね来ぬ望みし熱きうどんをすする
旅に知る乙女が突如やって来ぬボランティアすとザックを背負い
アスファルト路面は耐えし記憶なり縦割れ横割れ蜘蛛の巣クラック
揃い皿おおかたは割れ忘年会紙の食器を妻買いにゆく
猫いだく髭面翁の角の家更地となれり地震後七月
表札がえぐり取られし避難の家赤紙の赤すでに失せたり
けさ通る街角の空広がれりまたも一軒更地となれり
こんなにも路地広かりしや両側の塀根こそぎに取り払われて

北里美知子

時経てもまぶたに浮かぶ長塀は黒き瓦の線を崩さず
地は深く歪《ひず》みゆくとも朝来れば庭に薔薇咲く紅き薔薇咲く
音をたて幾度揺れ返す地震《なゐ》の夜安永蕗子を読みて過ごしぬ

明け方に小さき余震ありて我が遠く忘れしはずの夢かと思ふ
この年の蝶は迷ふか崩れはてて低き土塀にひらり現はれ
揺れて後も残る古町奥座敷老妓ひとりの舞ふ黒田節

木下芳根心

お社の阿吽の像の阿が落ちて転がったまま地震十日目

木村眞一郎

草原の地割れに牧牛転落す夏山冬里牧畜まもれ

いのちの梢

清田由井子

乾坤のあはひ大地震《おほなゐ》ふるへつついのちの梢月一つゆく
呼びかへせどかたちもあらぬわが家郷激震七の闇握り占め
握る手はどこぞと呼びて一命を未明の星の下に賜はる
梁を落とし人間《ひと》をも潰し夜の隅に激震七の敵立つてゐる
今昔のすべては消され南阿蘇裂かれ錐揉みに野面《のづら》はゆがむ
落下するはずなき大橋の落ちし夜も星宿移る条理はむごし
土砂に呑まれ増えゆく死者の数をよむこの断念に泣くさへ忘れ

益城野はわが山向かうほととぎす無常とや鳴け山越えて鳴け
きんぽうげ影もて咲ける地震《なゐ》あとにかなしみの碑となりてわれ佇つ
地震以後の家郷恃《たの》めばたちのぼりいのちの丈に立葵咲く

清見登喜夫

皹入りて波うつ道の閉ざされし川の岸辺に工事用の道
暮れてゆく車窓より夕焼け眺めつつ今日も余震の体にひびく

窪島　利行

病《や》み空に苦しく息を吐きおりぬ瓦解《がかい》熊本城天守閣
余震あり　揺れてないのに揺れ心地便器跨ぐも弱き放水

久保田一子

まさかの地震孫の祝儀と重なれど無事に果たせて慶びの春
痛ましき姿となれし熊本城赤き心で復興の春

がんばろう熊本

黒田　光子

地下深く巨大な魔物動き出し地を裂き山を崩す地震《なゐ》とは

地底より突き上ぐ力地を裂きて人を飲み込む地震の正体
わが生れし益城の郷に降り佇てば愕然とする大震災後
崩れたる家並つづき幻のごとき町にてことば探せり
余震止まぬ恐怖に怯ゆ日々《にちにち》を紫陽花青きつぼみ脹らむ
ああと泣く赤子のやうな鴉さへ愛しと思ふ震災後の朝
現し身は自然の恐さ優しさに日々絆《ほだ》されて筍ゆがく
クマモトの大震災後の国道を大型ダンプ列なし走る
7ヶ月過ぎし晩秋震度7もう来ぬまだ来る恐怖が消えぬ
飛行機の音さへびくり晩秋の独り居恐怖の消えぬ地震後
東北の余震未だに続くとふ熊本地震の覚悟の晩秋
ガタガタと音立て動く建具あり寒さ増し来る震災後の冬
「がんばろう熊本」の文字トラックに見つけてけふの勇気を貰ふ

後藤貴美子

自衛隊、災害派遣のトラックは　被災者の我実感させせり
県外の妹未だ帰郷せず　道は直れり　家は更地に
瓦落ち壁の落ちたる家にいる　両親と握り飯いただく
震災の記事見て涙あふれ出て　何もなくともまた流れおり
地震も何も関係なしに幼子の笑う姿は希望そのもの

度たびの余震を恐れ夜を明かす車窓を過ぎる鳥は何処行く
小林　則子

古場佐代子

恐ろしき一夜明けた地割田に名を知らぬ鳥は風の中に立つ
あの日より異界にワープした場面倒壊の街は削除できぬか
あの日より壊れた家並みのガラス片は四月の陽の中鈍色を放つ
激震で赤紙貼られた玄関を入口と知るか猫は家人を待つ
故郷と呼ぶ地にタンポポ花咲けるまち・むら・街が姿変えても
その後もタンポポ咲く朝日々来てはガレキの下より綿毛飛び立つ

坂田　陽子

大地震《なゐ》のやぶれかぶれの堕地獄に何に縋らむいのち潜《ひそ》めて
だしぬけに天地ゆるがし崩壊す地震といふはおそろしかりき
「何ごとか」叫《おら》びて縋りし柱なり地震《なゐ》に怯えしわが爪の痕
刻々と大地のいのち荒ぶれて揺れ止《と》まらぬ熊本平野
さぁ大変私は川へ洗濯へ息《こ》は「水」「水」と博多へ走る
リヤカーで支援物資や家捜し身の丈ほどの掛け橋となる
大地震の災禍に唖然さりとても人間生きる力もてゆく

春の陽はあまねく照れど肥の国の阿蘇山脈は復興さ中

生き死にと思ふ激震身に受けて今ある生命《いのち》の幸を思はむ

屋根瓦ブルーシート懸けしまま春夏秋冬また春が来る

坂梨　三枝

墓崩れお腹の中の骨壺が四つ並んでこの世を見ている

坂本　玲子

地震後の避難の車中に白みゆく空を見て居り子等と四人で

崩落の瓦礫に埋もれ無惨なる愛車見捨てて去り行く我が家

ドンと来る熊本地震に身が怯ゆ避難の庭にゆるる紫陽花

「地震酔ぃよ」孫の言葉に心身の乱れに気づき潤む蛍火

居間になほガラスの破片陽に光る萎えし身裡に刺す棘のごと

目処たたず揺るる心の癒ゆ一日「越えゆくべし」と友と語れば

屋根覆ふブルーシートがはためきて瓦が落つる折々の音

先行きの見へぬ災禍の慰みに夫は仮家の庭の草抜く

秋の陽に光るクレーンがゆっくりと屋根にとどくを夫と見遣りぬ

常ならむ過ぎ来しの時七月余わが家の庭に青む老松

﨑山　益枝

届きたる「熊本城主証」かなわねど復興なるを　嗚呼おがみたし

熊本城、修復なるまで生きていて祝いの旨酒飲みたいね　嗚呼

親思う心に勝る親心、地震に放ちし一矢に敬服す

佐藤　邦夫

元気だせたくましくくまモンごらん笑顔とんでる絆と絆

さとうひろこ

衝撃に跳ね起きたる娘《こ》の背後にぞ箪笥は倒れ　いのち抱き締む

ゆれ止まぬ暗闇にして声かけあふ　テーブルの下に肩を寄せ合ふ

脱力の体を起し起ちあがる眩暈か余震か揺れて判らず

離れ棲む家族寄り合ふ体育館大なゐの夜の避難所明し

つらなれる余震に怯えふはふはと土足のままに部屋を片付く

やうやくに電話つながり安否の問ひつぎつぎ届く余震の中を

道沿いの塀が倒れて風とおる人の通るも木の間に見えて

余震あまたつづく中にも店々は普段の活気取り戻したり

ボランティアの若きら確かな働きで庭の瓦礫をたちまち片付く

虹かかり希望は見ゆる熊本の城の崩れは痛ましけれど

佐藤　有一

凄まじき揺れ揺れ揺れの襲いきてどおんどおんと音の響けり
これでもかこれでもかとぞ襲い来る揺れに「暴力」の二字のよぎれり
玄関に辿りつかんと思えども廊下を塞ぐ本箱の見ゆ
照らしたる光の中に転がりし木偶《でく》を跨ぎて玄関を出づ
LINE《ライン》にて続く娘の問いかけに「くるまのなか」とのみ返信す
いち早く子より届きしアドレスを開きて車中にニュース観たりき
地震《ない》過ぎて狂い始めし置き時計夜半に七つの音を鳴らせり
床に散るボトルの写真届きたり泣き顔スタンプ添えて女店主《ママ》より
地震《ない》過ぎて初めて食いし拉麺の豚骨スープみな飲み干せり
余震などどこ吹く風と吾が部屋に羽虫一匹来てとどまれり
土足にて踏みし畳は柔らかく弾むがごとし吾が足裏《あなうら》に
墓苑には地震《ない》に倒れし墓ありて主《ぬし》なき造花の数多《あまた》も咲けり
地震《ない》過ぎて開きし墓の暗がりに微動だにせず壺はありたり
あの店のあそこの棚と思えどもあの店あらず地震《ない》に潰れて
浴槽に水を貯めおくこと大事地震《ない》に学びしことのひとつに
風吹けば屋根のシートははためきて吾に不安の音を伝え来
照らしたる天井裏に漏る雨は埃を呑みて黒く広がる
風吹けば青きシートはやや膨れまた萎みおり屋根の棟にて
あの夜の地震《ない》に潰れし市場より爪半月《そうはんげつ》のごとき月出づ
起重機に吊られて墓石浮かびたり地震《ない》半年後の深き青空

人間あはれ

鹿井いつ子

トトトトト左へ右へ傾れつつ手をさぐりあふ夫も私も
お父さあ〜ん！　地震よ地震よどうしよう！　真っ暗闇に叫びし記憶
車中泊の人人の夜を思《も》ひをれば土を叩きてまた雨の降る
テーブルのカーネーションも揺れてゐる五月八日の夕の余震に
震度1先のは3よ慣れ慣れて余震仕分くる人間あはれ
震災が豪雨が襲ひし町町を訪ねおどけて笑顔の〈くまモン〉
ブルーシート張らずに済みし吾が家にひつそり生きて年改まる
ああ、ここもあそこもシャッター降りしまま黙《もだ》に沈みし繁華街ゆく
清正公《せいしょこ》さん復興までを共共に満身創痍の熊本城と
この星に泣きて笑ひて歩みきて熊本地震は別格無惨

志垣　貢

直下型に揺るる揺れをりなほ揺るるひれ伏すままに思考の止まる
異様なる音を伴ひ揺れ動く中層階に身の置き処なく

うち続く余震をのがれ車中泊みどり深まる七日目の朝
ぐい呑みに嬉しきことも憂きことも地震《なゐ》に欠けたる備前を拾ふ
萩・九谷・備前・清水・砥部・益子かたち留めぬ哀しき欠片
如何にせむ地震《なゐ》に落ちたる本積もるガンバラナクトモヨイデハナイカ
叔父叔母はホームに入りてわれを待つはしる地割れに家を捨てたり
かすかなる揺れに目覚めて寝もやれずジャージのままにあかときを待つ
八重櫻の散りたるときを知りません余震に震ふ躑躅見てます
体感の余震は多分震度三、四分遅れのテロップ見つむ
公園の隅に張られしテントから不公平なる明かりが漏れる
被災せしビル解体にクレーン来て破壊創造二律背反

白　玉

人の積みし瓦いしがき崩るとも亡びぬ智慧のあるを信ずる

杉本　哲博

立野出の嘉島の鯰ふた暴れ健磐龍の怒りに触れて
雨は降るあの米塚のひび割れに水容赦なく流れ込みゆく
雨に濡れ阿蘇米塚の裾野遥か地割れあれども緑生ひゆく
静けさも乱るる心夜の底地震傷痕雪覆ひゆく
緑田に阿蘇復興の光射し宇奈利の裾に纏ふ夕風

鈴木千鶴子

漆黒の夜空に星は鎮まりて月のさやけさ地は揺るるとも
庇《ひさし》落ち視界広がる青き空半壊の家それでも我が家
紫の蘭は満開風に揺れ屋根瓦落つ荒れし庭にも
優しさとパワーをリュックに詰め込んで市電に乗り込むボランティアたち
口々に労わり励ます声かけて命あること喜びあへり

髙木　文子

激震に「死ぬかんしれん」「どげんしょう」南無波羅密多布団にもぐる
停電にメガネ・ケイタイ手探りぬ激震つづき「早う逃げなん」
炎天の瓦礫散らばる町川にわたせる橋のゆがみたる見ゆ
真夜中の余震にふとも目覚めたりあの橋わたり逃げんとおもふ

髙木　容子

激震に脅へ机下にて震へたる吾を迎へに来し甥の声
避難所を突然どーん！　と突き上ぐる地震・停電・怖れのみこむ
八代の平野穏しと暮せしに今激震にいくども揺るる

遠くより地鳴り響動もす身構ゆる間もなくどんと地が震ひたり
不知火の海に津波がくる警報山へ列なす車動かず
海近き川はたっぷり水湛へ激震くればこぼれんとする
地震・風・雨に雷入り乱れ八代平野の暗き一日
予定表次々消され激震の四月後半全て横線
地震終息したるか大地しんとして六月の朝紫蘭咲き満つ
名づけられしは「熊本地震」逃げまどふ激震余震二千回越ゆ

高橋　愛子

つぎつぎとブルーシートに覆はれて涙色なる街となりゆく

竹山真知子

夢であれと思い込めども止まぬ地震《ない》十一階に震えて動けず
独りとは自由という事しがみつく人持たぬこと激震の中
隣室の親子と非常階段逃げ下る返事なき部屋気になりながら
逃げ惑う人あふれたる駅辺りスマホアラーム一斉に鳴る
駅からも放り出されて立ち竦む容赦なき地震《ない》逃げ場なき夜
繰り返す余震に怯えし猫抱き明かりの中にしばしまどろむ
天仰ぐ浜昼顔よ地震の間卯月の雨の冷たかりけり

田島ケイコ

震災に姉の一家五人うつり来て一人ゐのわが家華やぎにけり
母が持たせし綾子のふとんを震災に弱りし姉にそっとかけをり
クリーンエネルギ作りゐし阿蘇山麓の風車はもろに動かず

田島　直人

日輪寺忠臣達が眠られて地震ありしも揺るがぬ未来
熊本の天守閣は入るだけパワースポット力沸き立ち
くまモンが心の支えどこまでも頑張り続け県民の為

田中津多子

震度七二度の地震に怯えつつ互いの命確かめてゐる
震度七壊れた花壇その中の皐月の花の赤が眩しい
地震後の水を求めてペダル踏む裂けた道の辺どくだみの花
「月から…　が見えますか」人は皆大地が揺れて怯えています
逃れ来て上野の森にひとり見るロダンの彫刻地震《なゐ》を忘るる
活断層張りめぐりくる列島に人は住みけり危うきものの
七夕の笹に短冊地震《なゐ》の後願ふは誰れも元の暮しぞ
忘れたく思ひて眠る夜明方ドンと底から又も揺らさる

田端久美子

地底より拳つき上げ怒る地震《なゐ》人智およばず祈るほかなし
揺れ止まぬ地震《なゐ》のがれ来て立つ広場空に無言の月が見てゐる
先生はご無事のメールの文字光る思はず叫ぶ良かったばんざい
県外のナンバー並ぶ救援車しろつめ草がゆるる原野に
地震《なゐ》に遭ひ禽獣の啼く声もなし動物園はただ静かなり
子ら二人遊び行きゐし隣家《となりや》の解体の音こころに痛し
断層の裂け目あらはな道辺にも黄色明るく冬のたんぽぽ
あの地震《なゐ》に遭ひし梅の木立春の光を受けて花ひらき初む
動物園の一部開園待ちまちし人ら笑顔に列なして行く
地震《なゐ》の後《のち》生れし麒麟の「秋平君」大地踏みしめ育てよ強く

塚本　諄

夜の闇へ堕ちよとばかり揺れやまず責めくる軋み数秒の間
ゆすられて突き上げられて言葉なし一瞬のちの寂たる夜闇
給水を待つ列にゐて晴れわたる空あふぎたりつづく昨日に
到来のペットボトルを引き寄せて「今後も警戒」のテレビを睨む
地震やまずひと月すぎて冴え冴えと新月かかる熊本のそら

ときの裂け目

柘植　周子

地震といふ記憶のちからどどどどと恩情の途《と》を断たむとすなり
身命をたすからむすべ黒猫は平身低頭隅へと奔る
断水の日々に孫より救援のアルプスの水、由布岳の水
樹のほとり地盤沈下にくぼみたる地のてのひらに湧く空疎感
地の裂け目ときの裂け目のをぐらさに腕さし入れて深さをさぐる
すこしづつほろびにむかふいのちなれ家壁の土のこぼれを踏みて

ときめきき

リハッピー　心シンクロ　杖杖で　熊本城　のためリハビリ

tomomi

横揺れの激しさ語る壁オブジュメトロノームは頭突っ込み
バス通り家剥ぎ取られた跡続く地震半年解体現場

中川　晶子

手を強く引かれ外面へ只逃ぐる再《ま》たの激震に拉がれぬため
喰ひ破《や》れし腸のごとしも放映の熊本城郭地震《なゐ》崩えのさま

阿蘇境つなぐ大鉄橋《はし》根こそぎに地震《なゐ》が奪へり悪魔めきつつ
余震また余震に車中泊かさねきて今宵逢ひをり雲くぐる月
道、山野かぎらぬ断層、陥没がもの言うごとし此れ地の性と
地震あと水前寺成趣園湧水池干からび白む成りゆき黙し
地震萎えのわれを癒して巣を遂げて梁に雰せる燕雛のこゑ
清正の本領ここに武者返し石垣《いしがき》の崩えざる稜《かど》が櫓支ふる
震災修復へ思惟見えざれば熊本城、寺社、人家など日に曝るるまま
秋影を潜りまみゆる天守閣地震《なゐ》に在り経て空に嵌まれる
銀杏黄葉あかるく天守いだきをり地震《なゐ》の深傷《ふかで》は包むかたちに
震災を免れたれば幾百の御《み》霊鎮めに捧ぐ歌ぐさ

中川　千鶴《ちづ》

入学式二日の後に地震休校の小学一年生自宅待機のつづくも不憫
束の間も地震速報に頼る日々はや千百回余の余震なりとぞ
千回もの余震にも耐え河内山の蜜柑は健気に開花期に入る
余震も徐々に治る気配なる肥後魂「がんばるばい」の合言葉
青天の霹靂未曾有の地震なる生まれ合せたる世代よ確と記憶に

中村　宣長

顧みて　自然のこわさ　虚しさを　奮い立たせた　美しき朝日
六月の　梅雨の晴れ間に　霞む山　地震は夢と　願う現を
春霞む　眺めて思う　何事も　無かったような　遥かなる山
点々と　見渡す限り　広がりし　解体後の　寂しき空地を
傾きし　家を支える　傾き家　住む人もなき　門に佇む
散歩道　変わりし町に　潰される　帰ってきてと　聞こえ来る声
がんばろう　虚しく響く　被災者に　届かぬ支援　生業難し
必要な　人へはこない　支援品　倉庫に溢れ　役立つを待つ
義援金　どこへ行ったか　ウン百億　ここぞとばかり　公共事業
復興を　願う気持ちを　一つにし　生業元に　戻すまではと
復興の　陰に置きやり　被災者を　七百億の　大型事業
作っても　虚しさ募る　シンボルは　周りに目立つ　広き空き地か
半壊の　家に住みたる　家族らに　突き放す国　自助努力でと
復興の　シンボル要らぬ　余計もの　豊かな暮らし　みんなで実現

SOS

中村　温子

地震激しかくれん坊にあらねども机の下に身を縮めゐし

大地震に揺られ続けて思ひ知る活断層の上に住めるを
校庭に椅子を並べてＳＯＳ・水・パン・紙と避難者の声
生かされし命保たむ水と糧求めて長き列に加はる
震災のことは詮なし埒もなし手を取り合ひて立ち上がるべし

中村喜代子

震度七眠れぬ夜を車上泊　闇にヘリ音波打つ大地
激震の街は瓦礫に埋もれるを容赦もあらず雨が鞭うつ
こともなく空に満月かがよふに大地はいまだ余震に喘ぐ
山肌は地震に剔《えぐ》られ常ならず空竅《くうけう》のさま新緑のなか
屋根覆ふブルーシートの雨音に懊悩するや被災の友も
雨熄みて花房ゆるる百日紅ブルーシートに花の風吹く
ことなげに未だ瓦礫の庭に咲く満開の梅ただに丹生へり
清正に負けぬ技能で城造り早い複興祈らずにおれぬ

中村　宗一

【余震】

中村　陽子

繰り返す余震活動脅えつつ不安な夜が又やってくる
震度三咄嗟に構える身と心この夜も我はトラウマとなる
震災に道路寸寸《ずたずた》繰り返す余震に脅え心ずたずた
夜は更けて不気味な地鳴り聞こえきてさらに不安は増しゆくばかり
復旧の新幹線に子は乗りてＧＷ帰省するなり
車中泊するこの夜も代掻きの済みし田圃は静まりており
地を揺らす夜も育ちゆくタバコの葉すっくと伸びて葉を広げゆく
地に揺れて風に煽られ葉の先はせめぎあいつつ育つタバコは
震災に道路は歪み切り裂かる屋根のシートは貼り絵の如し
帰宅する早々襲う震度三　雷のごと吾を揺さぶる

【地鳴り】

突然の突き上げる揺れ飛び起きる崩壊の危機頭を過る
断続に余震は襲う船酔いか揺れてるような錯覚に落ちる
安堵する間もなく余震襲い来る地鳴りの音に不安が過る
いつ来るか余震に脅え泊り込む車中四日目もう限界か
震災の歴史に残る一ページその直中に我等居ており
いつまでか余震に脅え寝るときは準備万端さあこれで良し

振動に耐えたグラスはそのままに開き戸全てガムテープ貼る
覆いたるブルーシートを叩く音いまだ余震は止む気配なし
震災に交通麻痺す渋滞にわき道入れば又後戻り
震災に選果ラインは損傷す全て手作業疲労はたまる
不気味なる余震は続きこの夜も聴覚だけは研ぎ澄まさるる

【震災後に】

震災が九州各地に飛び火して相次ぐキャンセル熊本寂し
震災の熊本城のライトアップ漆喰の白闇に際立つ
飯田丸石垣崩れ辛うじて踏ん張る姿感動を生む
被災せし選果場は回復しメロンの香り構内に満つ
選果する音に余震も知らずして久方振りの仕事に励む

永良えり子

頻り飛ぶヘリコプターは校庭に描くＳＯＳを撮るらむ
どら焼きの餡うまかりき地震見舞ひに贈りくるるを貪り喰ひき

中山タミ子

ぎっしぎっしと吾が家が揺れる身が揺れる揺れつつ思ふ此れが最後と
大地裂け世も終りかと思ひしにしらじらとして夜は明け初めぬ

誇りゐし阿蘇、水前寺、熊本城震度七重なり哀れ崩ほる
二ヶ月で余震千七百四十回その渦中にても人は営む
激震にもまれ耐へたる蝉なるか初鳴きの声梢にひびく
回覧板名簿より五軒消されをり地震《なゐ》より半歳淋しき秋ぞ
活断層狂ひ走りし野路の涯血の滴たりか曼珠沙華燃ゆ
半年を続きし余震弱まりて人住まぬ庭の穂芒揺るる
震度七のふた夜続きし此の町の崩れし家並にそそぐ冬の陽
日進月歩の世の中なれど震度七のふた夜続くと説きし人無し

中山みどり

七、八回大きな揺れが押し寄せて回る天井　だめかもしれず
ベッドより引き離す力われになし父には地震の意味がわからず
慎重にガラスの破片選り分けてゆけば指先血に染まりゆく
パンを買う長蛇の列に加わりて昼の大半はただの棒立ち
こんなにも不要な物に囲まれて暮らしてきたのか　処分する嵩
路地裏の右も左もガレキの山　崩れてきそうで真ん中をゆく
片付けの手を休めずに揺られおり（今のはたぶん震度五弱だ）
目の前の空地が交流の場となりて「お互いさま」の言葉飛び交う
県道が隆起しているその上を歩かねばならず薬求めて

真夜中に車を飛ばすコンビニの灯りが点る町を目指して
言って欲しい嘘でもいいから「……」リュックを背負い直して歩く
温かいご飯が美味しいこんなにも塩もつけずに空飯を食う
あいまいな記憶しかない現実のひとつ転がる瓦の欠片
壊れたる椅子持ち出すもままならず半分までしか開かないドア
「元気です」と答えるたびにカラカラと喉の奥にて水車が回る
しずけさに包まれながら被災地のブルーシートが劣化する夏
樹の幹にゴッホの耳が貼りついて聴きし幾度地鳴りの音を
揺れ始め揺れ終わるまでの一部始終身体が冷静に記憶しており
闇の中屋根が崩れてゆくさまをきっと見ていたあの夜の月
回覧板の苗字が五軒消されいて人は益城をひっそりと去る

南部　正生

地震より日頃のいとなみ変わり来て自分のペース今だ定まらず

帰りきし声

仁木　理子《まさこ》

大空にけぶらふ欅のさみどりを見し夜に前震の大地震《なゐ》にあふ
風に風葉に葉すれあふを聴きし真夜大地震《おおなゐ》本震の遥れと豪音
天地《あめつち》の中枢ふかきにある言葉　大音響に何を神は伝へし
大音響はにんげんわれ等の傲慢に降《くだ》されし神の啓示のこゑか
前震と本震の大地震、三日目に庭薔薇五輪の咲《ひら》く真紅に
身の芯も心もとがり暗闇の深みに思考が過去に遡行す
大地震より消えぬ不安を鎮めつつ余生の今に何すべきかと思《も》ふ
傲慢になりゐし吾ら人間に神の啓示の震怒ふかかり
深くして太き震音骨肉に沁みて忘れ得ぬ　共生きゆかむ
呆けたる如く唯々坐《ま》してゐし　大地震思へば身の芯塞《ふた》ぐ
麦秋の畑の向かふの家々にかけしシードが波打つ青く
野鳥らの帰りきしこゑ耳にして裡なる不安が溶けるいくばく
もの言はばから廻りする声ひびく一人の部屋に余震四千六百余
崩落せし城の石垣じんはりと秋日に沁みて鞣されてをり
玻璃近く水仙咲くに手を触れて地震越えしよと共に寿ぐ
わが記憶地震の記憶骨に身に沁み他の音響にも心はさとし
初夏の光にゆるる椿葉の時折まぶし余震のまにまに
八十余の地震にも生をながらへて見返れば残世の月照れば輝る

西梅　孝子

「地震だあ」とブロックを崩し遊ぶ子のをり土曜日の学童保育

ブルーシートを掛けし家より聞こえ来る夕べ食器のふれ合へる音
巨《おほ》ひなる地異の真中に今日もゐて余震に揺るる誰も彼もが
小雨降る熊本の野の麦秋に揺れ止まぬなりわが踏む大地
空色のインコ畦より飛び行けり震災の野に迷ひし一羽
ことごとく地震《なゐ》に崩れし丘の墓所空行く雲は夏の装ひ
照りつける日射し哀しき炎暑なり街に倒壊家屋そのまま
スープ用の食器探して思ひをりああれも地震《なゐ》の夜に割れしと

あの夜

バラ咲きしフェンス無残に倒るるをこうこうと照らすレスキューのライト
「女性を一人救出中」とレスキューの隊員は告ぐ吾を制して
五時間後救い出されし若き命一つに挙がる拍手喚声
駐車場に避難せし人らいっせいにまた声挙ぐる激しき余震に
道向かひの倒壊したる家屋には手向けられたる二束の菊

西梅《にしうめ》　芳久《よしひさ》

秋の日に黄金色映ゆ阿蘇稲田傷跡深き山野に抱かれ
震災で住所録をなくしたと遅れて手書きの年賀状くる
手付かずの倒壊家屋その横に泥まみれなる人形転びて

西山　幸代

停電に取るローソクの灯に探す懐中電灯目鏡補聴器
ドンと揺れ棚の書籍の散乱にとまどい気付けば生かされてゐた
車椅子持ちて迎えし隣人の優しさに引かれ避難所へ行く
水、食物無き避難所で災害とは空腹我慢つらい体験
水、握り飯名も知らぬ隣人《ひと》に頂き避難所での一日が暮るる
母さんとわれを呼ぶ声に目覚たり深夜バイクで来た息子に涙す
屋根を覆ふ青きシートが台風に飛ばされんかと止むなく揺れて
佛前に白き紫陽花供えては心かよわす地震の無地を
牡丹雪けぶるがごとく風に舞ふ冬の名残りを手の平に受く
補聴器をなくした罪を思ひおり枝の山茶花散りても紅し

野中　三郎

幾年を暮しき家は傾きて庭に咲きし黄色の花や
崩れ重なり屋奥に今を刻みて時計針を休めず
震災を生きのびし猫は顔うずめ背をぬらす涙にも動かず
崩れ重なりて住む家を見る人は涙もなく笑えり
震災を伝える避難所の人々の感謝のことばに涙する

橋本ユキ子

地下深く動く断層の凄まじさひれ伏すだけの地表のわれら
それぞれの思いを重ね震災の復興を願う花火が開く

馬場　英子

修復のミノコ葺く人に金槌をふり上げキャッチの阿吽たのしげ
八重に咲く提灯桜散らしたり鯰億万寄せ襲う夜半
巨大龍親子かクレーンとユンボ仲も良く雪舞う三月お働らくなり

花田　久子

地震工事に動く砂利トラ・ミキサー車亀裂の道路をバックで通過す
地震工事のブルドーザーは家揺らし地響きたてて狭き道行く

熊本大地震発生

葉山　高弘

四月十四日　午後九時二十六分　震度七　慌てて起きる
地の底ゆ雄叫び挙げて揺らしいる地震の力に夢も覚めたり
大声で吾呼ぶ声に目覚むればベットは舟の如く揺れたり
二人して壁に寄り添い布団頭にただ息殺し納まるを待つ
堤防が決壊せぬか頭の中を一瞬よぎり庭に這い出る
一メートルの津波警報鳴り響く避難しようと子と孫来る
取りあえず防災袋と毛布持ち車二台で役場へ向かう
駐車場は車満杯やっと停む役場の中は人で溢るる
どの顔も不安に笑顔一つなく言葉少なに肩寄せ座る
また一つ余震に窓の音激し悲鳴の上がり毛布を被る
人ごとと思っていたが実際にわが身に起こり右往左往す
震源は熊本市内と報道す身内に電話すれど掛からず
繰り返す余震に眠ること出来ず長き夜明けを待ちに待ちたり

半藤　英明

青天も阿蘇の緑の色褪せて息もせぬまま瓦礫遠近《をちこち》
避難所に暮らす人らのまな裏に残る記憶を晴らす金星

熊本大地震発生　2016.4

日和佐　源

揺れもろとも爆裂音鋭《と》し「生きてるかあーっ！」寝処の妻へ吾は叫《おら》びぬ
前後左右地震《ない》に揺らぐを為す何も無し心空《しんくう》にただ座禅仏
へべれけの酔いならざれど身の置き処《ど》掴み処《ど》あらぬ地震《ない》ぞ真夜中

妻の手と介護ベッドを握りしめただ蒟蒻上《こんにゃくじょう》の存在われら
ちちははの没年までにあと一年ままよ激しき揺れに坐すのみ
一期《いちご》の…　夢の終焉《おわり》とわが掴む眠る妻の手とベッドの手摺り
崩れ来し本に埋もれてなお眠るすべて忘失の妻在る孤独
ふたりして大地震ののちを墜ちにしか生も死もなき真闇の睡り
遅咲きの峠のさくら見ざるまま生き延びて地震《ない》の避難者とはなる
声もなく老若男女行き交える避難所に坐す逢魔が刻を
一撃に夜空へ散りたる硝子片続く余震に星も紛れつ
1500GAL《ガル》の揺すりに耐え耐えてベランダの薔薇大輪啓《ひら》く
（GAL 地震波の加速度）
日を措かずまたも襲い来し地震《ない》に揺れ夜の引き明けに咲《ひら》く白薔薇
余震続く二週間の間《ま》にも身の丈を超しも超したり淡竹筍《はちくたかんな》
大地震すぎたる空に游ぐ鯉卯月崩落家屋の上を
阿蘇を背に地震《ない》に転げし石ひとつ卯月のみどりに埋もれて眠る
（阿蘇外輪免の石）
神さえや大地の怒り抑え得ず阿蘇神社、熊本大神宮また琴平宮
だんぼらぼ悲鳴に似たる音せしか阿蘇の大橋闇に潰えつ
大地震《おおない》に潰え影なきあとどころ今宵銀河と橋はなりつる
大橋はあとかたも無しむかしむかし閼宗岳《あそさん》と書きし時世《ときよ》ありける

米塚の滄《さむ》き裂傷《クラック》如何ならん余震の朝霓《あしたにじ》産みおりや
阿蘇深く眠れる地霊の怒りとも見の限り地裂走る山、谷
白川と黒川と出合う立野口いずれの滝も地震《ない》に崩えたり
大地震《おおない》に崩《く》えたる立野の谷無残敢えてなおここにダムを築くか
立野ダム断念すべしかつて阿蘇カルデラの崩《く》えて生れにし峡谷《たに》ぞ
大地震《おおない》に若きいのちのなお知れず雨に佇むその父と母
今日一日余震無かりし夜の更けをベランダに仰ぐ青き唐犂星《からすき》
チョムスキー・サイード・ソンタグ・ジョンダワ――修復なりし
書架に並びつ
文庫版歌集繙きようやくにこころ弛びつ一首を哦《うた》う
ＳＰの音色恋《こお》しみ余震つづく夜を繰り返し聴くハイフェッツ
地震《ない》の後さまざまに聞く杜鵑《ほととぎす》包丁欠けたか《ホッチョカケタカ》・喉突っ切った《ノドツッキッタ》
余震つづく日々に慣れつつ夭折の――弟恋し《オトットコイシ》！　今朝の杜鵑《ほととぎす》
散るさくらしかと見ぬ間の大地震《おおない》に疲れて揺るる青葉の闇は
紅白の鎌振りあげて天高く地震を懼れるカマキリ起重機《クレーン》
地震の後数年ぶりなる綿みどり田水に透ける豊年蝦《ほうねんえび》は
（益城の植田に。妖精蝦《フェアリーシュリンク》と外国《とつくに》では呼ぶ）
大地震に割れざるひとつぐい呑みにちびりちびりと「越の寒梅」

2016.7-8

旧き家の傾ぎ寄り合う細工町「危険」の赤紙戸毎に貼らる
欠け落ちしタイルの壁を復しゆく汗の青年工足場渡りて
ブルーシート掛けに忙しき鳶職《とび》なればその母は気遣う余震今また
大地震《おおない》の記憶消えがたきこの日頃七日のいのちの蝉啼きしきる
図書館の開館待てる列長し地震の後の非日常の朝《あした》

2016.9

身に沁みる余震の間《あい》を齷齪すいつしか蝉のもろごえ聴かず
大地震《おおない》に減りたる水位戻るらし朝光眩し江津湧水池
大地震《おおない》に人手届かぬ城の屋根猛々しもよ尾花刈萱
股座《またぐら》に頭《こうべ》差し入れ熟睡《うまい》せる若き塑像よ解体工は
居合わせし四月の地震にふたりして命ありけりまたなき天恵《のさり》
葬儀屋のひと日真っ暗死びとゼロ余震なかりし程の平穏
しきり巡るヘリに見ゆるか地の創《きず》に呑みこまれにしいのちさまざま
震度2や3では騒がずまたきたかひとり言《ご》ちつつ薔薇剪定す

2016.10

地震《ない》・噴火相次ぐ地異ののちの空ほとけの握飯《むすび》のような雲浮く

2017.2

阿蘇の急所《のどくび》国家が厳《きつ》く絞めんとす地震《ない》に崩るるよりなお惨《むご》く
大地震《ない》に崩えにし阿蘇の上を翔く渡りの鳥よ戸惑いおらん
野も山もおのれ無かりき地の底の揺れに敢え無く崩れて裂けて
地震《ない》のあと野の片隅の石臼よ忘れかかりし唄つぶやけり
震度七の揺れに落ちざる額ひとつ目凹《めくぼ》カフカを彫るエッチング

あ・あ・武者返し

廣重　みか

両手足踏ん張り壁の激震を押し返しつつ夫を喚ぶなり
逃げるぞと夫の一声ききながら掴むは毛布と懐中電灯
避難せし真夜の公園しんしんと冷えゆくときを月はかがやく
「ゆっくりゆっくり」運転の夫つぶやきぬ地震に隆起の橋わたる刻
鯱に破風瓦も落ちし天守閣仰ぐせつなをどどっと寒し
洞を持つ戌亥櫓の石垣に角石残るあ・あ・武者返し
災害は忘るる間なく震度七　肥後の財産一網打尽
ま裸のごとくなりたる城守りて楠の若葉が艶やかに照る
避難所のまひるしづけし張られたる百余のテント風に吹かれて
活断層の上に住めるを知りながら備へ怠るわれや愚かし

福田　克己

眠られずいつしか空は白みゆき余震は続く避難五日目

熊本地震（支援に感謝）

藤本　征男

激震に怯えし一夜明けて聞く阿蘇大橋の落ちたるニュース
避難せし人ら溢るる学校にまず届けたる阿蘇の湧水
駆けつけて天変地異に立ち向かふ自衛隊員泥にまみれて
絶え間なき余震に怯え外に出て見上ぐる空に満天の星
被災せし学び舎去りし若者ら戻りて村の復旧手伝ふ
遠来の医療支援の運転手引き受け村の避難所めぐる
手紙添へ子の送り来し非常食妻と交互に出しては入れて
膝ついて被災者見舞ふ両陛下のお言葉やさし元気いただく
余震また眠れぬままに夜明くれば久しぶりなる小綬鶏の声
住み着いて朝な夕なに親しみし阿蘇の五岳に地震の爪痕

藤木キヌエ

大鍋に竹の子湯がき終えた時ドドンと突き上ぐ地震に膝つく
地震起き頼りの孫は消防団八十路の友と車中に二泊

「夕すげ」

船間　和子

鯱は落ち瓦は剥がれ名城の無念をいだき若葉炎《も》え立つ
しづかにも酸素吐きつつ山青し壊滅の邑《むら》をつつみ　春逝く
危険とふ「赤紙」目を射る町裏のしづもり又も余震が襲ふ
震度七にかたぶきしまま居酒屋の日暮れの露地にほそぼそ鬻《ひさ》ぐ
大地震《おほなゐ》の後を約されし灯《ひ》のごとく阿蘇の原野に夕すげ咲けり

本郷　桂子

子の家の地層は流れ宙に浮く連絡とれず不安はつづく
戸も明かずケイタイ・車も持ち出せず避難所も入れぬ家族の一夜
出勤の衣類取り出す帰宅すに近隣全壊断層の上（龍田断層）
地盤直すに六百万と応急に処置し傾く家に子らは住む
まやさかの地震《なゐ》に下敷きの夫急送す益城のがれて治療に専念
（四月十五日市民病院で一緒になった人）
大地震に常夜灯点け避難路を確保する間も余震はつづく

本田　龍子

震災で主のおらぬ庭先に苺は実り花は咲きけり

亡父《ちち》建てし我が家にはもう住めねども亡父《ちち》の思ひが家族を守りぬ

震災後三日目にして猫帰るよく生きてたねとしっかと抱きしむ

エンジンの音聞きつけて走り来る一匹《ひとり》暮らしの猫も被災者

40度傾きてなほ耐えてゐる大黒柱は家の守護神

ヘルメット、マスク、手袋、長靴で身支度整え我が家へ入る

八十七越えて初めてアパートに住む生活を強ひられし母

震災後必死で過ごした三ヶ月体が悲鳴帯状疱疹

全壊で住むべき家はなけれども建ってる間は住所は益城に

全壊の家に一匹《ひとり》で住む猫よ許せみなし仮設に連れてゆけずに

また余震忘れたくても忘られぬあの時の揺れあの恐ろしさ

帰りたい帰れるものなら帰りたい四・一四その日の前に

二度来たる烈震の恐怖その後の続く余震に心は萎えて

車中泊避難所生活テント村我が身がそこにあるのは夢か

娘から毎日かかる寝る前の安否確認「今日も無事だよ」

大型の災害支援車列をなす県外ナンバーにそっと手合わす

県外の災害復旧支援車両すれ違う度頭《こうべ》を下げる

益城町地震の傷が癒えぬのにまた洪水が田畑を覆ふ

むき出しの梁や柱を見るたびに亡父《ちち》の思ひの深さを知れり

なんで夜一匹《ひとり》でここに居るのかと問ひたげな目で我を見る猫

何故なのか理由《わけ》もないのに溢るる涙あの地震から三月《みつき》目の朝

味格別二度も来たりし震度7耐へて実りし今年のカボチャ

よその墓踏み分け入りて辿り着きやっと手合わす地震後の盆

倒壊の墓で骨壺みな割れり先祖の骨は身を寄せ合ひて

解体の申請笑顔で出したれど壊れし家を仰げば辛し

震災で生まれ育ちし町並みは映画で観たよな廃墟となりぬ

家々の石垣崩れ置かれたる土嚢は破れそに草繁る

解体の日程決まり刻々と家との別れ近づきにけり

災害の復旧支援横断幕付けたるダンプ我が家へ来たる

大型の車両行き交う益城路は解体工事今真っ最中

更地とは何もなくなる跡形も家族の生きた証となるもの

今揺れたテレビ付ければ数分後地震情報震度を示す

いつの日かまたこの土地に家を建て家族集ひて笑ひ合ひたし

去年《こぞ》の春来ていた鳥かジョウビタキ地震で荒れた庭に今年も

大地震日照り水害耐へ抜きて今花々は誇らしげに咲く

跡地にて家族で誓ふこれから前へ進もう一歩二歩三歩

牧野眞由美

スマホの地震警報とマンションの地鳴りと揺れに娘らと身を寄す

震度7に襲はれし午後九時二十六分その時間を夜々吾のこだはる
日に二十数回の余震に心身疲れ果て今宵開き見る父母の写真を
震度7に地層動きし野菜畑の土黒々と段差続けり
ひと月経て衰へぬ余震に新たなる活断層ありと新聞の地形図
震度7の恐怖が生々しく甦る今宵の余震の陶器のずれに
夕餉時の余震に九歳児の怖ぢし眼にロアッソ勝ちしと話題を逸らす
地震にて湖辺の道の地割れせる片方を少年ら自転車こぎゆく
未だ続く余震の恐怖去らずして時止まりし如き靄暗き海

舛田　斉子

大揺れと覆いかぶさる天井に　身動き出来ずしゃがみ込むだけ
車中泊帰って見ればああ大変　言葉無くして只見て廻る

百年の歴史

松岡　悦子

築百年の姉の母屋も庭園も更地となりぬ地震ののちに
宏大な九百坪の更地なり百年の歴史たちまちに失す
被災せし姉が飼いる三毛猫が訪いし我にすり寄りて来る
被災せし姉が気丈に振る舞えどげっそり頬削げ小さくなりぬ

松本　章子

すさまじき音してゆがく筍の湯が飛び散りぬああ震度七
電気切れし真っ暗闇に灯を点し子が呼び吾らを外に誘導す
引っ切り無しに警報音の響き来て闇に眼を開け夜明け待つのみ
車庫に六人身を寄せ合ひてむすび食む余震の度に声を荒げて
ダンプにて水大量に運びくれぬ地震を逃れし嫁の里より
何ものにも勝るものはと問はるれば水と答へむほとばしる水
益城町への路は閉ざされ潰れたる家屋幾つか見えておののく
栗の若葉を移る鴉の影あやし車に目覚めし三日目の朝
エコノミークラス症候群に逝きしとふ報道も今や他人事ならず
マンションにはもう帰れぬと友の声仮設住宅を申し込むといふ
訪ひ行けば車椅子の友玄関に出で来て笑みぬ命ありしと
所狭しと布団の並ぶ片隅に胃瘻の母を看取りて友は
工場が壊れて愛知の工場へ出向けと急遽命ぜられし少女
水を菜を分け合ひ言葉交し合ひ予測のつかぬ日々を恐れ合ふ
生かされてゐる意味は何とふと思ふなにか宗教めきて今宵は
揺れに覚めいつしか眠りまた目覚む思考は震度七の日のままに
五十九度の気温に路が溶けしインドわが町は地震に路罅割れぬ
半壊と判定下りし子の家の修理は目処の立たず三月過ぐ

長雨に石蕗の下葉枯れて垂るいかに生きむか今日の一日を
復興支援の狂言に笑ふ梅雨明けて能舞台囲む群衆の中に
古里の市役所近くの字に折れて聳ゆ雨雲流れてうす暗き空の下
強き揺れに目覚めて思考止まりたるかの夜の記憶また蘇る
一週間早くなりたる二学期の始まりの朝を行く子らの声
熊本城の路整備され全国より集ふマラソン実施の目途立つ
五カ月半の断水解かれ阿蘇の野の水飲み場に飲む赤牛の様
愛知の工場に派遣されゐし少女帰りまた勤め始む修理済みし工場に
復興の未だならざる阿蘇の野に咲き極まれるユウスゲの花
崩れしまま半年経たる廃屋に咲き残る二輪寒露に冴えて
何もなき日がいかに幸せなりしかと詮なきことをまた思ひみる
解けし家建て替はりし家めまぐるしく界隈変はりてこの年の暮る

松本　敬子

大地揺れもの毀れ落ちる音しきり何ゆゑ我が身冴えゆくならむ
犬の温み胸に抱きて蹲る守らねばならぬこれただひとつ
助手席の犬と籠れば車体弾く夜半よりの雨寒しさむし
カーデーガン白きを羽織り逝かしめんうるわしい季よ無慙なる日よ
車中泊四日が過ぎて目の上のあゝみづみづし楠の若葉は
弥陀のよふな慈眼にわれを見る犬のしづかさと在る被災五日目
位牌背負い犬牽き蓬《ほう》けしわが姿《なり》は災いの日の世の常ならむ
老いて子に従い逃れし横浜にばったりほったり八重桜咲く
脱藩をせよと息子《こ》は言ふ壮んなる志士にあらずば肥後去り難し
涙ぐみやすくなりたり蝉しぐれただその下を通るだけでも
解体の約束の刻《とき》待ちながら家とわれとの声なき別れ
跡地には桜植えなむ樹の下に寂《しづ》かに朽ちゆく木の椅子置かな

水崎　信子

わが夫の四月十四日誕生日祝ぃの夜に熊本地震
ぐらぐらっと夜九時二十六分地震あり携帯電話の不気味なる報
再びを襲う地震におろおろと眠れぬままの一夜を過ごす
熊本の姪が来てくれ願うれど道路の寸断行くにも行けぬ
有難う家の中はぐちゃぐちゃよ涙の声の同窓の友
ぐらぐらっ地震発生おろおろと瞬時の災い人生狂う

熊本の空の彼方に

美濃恵津子

容赦なく熊本を揺する大地震歌友の安否いかにと案ず

熊本の東海大学野球部に孫は絡友を祝い送りし

入学後早に起る大震災同窓の孫ら心配募る

野球部の監督の指導宜しきに最後まで残り救助を手伝う

最後なる野球部の生徒一同はヘリコプターで無事救われぬ

震災の戦戦恐恐その旨を涙で語る野球部の学生

突然の大震災の復興を祈る熊本の空の彼方に

宮本　稔子

倒壊の家家に人あらず誰の化身か黒き蝶飛ぶ

心の破片

向井ゆき子

早く夜が明けてくれぬかと空仰ぐ避難の公園のベンチに在りて

車中泊気遣ひながら寝返りす八ヶ月の腹の娘と並びゐて

十メートルは続くか夕暮れ人の列大地震《おほなゐ》あとの銭湯の前

漱石の第六旧居北側のブロック塀崩れ勝手口の見ゆ

口数が被害の程度を物語る黙しままなる益城町の友

娘の家に避難して早十五日テレビで知りぬきよう子供の日

大地震《おほなゐ》に傷みし心の破片にも見えて繊月ひんがしの空

商店街は閑散とあり全壊の洋品店の瓦礫そのまま

瓦落ち天守閣《てんしゅ》に生える一本の雑草空をさ迷ふごとし

両足がかゆいかゆいと泣く五歳、地震の話はするなと医者言ふ

無下　衛門

おそるおそる家をしらべる地震の朝死を覚悟して四時間ののち

母の床縁に移して下準備老老介護に余震はつづく

有り難き支援車ならぶ待機場県外ナンバーなぞって歩く

またか、心で叫びその刹那　今度がでかい、と本震の夜

廃材をくべて晦日の餅をつく地震の師走あかあかと燃え

村田タエ子

百十年経ちし吾が家は震度7の二度の地震《なゐ》にも倒れずに立つ

震度7の地震《なゐ》に土壁落ちたれど大黒柱は家ささへをり

地割れして家の解体決まりしに燕ひねもす古巣繕ふ

大地震《おおなゐ》に瓦落ちたる屋根を越え曾孫の鯉のぼり勢ひ泳ぐ

吾が家にて椀にご飯を頂ける震災に遇いて気付きたる幸

容器持ち近くの人らが汲みに来るボーリングの地下水出づる吾が家に

軍事費を増すなと念を押すごとく余震は止まらず十日経ちても

通るたび益城の拡がる青き田に農は元気と安らぎたりき
子や孫の時代に移る音と聞く被災せし家の解かる音を
田の字型の風入る家の思ひ出の甦りくる更地に立てば
震災に遇へど亡き義姉の家ありて日々不自由と思うことなし
木材に代わる軽量鉄骨組まれゆく老いの安らぎ住める平屋に
強き地震《なゐ》に傾きし田の面を子の均す田植えできるを喜びとして
地蔵堂地震に崩れお堂なきに町の人らは手を合はせゆく
公民館崩れて集へぬ町民の歓声あがるどんど焼き場に

村田　弘子

葉桜となりたる夜のしづけさを突き上げられて直後を憶えず
うつしよを覆さむと地の底に乱心あるごと烈震つづく
避難するバッグに最後に押し込みぬ裕子歌集の薄き一冊
三歳の悠子も被災者熊大の井戸水貰ひに毎日並ぶと
「七十八歳まできばってきて家も田も失のうた」と男の涙
朝刊の航空写真に屋根屋根屋根のブルーシート輝きてをり
大地震の前まで時を戻してとカメラの前にひとは泣けるも
大樟の森に包まれ深傷の天守閣見ゆ市電待つ間を
活版印刷所の活字棚から散らばりし「涙」の活字も拾ひしと聞く

避難所の子らが白らボランティア始めしときけばなにか明るむ
避難用荷物を傍に普段着のまま寝る暮らしふた月を経る
半生の或る日或る日に求めたるわたしの人形、食器も瓦礫
避難所でおにぎり掌に受け泣きたりと八十歳間近の従姉の言ひ出づ
食器棚に食器を置くは不安なり隣家の窓に月が照りをり
新聞の映画広告空欄のまま映画館の修理すすまず
避難用の衣服を詰め替へしてをりぬ春から夏へ余震の止まず
夜の地震憶えし幼な夕方になれば訊くなり夜になるの
大地震に倒れし墓石向き向きに古戦場のごと熊本は雨
殉死者のごと倒れて墓石は野の秋風に吹かれてをりぬ

本嶋美代子

とつぷりと湯に浸りゐるとき震度五強湯は跳ね上がり浴室揺るる
高台を目指す車のヘッドライト数珠のごとくに連なりてをり
「はよ乗つて」息子は吾をせきたてる津波注意報出たる深夜に
高台に車で避難の子と吾の運命ひとつ胸にひしひし
高台の広場にやうやく着きし途端子は声に出す「よし、これでよし」
とまどへる燕もきつとゐるだらう地震《なゐ》にあまたの家の倒れて
「益城町は廃墟のやうです」耳にせし言葉は重く胸に入りくる

大地震に亀裂生じし外壁をゆきあいの風なでてゆきたり

本住　晴美

あの日の揺れの傷を残して道のあり大豆畑の広がる中に
半壊の実家の庭より移したるメランポジウム花を咲かせり
震災の映像が流れ食卓に空豆のスープひと匙すくう
次々と葉を出してくれたリーフレタス余震に揺れるプランターの中

モモカン

震災で呼べど答えぬわびしさにいづこに消えし一人眺むる

いまだ詠み継ぐ震災の短歌《うた》

矢神　さや

破壊音とつぜん鳴りて地震《なゐ》は来ぬ不安の日々のはじまりとなる
闇過ぐる車の音にも身構ふる余震を待ちてゐるにあらねど
跨線橋越えゆくことに不安あり回り道して買物に行く
祭でもレジャーでもなきにテント張り野外に明け暮れ過ごす被災地
災害ごみ収集さなかまた揺るる働く人ら無心に汗す
青きシート破《や》れたる家の軒先に柿吊さるる人住むらしく
ブルーシート掛け替えて年越す家も修理を待ちて待ちきれなくて
傾きし塀のロープの赤紙は色あせ乾び風にも揺れず
ここもまた更地となるかめぐり来し春の光の徒《あだ》にそそげり
震災の短歌《うた》かぞふれば十月経て四十首あまりいまだ詠み継ぐ

矢澤　麻子

逃げようか留まろうか迷いつつ子らを急がせ表へ出たり
小家族われらをたぶらかすように長く長く大揺れ続く
大丈夫ですかと幾たび尋ね尋ねられ誰に逢いしか闇夜の中で
ヘルメット被って二三歩先歩く子らに連なり避難所へ行く
泣いていいよ泣かんでいいよと繰り返し子らを抱きしむ夜の校庭に
人の声地震の規模を聞くたびに日常の針の戻り来しばし
「あの時は」とわれも語らんサイレンや地鳴りの音を身体に記憶し
水をもらい水を分け合い水惜しみ水を考え一日が過ぐ
前震と知らざりし日よその午後はひたすら眠き春の日なりし
前震も本震も知らず襲い来る揺れにただただ強張る身体

安田　清一

清正の　築いた城も　土煙　思い及ばず　火の国の揺れ

八本　藤子

揺れに揺れ倒れた棚の左右より母とのばした手をつなぎあう
大地震《おおなゐ》に鴨居の遺影は落ちぬまま仏間にねむる我を護るか

夕陽の流れ星

鎮魂の　想いを胸に　生きていく　良き町作り　報いるべけれ
大地震　暴動起こさず　整然の　益城町民　世界が絶賛
きつくとも　負けてならぬと　踏ん張って　未来見つめる　熊本城よ
くまモンが　被災子供に　元気づけ　ともに頑張る　気持ち広がる
震災を　体験肥後の　子供らは　たくましく生き　キョウド支える
大揺れで　疲れし肥後の　子供らに　幸多かれと　天に祈りし
熊工と　秀岳館は　思い切り　闘え皆の　応援受けて
春が来て　人の心に　桜咲く　しばし浮世を　楽しむべけれ
肥後っ子は　地震に負けず　生きていく　強い体と　優しい心
震災で　家・橋などは　壊れても　心は決して　崩れはしない
辛くても　心合わせて　助け合い　生きていこうよ　仮設住宅で
震災を　肌で学んだ　教訓を　生かせ社会で　二高生たちよ
若者よ　地震にひるまず　精進し　尽くせ郷土の　発展のために
今までは　全く無名の　益城町　地震で有名　津々浦々に
美しき　青き山里　益城町　ひばりが歌い　蛙が踊る
桜花　地震で荒む　肥後の地に　心が笑い　希望が光る
桜咲き　人の心に　春が来る　飲んで騒いで　歌おうじゃないか
水前寺　清子が知事に　義援金　3万5千ドル、爽やかに
復興を　歌で応援　八代亜紀　南阿蘇村　住民癒す
ガタガタが　すぐ収まりゃ　良いのだが　ガタガタ続けば　震度6、7に
震災で　休館ばかり　県立の　図書館などは　今必要か？
復興で　県予算は　汲々だ　この際しばし　閉鎖したら？
県立の　文学館は　意義がある　これは残して　メーンにすべし
悠久の　時の流れは　変えがたく　運命背負い　風をつつむや
真夜中の　地震気づかず　寝てた人　我が老いた母　高校の恩師
鈍感な　者をこの時　幸せな　者と思った　ことはないだな
ああそうだ　そんな地震が　あったなと　笑って語れる　日が来ればいいな
ふと思う　もう地震来ないのか　それなら安心　復興にアクセル
いや待てよ　いつ来るのかは　分からない　心引き締め　準備しておく
震災で　心傷つき　キツくとも　負けるな試練　ダルマの如く
人生に　運と不運は　交互来る　今度は来るよ　どでかい運が
震災に　負けるなカワズ　飛び上がれ　柳の下に　ええモノあるさ
正直に　ケンメイ生きよ　神様は　見捨てはしない　マジメな君を

天災で　艱難辛苦　若者よ　輝く玉に　なりてはばたけ
故郷の　青き山川　益城町　震災人を　優しく守る
親戚や　同級生の　家壊れ　心が痛む　益城の木山
大地震　起きた時には　二階いて　必死で押さえる　二段ダンスを
益城では　震度7と　聞き及び　不安に思う　親戚の家
真夜中の　大地震では　飛び起きて　安否伺う　妻と母らに
親戚の　家に電話　したくとも　電話通じず　不安はつのる
幸運にも　停電断水　起きらずに　通常どおり　合志の自宅

横山　勢一

東西に飛行機雲の如き雲伸びたるを見る十四日の昼
斯《か》くのごと大地は動くものなのか繰り返し揺るる熊本地震
コップ割れ食器も砕け散りたるも命のあるを幸いとする
山神を祀る祠《ほこら》は大地震《おおない》に揺らぎ倒れて石に戻りぬ
大地震《おおない》に社《やしろ》の狛犬阿《あ》は転び吽《うん》は台座に辛うじて立つ
法師蝉文月《ふづき》半ばに鳴き始む大地震《おおない》の年ゆえの異変か
微かなる大地の揺れに似ていたり寝転ぶ背《せな》を脈に揺られて
地震《ない》ありて揺らぎ倒れし石祠七月《いしほこらななつき》たちて元に戻りぬ
転ぶ阿《あ》も止《とど》まる吽《うん》も地震《ない》ののち置き直されて向かい立ちたり

吉田いずみ

眠りより引き剥がされて凝らす目に闇も丸ごと揺れてゐたりし
名を呼ぶに答ふ声あり倒れたる箪笥本棚塞ぎゐる奥
暁天の白みにあらはなりてゆく地震《なゐ》に剥がれし土壁の残
地震《なゐ》のあと鳥も鳴かざる朝庭を黄蝶の飛線ゆるやかにゆく
一瞬が生死分けたることなども停電続く間は知らず
土壁を走れる罅はさらに伸び余震やまざる熊本の雨期
二千越す余震のなかを耐えくれば梁も夜中に声をあげぬや
屋根あるはありがたきかな神無月ブルーシートを外して畳む
秒針は刻み続けて廻る季よ草生へば根よ土深く張れ
今のは〝2〟地震震度を量りゐる六感いささか衰えをらず

吉田　慎司

くれないの月傾きて完黙す天変地異は進行形か

「くまもと地震二〇一六」

吉野　佳子

二〇一六年四月　桜前線北上中　九州は桜の花が散り緑の季節に移る頃最大震度七の大地震が熊本を中心に二度に渡り発生し九州全体が揺れた。

その後も余震が続き地震活動は過去最多を更新中である。この災害により家屋倒壊・土砂災害を招き多くの死者・負傷者を出し、今も多くの方々が仮設住宅での生活を余儀なくされている。国の重要文化財にも被害が及び大きな爪跡を残している。この災害で亡くなられた多くの方々のご冥福を心よりお祈りすると共に一日も早く日常が取り戻せるようにと願ってやまない。

この時代に生かされ、この熊本に植えられた者として何が出来るだろうかと考え「短歌」という形で大地震と向き合い伝え残していこうと綴ったものである。

おしゃべりが悲鳴に変わり友からの電話途切れた長き長き夜
地が響き我が家波打つ海となる　黒き聖書を引き寄せ抱く
「避難よ」と手を取る我に「せん」と言う「じゃあ父さん一緒にいます」
震度七衝撃走り断層が北と南に二人を別つ
揺れ動く家飛び出した路地裏にしろつめ草の四葉がひとつ
震災の発生あまねく伝えられ国境越えて電波飛び交う
萎れたる八重の桜のため息が地震《ない》の亀裂の上を漂う
残されし方舟に乗る父とわれ余震の波に今日も揺られて
餅投げを明日に控えて倒れたる棟木を眺め友は呆然と
棟瓦振り落されてへこみたる屋根を見下ろし真鯉が泳ぐ
「水道が復旧したよ」を受け取りて今日の珈琲並々と注ぐ
崩れたる家の鏡台ひび割れてゆがんだ雲を映していたり
「熊本ばどぎゃんかせニャん」と母の指　毛糸の招き猫を生み出す
ツッピーと鳥鳴き風がほぐれゆく道路復興進みし午後に
震災で転びし墓石起こしゆく時のヒーロー重機稼動す
壁際の席で本読む君がいた珈琲店が地震に消ゆる
被災跡残る道路の脇に咲く待宵草が夜を引き継ぐ
大地震《ない》の爪跡残る美術館広がる空は巴里へと続く
木々の間に城の一部がなだれおり何も知らない土鳩が遊ぶ
摘みたての葡萄が届く「だいじしんみまい」と幼き文字添えられて
震災の傷まだ深きこの道の二キロにわたり彼岸花咲く
被災地の闇に華やぐ声聞こえ踊るヒョットコ通り過ぎゆく
被災地も越えて来たりて我に寄るアサギマダラと望む海原

六反田美千子

耳遠き母と娘と地震《なゐ》に耐へ

車に潜む　本震の夜
バラバラと梁《はり》より落つる砂を避け
老母《はは》、娘《こ》と逃ぐる　家崩《くず》るかと
鳴り続く　避難メールに　脅えつつ
車中泊にて　迎ふる朝《あした》
地震《なゐ》に耐へ老母《はは》と娘《むすめ》と　車中より
望む大阿蘇　白《しら》み初《そ》めたり
村落に家屋の被害なけれども
神社、墓石身代りに落つ

渡辺　啓子

揺れる揺れる何かが怒って暴れてる恐怖マックスどうか鎮まって
大地震床に散らばる書籍《ほん》あまた亡夫《つま》の遺品を久々に見き
蛇口より水が出る出る止まらずに待ってましたよ独り言する
還って来た　児童《こ》ら明るい声がする怖い思いを消すかのように
楼門の崩れて落ちし阿蘇神社亡夫《つま》と幸せ誓いしところ

『熊本県歌人協会会報』
「現代短歌　熊本地震特集転載」

衝撃

松下紘一郎

四百年厳然たりし熊本城鯱鉾落下す激震また激震
人間の無惨自然の暴虐に死者七〇、負傷一八〇〇
ドッスンと響《とよ》もし揺らぐ五階建てビル吾も揺れたりその三階に
（妻は一月急逝したのだった。私は入院中。）
「母さんの位牌わが家へ持ち帰ったよ」スマホが伝う息子よりの声
「入院しててよかったよ」茶棚書棚ら横倒し部屋《べや》
地震《ない》つづくゆえ妻の病むと言う熊本を去ると友の訪い来ぬ
入院の我れをしばしば訪いくれし友にてケイタイの番号記して去りぬ

車中泊

塚本　諄

慄へゐる妻と犬促して車に乗り込む　深夜の脱走
地下10キロ八岐大蛇《やまたのをろち》がのたうつか余震が続く熊本の乱
眠られぬ夜がつづきて眼冴ゆ車があまた並ぶグラウンド

八百万《やほろづ》のいかなる神が怒りしか神殿までも破壊しやがつて
こはれたる緑の山河　震災は神災ならむ春の遠阿蘇
薔薇腐す雨が降りつぐ地震《なゐ》のあと歪む垣根のびしよ濡れの紅《こう》
車中泊やうやく終はり取り出だし湿りたるかの毛布をはらふ

いのちの梢

清田由井子

夢かうつつか現《うつつ》かゆめか、南阿蘇地震《なゐ》の悲劇が現在形に
たましひのこもる大梁大柱折れて命運すでにし傾《かし》ぐ
生き遁るための具体を導きし未明の影は亡父にかあらむ
明治より昭和の母の在りし世が顚ちて烈震七の暗黒
わが世よりも贅なる前《さき》の世の物があへなく潰ゆ、秘説も消ゆる
択ぶなき大地震なりて「熊本」はもはや死の淵他界のごとし
千年の山棲論《やまずみろん》もここにきて砕け山塊にわれ拒否さるる

余震

橋元　俊樹

東海も南海トラフも圏外と安穏として過ぐし来るに
居心地の悪しさ揺り椅子にあるごとき終日《ひねもす》なるよ地震《なゐ》の四日目
地震《なゐ》来れば零るるほどの小花なりスズラン群落余震の庭に
城の石垣崩えし画面を見しならむ午後より電話の遠方ゆ来る
城崩えて水前寺の水干上がりぬ殿様懸かりの町のゆくへは
会議・催事、遊山もなべてキャンセルにビオラの花殻摘むほかなけれ
短歌《うた》会もゴルフも当分中止なりボトルの割れし居酒屋にをり

地震列島こえて

柘植　周子

地震とは大地のちからどどどどと恩情の路断たむとしたり
家鳴りは骨鳴りに似て老いの身に鳴る鳴るいまのひびき忘れず
食器らは導びかれつつ落ちゆくか震へて耐えて落ちぬもありき
震度7ならずともいつの日かかいめつの机をいつくしみ拭く
陽光はペットボトルにきらきらと給水車より水を貰ひき
石組みの粗密におよぶ崩落の兆しに潜むあはれなるもの
風を待つかのやうに待てば息子ら帰りくる地震列島ふたつを越えて

花奉《たてまつ》る

富田　豊子

どん・どん・どん硝子扉《と》叩く風の音、地の音、孤の音震《ゆ》れのはじまり

にぎり飯五個を握りて海苔を巻く光と闇のはざまに先づは
仏壇の位牌がひつくり返ってた「熊本地震」のひとつ証に
日没の闇に浮きたつ南阿蘇　台地に人ら地蔵のごとし
草の塊みどり削ぎ切り田の畦を活断層の現はれ奔る
車中泊してゐた子孫帰り来て家族といふが寄りそひ睡る
おどま生きて父母見らぬ復興の緋の熊本に花奉る

美しき威容

山口　睦子

吾がうへに起こりしことの不可解さおにぎり支給の長き列にゐる
マントルがこの世へ吐き出す増悪《あく》か余震幾たび空《くう》を掴みぬ
おにぎりの一個もらへず帰り来し夜を億光年の星光りつつ
ギザギザに地震が奔騰したる痕底暗かりき水の湛へは
軒並みに崩《く》えてかたちのなき家にすでにあらざり日常とふもの
武者返し誇りし兵どもが夢たまゆらにしてわらわらと崩ゆ
美しき威容なるべし青春の日の背表紙のごと城ありき

熊本地震二夜から三夜

浜名　理香

前夜の地震のあと、大きな余震が続くので、独り暮らしの父の家に泊まっていた。その夜本震があるとは思いもしなかった。一度揺れたらそれ以上大きな地震はない。それが常識だった。だから揺れ初めは、地震以外の何かだと思ったのだ。

ミサイルが撃ち込まれたか地ひびきの轟くなかを突き上がる揺れ
ギイッギイィギイイッギギギッ根太も梁心柱も軋む漕ぐごとき揺れ
お父《ろう》さん。大《ほう》きな地震《ひひん》が来《ひ》たんだよ。わたし歯の根が合っていないよ
眠い眠い父にズボンを穿かせおり懐中電灯の光のなかに
さきほどの揺れに見合った揺り返し茶碗か何か割れる音する

玄関の扉が開いている。

闇を吹く風にも火事のけはいなし余震に揺れる夜の奥ゆき
玄関はあけっぱなしにしておこうどのみち歪んで閉まらないのよ
電子音機器音低きモーター音　家が蘇る電気がついて
停電はさせませんよと知り合いの九電さんのあの丸い顎
もうすこし耐えたら空は白むだろう今も地球は自転している
のけぞったり尻もちついたり凭れたり一夜明けたる道沿いの家
グヮッタンと響くは車の通る音路の地割れの段差を飛んで

競詠「熊本地震」

個人会員

横揺れの瓦触れ合う音高し茶摘みの我は恐れ戦く
岩田　久子

地震過ぎて家具の間より出でてきし黄ばみしコクヨ原稿用紙
上野　春子

戦前の写真の父母の顔穏し戦中戦後の辛さ知らねば
堀田　英雄

車中泊を余儀なくさるる人々に如何な夜の来むまた雨となる
鹿井いつ子

激震は春の終りをかくらんし恐怖の戦慄未だわななく
中山　玲子

激震地ましきの復興いつの日か瓦礫の山に秋の風吹く
三浦タエ子

塔熊本支部

真夜中の余震は続く懐中電灯囲んで家族も揺れる
弟子丸直美

ほしぐら短歌会

昔本に埋もれて死なんと云うたれど大本棚が吾に倒れ来
村上　了介

震度七初体験の大地震に自然の力思い知りたり
福島　宏

天象熊本支部

揺れ続く地震の庭にタンポポの白き憂鬱きりり咲かせて
東　佐千子

夏日とう日中の光まぶしみし日暮るる頃にまた余震来る
野中　慶子

汜濫
田中　滋子
土掴み地震をこらえし古柿の若葉のおくに青実がのぞく

西嶋　英子
熊本の藤崎八旛宮馬追いに復興願いの心強まる

ＷＥＢ短歌会
加藤　朱美
雑踏で君をみかけていまわたしこんな顔してくらしています

てらもとゆう
恐ろしき言葉でさえも応用すママの足裏地割れがあるね

すぎなみ
梅田　国雄
震度五の余震続けば家族みな車中で過ごしぬ夜の明けるまで

山川　カズ
水求め並ぶ傍に咲く花に吾にもどれりこのひとときを

虹
上野　暎子
非常用リュックが肩にくい込みぬ移動の度に背負うほかなし

尾崎　敦子
あの地震予知できなかった人々が「今後の予想」？　何をぬかすか

松永まり子
あたりまえが消えてしまった夜ごとをふくろうほうと鳴くあたたかさ

新南風
岩川恵一郎
気付かずに大型連休過ぎて行く四・一四手帳の栞

中村　昭也
体育館に寝ている人の傍らを車椅子にて揺れつつ通る

柊

月光はあまねく照りて大地震に崩えし家並のただ黒き影
村上紀美子

石人短歌会

部屋が揺れ電灯が揺れ軋む音　物が壊れたああ！　地震だ…
上妻千佐子

突然の地震崩壊「一杯の水・一個のおにぎり」に癒されるなり
鬼木　芳子

くずれ落ちし城石垣の足元や　遠き学びの日々埋もれゆく
堀田　恵美

八雁熊本歌会

屋根ごとにブルーシート張る家並の窓にようやく灯が点き始む
泉田多美子

機窓より見下ろす益城の町並の崩落激し青く沈みて
井上　房子

葦北短歌会

地の底からゆする響きよ抗える何ものもなし地震の恐怖
加来　道子

熊日の短歌欄みな激震の恐怖でうずまる余震未だに
鳥居　静子

ゆらゆらと揺れやまぬ如きこの大地感じて咲くかつゆくさの花
古本　史子

ありあけ

震度七にみ寺の瓦は崩れ落ちブルーシートの風雨に荒ぶ
牧野真由美

首より折れて斬首のごとく転がれる仁王の貌の睨める眼
松本　章子

鹿本町短歌会

あちこちに地震の惨禍の墓石ありいかにとやせむ秋風の中
本田真智子

巨大なる獣のごとく地震ゆれて疲れ鎮もる今朝の大地よ
鹿子木泰子

震災後姉まで果てて苦しき日朝の畑に初トマト捥ぐ
吉岡　孝子

土の華短歌会

激震の恐怖を避けて車中泊　下弦の月の寒ざむと冴え
下田　克子

エリアメールの警戒音は鳴り続け家が軋みて鈍き音立つ
中川　博子

コスモス熊本県支部

震災にかきまはされし家の内に行方不明の父のハモニカ
福島　登美

避難所のたたみ一畳に読む絵本「風のじゅうたん」に乗りて雲指す
福永　諒子

震度七未曽有の地震に仏間より先祖の位牌とびだしにけり
西　和子

幸田公民館短歌教室

ケータイに娘からのメールが光りおり「大丈夫」の文字震えて打ちしか
高村由美子

地揺れてもどの花もみな咲きほこる癒し心か自然の力か
上田　忠子

大地震に身を伏せている闇の中灯火探しつ互いを想う
小山　弘子

石流

整形の薬局なれば来る患者すべて地震の怪我人ばかり

村上　禮子

水槽の水もろともにあふれ出て地震関連死せし熱帯魚

寺岡まさ子

游　吾亦紅

真夜中の激しい地震にとび起きぬ逃げ足早きとなりはもぬけ

田村　嘉郎

避難所に行けば見知らぬおじさんが自分の被災を語る饒舌

栃原　哲慎

地鳴りしてテーブルの下へ一目散祖母の叫びで孫も避難す

川崎　浩生

游　清水教室

避難所の体育館の夕刻は魂そがれし人々の群

加来はるか

地震の後あたふた過ぐる日々にして若葉の色も森に溶けゆく

内田　真代

座布団を頭にのせて妻は来る二度目の激震吾のベッドへ

川越　宏

游　わかば

震度七の地震で落ちし免の石受験の願い効能失せし

磯田シゲ子

地震あとの石塀の影気がつけば二匹のシーサー無傷で座る

伊藤　裕子

いくたびも通い描きし不開門想いもはかな地震に崩えし

坂本　淳子

地震やみて降る雨のなか積もる瓦礫人間の意思試すがごとく
石井　礼子

あきつ短歌会

地震にて井手はをちこち崩ゆといふ田植ゑの出来ぬわが郷の村
川本トミ子

白川の瀬音怒りの響きして地震に崩れし土塊流す
松岡　早苗

子の刻を引き裂き走る震度七われの五体は為すすべ知らず
大畑　靖夫

激震に師の家潰え下敷きに歌の神来て生きよと手を引く
田川　清

ＲＫＫカルチャーセンター

闇過ぐる車の音にも身構ふる余震を待つといふにあらねど
潟山　啓子

音もなく降りだす雨か大地震に病む大地をおだしく濡らす
高橋　愛子

地鳴りして家屋が軋む大地震に祈る術さえ忘れて竦む
小林　則子

みさき

花柄の十個揃ひのグラスふたつ地震に残るを愛でて茶を飲む
大久保倫子

突然の揺れにただただ座り込むなぎ倒されゆくものの数々
松下富貴子

住み慣れし家解体の日を迎え過ぎ来し日日が脳裏をめぐる
南部　正生

明日のため肌の手入れをする夜に地震起きてわれ頭真っ白なり
濱田たみよ

しらぬ火

眠られぬ理由の中に明らかに余震の恐怖ひとつ加わる
坂中　驤児

熊本地震　余震今なほ続くれど家屋の揺れに馴ることなし
吉田　昭造

暗闇にドドドドドドと大惨事　前震生かし一二歩進む
松岡　淑子

もくせい

一提げの恵みの水のみなぎりも零れこぼれて家路は遠し
上原　直子

ぱらぱらと石垣崩れ瓦飛ぶ　映像の世界だ！　この光景は
賀来久美子

夜の闇の揺るる瞬間足たたず肩押さえいる震度七なり
河上　洋子

生きる場所地球のほかになしと言へ地震続くる地球を憎む
永杉　眞澄

井戸水は自由にどうぞと隣家の初めて話す主が招く
村岡由美子

稜

揺れている家より頑固老人を消防団は担ぎ出したり
金森　英子

みずからも被災者なるをふるさとの募金活動と街頭に立つ孫
本田　馨

テーブルに掴まりながら見つめてたスローモーションで倒れいく棚
前田　妙子

破船の中に揺れゐるごとき地震来たり光冷たき春の月下に
村上テイ子

「コスモス」短歌会熊本県支部

山崩る道路が裂ける橋が落つつづけて2度の震度7ゆゑ
青野　桐子

「がんばろう」空元気でもさう言はう上益城に青空仰ぐ
梅田　陽介

揺れにゆれし阿蘇の大地に生きてたか風のひと日を忘れ草さく
岡田　万樹

砂袋ブルーシートの屋根に下げ雨よけのてるてる坊主に似たり
柿原　和子

病むごとき空に苦しき息を吐き天守むざんな熊本城は
窪島　利行

ダンボール十個で作るベットなりホームは全面避難所となる
金　淑子

車中にて友と過ごせし避難の夜むりな姿勢の痛み残れり
坂口　和子

車中泊四日目にして老い母とリウマチの妻と見る紅い薔薇
下城　公秀

オッカサーンと思はず叫び動揺すひとり住まひの夜の地震に
関　好子

地震後の安否たずねて村を行くあちらこちらに全壊の家
園田由美子

点滴のさなかの震度六強に思はずしっかりスタンド握る
西　和子

解体をする家に入り見つけたり家族写真の若き父母
福島　登美

配られしパンシナモンの香の匂ひ避難所の窓雨粒は落つ　福永　諒子

突然の地震《なゐ》におどろき跳び起きぬ先ず落ち着けと妻の手をとる　吉田　豊

田原坂短歌会

大地震に城の石垣くずれたりなげく清正四百余年　和泉　澄子

地震も去り鯉棲む池に花筏明日への光り乗せてたゆたう　井手紀代美

地震台風わが列島は襲はれて神の戒めなす術もなし　梅守　紀子

難寄せぬ棘持ちたりて柊の花はつましく白きが匂ふ　清田　綾子

唐突の地震に五体が宙に浮く断末魔の夜を鳴くほととぎす　楠田　實

突然にドンと突き上げダラダラと悲鳴をあげた古きわが家は　高木　順子

震災に身を寄せ合へる野の家にせめて竹の子ご飯まかなふ　高木千代子

本震の過ぎて二日の混沌に母身罷りて重き現実　堤　純子

終日を防災ヘリは被災地へ無念と希望ない混ぜにして　野添由美子

放図なき広き夜空に星のあり地震を逃れて広場に寝ねば　濱田　曉子

平山　和子

震災に遇ひし山茶花老い木にも季は巡りて紅花が咲く

福田　和子

道の辺の萩の花むら大地震の鎮魂なすや紅涙こぼす

松尾　郁子

余震あり不安抱きて避難所へ今宵も明かす身を寄せ合ひて

松永　祥子

野づかさの冬枝に下がるからすうり地震の地獄も見しやくれなゐ

徳丸　浩二

ブルーシート被災の屋根に光るなか城の長塀むなしきままに

徳山久仁子

被災地はブルーシートに覆はれて空より青く益城は海原

光安　秀人

地震あとの一躯思はばあらたなる生業難く老いゆく吾か

「稜」短歌会

岩本　宗子

今朝もまた余震に飛び起き闇の海をひとり小船に揺らるるごとし

亡き夫に呼ばれしおもいに馳せ参ず墓石崩落・湯呑み散乱

御正忌に参ぜし寺の乙女椿地震《ない》なかりしごと目白寄り鳴く

内田　隆子

闇の中ひとり恐怖に耐えてをりドンと縦揺れ長き激震

大地震に本わらわらと落つるなか超えてとび来し夫の位牌

まどろみも出来ず車中に縮こまるまたまた揺れるまだまだ揺れる

岡崎　佳子

一滴の水の滴る蛇口から〈希望〉の一語浮びてきたり

軽装に熊本土産買い込みて日焼けせし顔ら搭乗を待つ

被災地ゆ還幸なさるお二人は歩みを止めて御手振り給う

金森　英子

うちつけの天地鳴動四つん這いになりて揺れいる家逃れたり
地を家を人を揺すりてあき足らず続く余震に夜は明け初めぬ
家毀つ音建つる音こだまして地震後の村様変わりゆく

北島　和子

杳き日の事に思へり熊本の地震の記事無き四月の新聞
避難所には入れぬ自閉の子の肩を抱き居間にて激震に耐ゆ
地震《ない》の後荒れたる庭にサルビアの花赤くもゆ近き夫の忌

佐藤　寿子

車中泊した日の朝の駐車場に見知らぬ人らとあいさつ交わす
悲しくて泣くのではなくやさしさに涙はらはら三日目の夜
限りある生を抱きて生きている思い知らさる本震の夜

竹原　良子

東京に住む子らのことを気にかけてまさかの揺れよ我が住む街に
激震のあとの真闇の一角をわずかに照らす携帯の灯よ
真夜中に飛ぶヘリの音鳴り止まず不安なお増す強震のあと

常石　訓弘

命綱腰に縛りて瓦踏みブルーシート張る余震の中を
散乱の墓石跨ぎてわが墓所へ向かう覚悟も激震のあと
手つかずの瓦礫の山の間よりのそりのそりと猫の現わる

橋元　俊樹

東海も南海トラフも圏外と安穏として過ぐし来るに
娘の棚ゆ転び出たる「贈るうた」地震のくれし詩集なるべし
永らふる意味など夜半に思ひみる地震《なゐ》後久しくあらざりしこと

東　美和子

地鳴りとは地中の大蛇《おろち》のうめきなれ尾の一撃に覚醒の我
「ここでいい。」言いはる母は九十歳十三階より降りんとはせぬ
あかがねに接がれし鳥居を飾り馬逞しく行くあの日をこえて

星子　英

避難せし小学校の教室の黒板にあり「入学おめでとう」
嬰児《みどりご》を抱く茶髪の若者が入りてくれば和む避難室
廊下には犬を抱きし女人ゐて眠りこけおり避難の夜を

本田 馨

四十年過ぐしし家はあまたなる亀裂を負いぬ震度七の夜
大地震に生き残りいて車中泊八日目の朝パンを貰い来
余震未だ止まざる庭に陽を浴びて凌霄花の黄金《きん》の花房

前田 妙子

鋼鉄のドアを軽々歪ませる巨大地震の見えない拳
カランカラン余震の度に体育館の照明は鳴り悲鳴と重なる
蛇口より迸る水でザブザブとキャベツを洗う贅沢に洗う

松岡 妙子

食器棚、本棚すらも動きゐる内臓を吐き床を疵つけ
まちまちの形のお握り頂きて乞食《こつじき》のごと貪り食《た》ぶ
とこしへに眠る日はいつか来るものを続く余震に夜々を醒めゐて

松下紘一郎

うちつけの地震《ない》に襲われ命なき運命《さだめ》のあわれ神は冷酷
家に在らば桟に架けたる額地震《ない》に揺れて直撃われの寝顔に
一度ならず死に近くいて脱がれ来し九十一年ハードル越えて

村上テイ子

大地震《なゐ》に崩るる我が家をわなわなと地に這ひつくばひて見つつ詮なし
崩壊も人の無念も覆はれてブルーシートの中の沈黙
震災の家屋解体すすみゐて変容激しき一村の景

横田 靖子

ドドーンと声も出ぬ間に目眩する揺れ続きたる『熊本地震』
崩落の石垣写す手が止まるすぐには切れず遠景を撮る
軍手して見る暇もなく片づける思い出の品今はもうない

淀 房子

せめてとも殊の外とも言えぬなり地震に耐えた棚田の豊作
この後も4・14、16が巡り来る度語り忘るな
対岸がこれほど遠くなろうとは地震に崩れし阿蘇の大橋

川　柳

新井　悠

豚骨も薄く味わう地震後
灯籠も流され思う夢の跡
市電まで低姿勢なる震災後

居間　正三

熊本の地が揺れ心揺れ動く
「大丈夫」強がりだけど挫けない
避難所の恐怖を消した子の笑顔

いわさき楊子

震度7わるいのはわたしですから
瓦礫から新芽　学校はじまった
身の内のゆれをゆうるり湯に浸す
ゆれ以来熊本スイカ横に切る
熊本城をたのむ遺言に追加する

上田　康彦

温暖化　火の国ナマズ　大暴れ
清正公　一本槍で　櫓を支え

植川まゆみ

熊本はないの無い地と唯が言えり
平穏な生涯と思いきやないに遭う
ないに遭い我が人生の厚み増す
ない体験我が人生も非凡化す
ない体験地震博士になれるかも
船酔いはしたことないのに地震酔い
震度五弱信号停車時《じ》突き上ぐる
用足しも余震の襲《こ》んかと落ち着かん
入浴も余震の恐怖で烏の行水
今の揺れ夢か現か床の中
温泉はこよなく愛せどないは嫌
本心はないの無か地に移りたか
避難地に韓国のない追ってくる
避難所の広場にて摘む五葉草《いつはそう》
大余震喚起するごと鴉《からす》鳴く
雲形《うんけい》がどれもこれも地震雲
万象が宏観異常の態《さま》に見ゆ
断層が大欠伸《おおあくび》した肥後平野
処々方々傷を負いたる肥後平野
大ないに深手負えども天守立つ
ないに遭い災害国と再識す
未だ猶お余震怖れる夜は続く
末期まで地震の恐怖無くならん
大ないや豪雨台風襲い来る
ないのメカわかれば恐さも半減す
耐震を万全にして命有り
避震術万人身に着け身を守る
至る場で地震学習流行《はや》らせよう
戦中を過した世代ないなんぞ
古来より災害国の共助継ぎ
大ないの教訓残せ未来永劫
熊本はないの巣窟語り継げ
ないに遭い土着の人の強さ識る
大地震郷土愛の宝庫かな

太田玉流川

再建は「地震返し」の城がいい
避難して知った心の支え合い
吾輩は猫震度7からホームレス
車中泊続け卒寿の父は逝き
宇宙開発よりも耐震策が先

小田　省二

来吉は宇宙都市に移り住む
断層の五臓六腑に横たわり
大地震連れて来ないで赤い月

鎌田　康裕

記憶より　記録が大事　ペンカメラ

カンゾウくん

未曽有の　地震がまさか　熊本で！
前震で　避難の準備を　してました
激震は　台本無しで　やって来る
逃げ道は　本震前に　開けた窓
間一髪！　逃げる寝床に　壁・ガラス
本震で　空けたベッドに　窓二枚！
激震の　直後に弱者は　どこに行く？
＊寝たきりの要介護者、身障者等の震災弱者
寝たきりの　母をかかえて　避難所へ
寝たきりの　家族が居ても　強い人
避難所に　見知らぬ人の　情けあり
避難所で　優しい言葉に　ついホロリ
頻繁な　余震に叫ぶ　町の人
大地震　よりにもよって　熊本か！
また揺れる！　強い震度の　当て比べ
頻繁な　余震で怖い　天井灯
ご無沙汰の　親類の声　聞けました
忘れてた　親戚からの　声届く
大勢の　知人友人　メール出す
ズタズタの　我が家に一瞬　立ちすくむ
間一髪！　馴染みの主治医に　救われた
助かった！　自宅の井戸で　アルファ米
損壊の　自宅は私の　仕事場に
仏壇は　揺れても堂々　元の位置
避難所の　ラジオ体操　また楽し
マナー違反！　深夜にドタバタ　歩く人
睡眠不足！　静かな真昼に　眠ります
避難所の　イビキやセキに　慣れました
洗面所　汚れて私も　ボランティア
片隅に　私と同じ　悩む人
ひと声で悩んだ人が　勇気出す
あの山の　麓《ふもと》で明治の　大地震
＊金峰山付近
この山が「あの山爆発　して出来た！？」
＊独鈷山、城山《じょうやま》等
＊約1万4千年前
いま知った！　地球の凄さと　怖ろしさ
激震は　デカイ地球の　ひとクシャミ！？
退所後の　身の振り方を　語り合う
避難者が　毎日毎日　減っていく
喫煙の　友も一人　二人減る

解体の　申請済ませて　ひと安心
激震に　当たった次は　宝くじ！？
見るたびに　損壊自宅に　歴史あり
棄てきれぬ　散乱物の　多いこと！
損壊の　家屋家財に　また涙
棄てながら　焼却物に「さようなら！」
睡眠は　仮眠仮眠の　足し合わせ！？
被災して　足の手術も　後回し
＊静脈瘤の手術

岸本　瞳

活断層も知らず築いた平和な日
一瞬に平和を砕く震度7
激震にただオロオロと四つん這い
がんばれる「肥後の猛婦」のＤＮＡ
被災してひとりじゃないと気付かされ

黒瀬　佳代

くまモンの　笑顔が映り　癒された

予知予知と　フラつくよりも　心掛け

小坂　武弘

子が見せた頭脳鍛える頼もしさ
スイマセン清正公に力借り
目の前が明るくなった子の笑顔

後藤貴美子

紫陽花の場所　残骸にとられけり
〝保存食＆チャリ〟で減量　成功す
自転車で　蒲焼の香に　突入す
蒲焼の香を　もう一度深呼吸
ガタガタと　地震が尻に響きけり

佐藤　邦夫

へこたれぬ急げ復興それ熊本

阪田　孝雄

大揺に足腰立たず死を覚悟
どか揺にさらばと浮かぶ子や孫や
真夜中の二の矢に老妻《つま》と死を覚悟
家具すべて結えのありて立ち残り
大揺の二日の後も手がふるえ
お位牌と財布を抱いて車中泊
三度目が来れば終わりと車中泊

秋　冬

手を握り　笑顔をつくった　母の意地
私から　私たちへと　受け継がれ
日本中　メールで届く　応援歌
日本人　プライドかけた　ボランティア
死なないで　対立超えて　願う声

荘子　隆

復興へ　熊本城の　鬼瓦
防災の　目が曇ったら　熊本へ

田島　直人

地震さへ打ち勝つ心父母の愛
阿蘇五岳御来光幸願わずや

中山　和

揺れに揺れ家が命が悲鳴あげ
生きている命の重み地が揺れる
震災の友を憂いて寝つかれず
石垣の石が囁く城を死守
肩寄せて今復活の槌の音

中原たかお

また揺れた今のは多分震度三
踏ん張っている熊本城もクマモトも
避難所も車中泊にも朝が来た
図太い子余震も知らず高鼾
復興へ清正公の指揮のもと
紫陽花の花が瓦礫の隙間から
希望の灯復興城主詰めかける
復興のツアーが人気呼ぶお城
避難先イジメ地獄が待っていた
義援金ウサギ小屋なら建ちますが

野上　藪蔵

地震《なゐ》の刻地鳴りと揺れに包まれる
瓦礫道　戦争もかくやありけん
病院から水消えてゆく唾を飲む
三日目に届いた水　人ほどに重し
無念さが地層とともに揺れている
失った宝を子供が口にせぬ
呆然と笑いこぼれる深い傷
季語持たぬ瓦礫が乾く西の風
（阿蘇大橋崩落の犠牲を悼み）
待つ人と待たれる人の揺れる橋
活断層　瑞穂の国の縞模様

濱北　宏子

阿蘇地震城も神社もくずれ落ち

写真提供　特定非営利活動法人くまもと災害ボランティア団体ネットワーク（KVOAD）

又揺れるゆれる地震に身が縮む
地震きて大地の呻く声を聞く
夢に迄地震うなされ飛び起きる
地震きて夫婦の絆強くなる

戸次　柳親

かんばろう熊本肥後もっこすの意地を見せ
がんばろう熊本命の水が届けられ
がんばろう熊本余震に耐えて生きている
がんばろう熊本後押し世界中の絆
がんばろう熊本ボランティアが並ぶ列

前川久美子

避難所の子供の声に励まされ
助けられ感謝の気持忘れまい
携帯の地震ですには飛び出した
元気出せ清正公も見とらすよ

マスダ

こんな表情するのねと　揺れの最中　猫見つめ

松村　華菜《かな》

十一階の揺れの激しさ　南無唱う
暗闇を四つん這いで　逃げ惑う
家中がガラスの破片　靴を履き
片づけを手使う嫁の手が温い
ぜいたくは言えぬ火が付く水が出る

村岡　寿子

震度七思わずすがる亡夫の名
地震速報聞けば震えがとまらない
震災後頭の中も揺れ動く
悔やまない前へ進もう明日の靴
一瞬の地震に夢も崩れ行く

村手　美保

こんなにも土のうを見た日あったろか
日々試練回り道だと言いきかせ
くまモンの土のうが屋根で笑み誘う
（テレビのニュースだったと思います　屋根の土のうがくまモンの袋で作ってあって思わず笑ってしまいましたが住んでいる方のお気持を考えると「少しでも笑いを…」と思われたんでしょうね！　ユーモアの中に切なさも感じました）
現実か「ゴジラ」のセット思わせる
ローン終え終のすみかが二十秒
冷静でやっぱりすごい日本人

森永可恵子

想定外でしたで済まぬ後遺症
物資より心に届くメッセージ
格闘を覚悟石垣とのパズル
傷ついた天守の屋根にある希望
身ひとつを迎える仮設青畳

柳谷　益弘

くまモンに復興劇を見せてやる

山本ひさし

1年の　時計の針を　戻せたら
200人　200通りの　生き方が
熊本に　熊本なりの　復興が
神戸での　亡き友の死に　重ね合う
教訓を　生かし続けて　22年
支援者が　倒れないかと　気がかりで
桜見て　笑顔になれたら　復興か
神戸では　仮設の人が　首を吊り
復興で　飛び降り自殺　見たくない
「ありがとう」　礼を言うには　早過ぎて
1年は　復興の道　まだ玄関
熊本城　生きている間に　再建を
仮設では　最後の一人　見送りを
「県」よりも　「地域」で選ぶ　熊本産
支え合う　熊本と言う　支え合い
900人　神戸では見た　関連死
年下の　死を見送って　20年
くまモンが　倒れないかと　心配し
これからは　「つぎはぎ」支援　待っている

やんちゃん

折り鶴に復興平和願い込め

砂取小学校

五年生

水流添やよい

震災でみんなのやさしさあふれだす

小原　未湖

熊本県一致団結復興へ

浦田はるな

しんさい後友達と会えてうれしかった

岩﨑　琉夏

助けあい笑顔で協力がんばろう

原田　美伶

耳すましまた聞こえたよ熊本弁

六年生

佐田　修我

地震の時にささえてくれた地域の方々

海崎　亮太

ぼくたちは熊本のため支え合う

齋藤　大翼

大地しんそこから復活超強い

清永賢志郎

大地しん深まるきずな大切だ
家族たち守ってくれた感謝だな

初めて感じた命の大切さ　山口　星七

強いゆれこれ以上ないと願う自分　小城　一紀

忘れない希望ときずな大切に　橋本　采実

あの時の魔法の言葉支え合う　江口　昌登

地震後に地域の人とのきずなあり　西　真幸

「ありがとう」ケガした私を助けてくれて　永友　咲良

大地震経験したから思うこと　田添　心大

今までの当たり前を大切に　浜田　幸那

地震あり水に感謝大切に　池田　直樹

大丈夫強い心がささえだよ　川端　應斗

勉強をしようとした時大じしん　沖田　栞奈

友達と寄りそい合って乗りこえた　田浦日奈子

被災して家族のきずなが深まった　新谷健太朗

ひなん所でひびく母の声みなびびる　山下　花

友だちと協力し合った大地震　前島　由采

食料を届けてくれた感謝しよう　松原　爽乃

震災で他県から来る物資あり　執柄　夢音

協力し助け合った大地震　東　陽二朗

災害でみんなの事を思ったよ　　内山　巧海

しん災でひさい者のきずな深まった　　松本　尚弥

しん災で日々のありがたさ感じたよ　　吉田　琴音

震災で力を合わせて水をくむ　　大島　和佳

熊本地震たくさん人に感謝でいっぱい　　疋田　月奈

あの時の怖い思いは忘れない　　藤本　向葵

ゆれたとき大丈夫？と呼ぶ家族いた　　久冨　莉菜

散歩しておどろききょうふいっぱいに　　下田　真子

他県でも同じ国の仲間だよ　　錦戸　実来

こわくても支えてくれて今がある　　徳田　りの

地震から買い物をしに他県へと　　宮本　丞

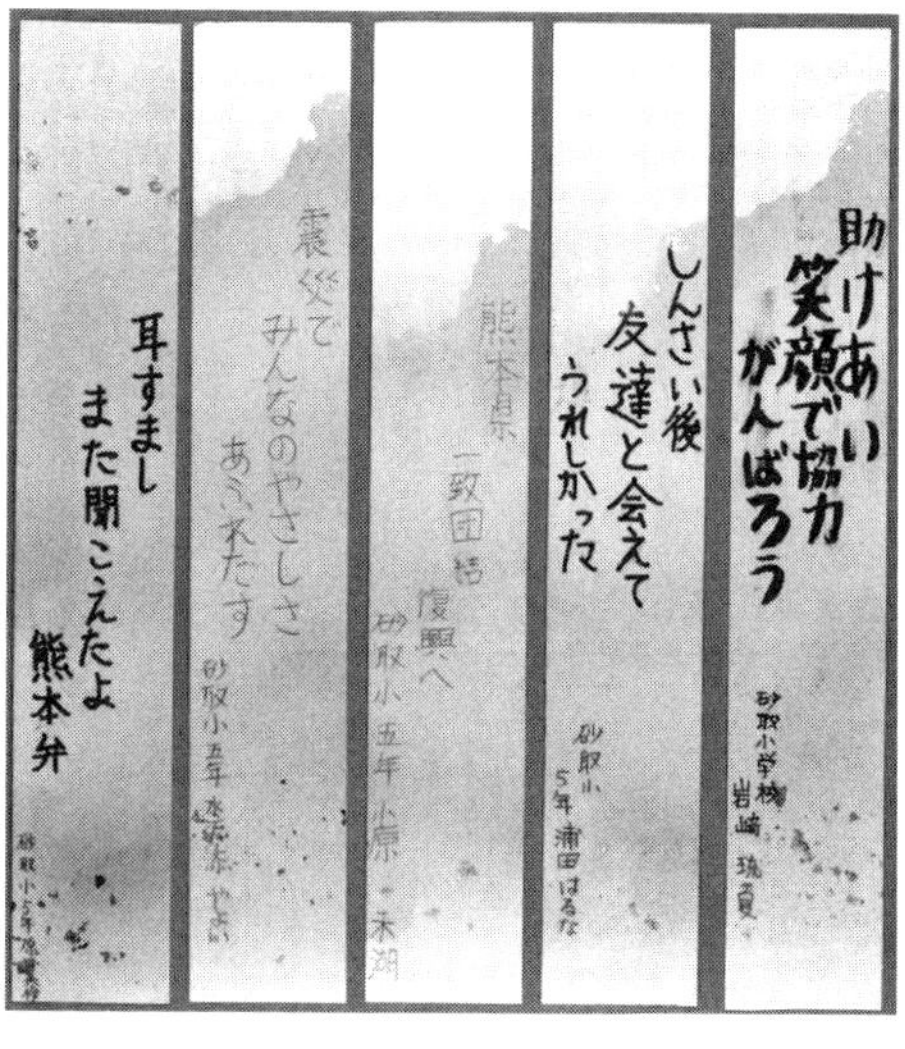

川柳噴煙吟社

熊本　村上　翠石

４・１６我家の地盤裂けて闇
余震の中誕生祝う生きている
地震千回もう慌てない転居先
被災地のハートへ熱い義援金
悪夢なら覚めてと思う大地震
震災で病ふっ飛び妻元気
罹災半壊修理しようか止めようか

熊本　坂本ゆき子

突然の揺れに夫の身を案じ
給水に列を乱さずみんな待つ
全壊の家屋で探す子の写真
震災後はじける水に歓喜する
気遣って作業進めるボランティア

熊本　小濱　春雪

人間の乱開発に怒る地下
断水がいつまで続く危機管理
予知不能人智及ばぬ大地震
震災を越える覚悟にある気骨
久し振り息を合わせて家具処分
福島から阿蘇に移住者また被災
震度7妻抱きしめるひさしぶり

多良木　西村比呂志

また余震地震もガンバルなと思う
尾骶骨震度1にも返事する

玉名　山本あかね

安全の神話いつかは崩される
列島にこんなにもある活断層
原発も活断層の上にある

熊本　津山　博

連発で思いもしない震度7
満身創痍熊本城を見る無念
避難所で小学生もボランティア
一口城主もう何口か気張らねば
三百年余勇姿毅然と宇土櫓

荒尾　中山　和

再生だライフラインも復旧し
断層がぶつかり合って悲鳴あげ
地震酔い三半規管も狂い出す
メル友の今日も無事です車中泊
大雨と余震に強気くじかれる

玉名　高尾　弘道

耐えに耐え古家が耐えたこの地震
怖いのは断トツ一位地震です
子や孫が朝な夕なに安否きく

玉名　森永可恵子

地震国今さらながら思い知る
当たり前だった暮しが崩れ落ち
奇跡とも言える助かった命
命をつなぐ水を求めて人の列

合志　山長　岳人

くまモンもひっくり返す大ナマズ
新学期熊本地震喝を入れ
熊本へ支援のリレーぞくぞくと
すみません安否の電話各地から

熊本　坂口美穂子

震災の爪痕隠す青シート

震災で人の情けが身に沁みる

熊本　上野　友耀

天地からいたぶられてるこの地球
他県からのすぐの救援ありがたい
地割れ目に地震の威力思い知る
揺れの恐怖眠れぬ夜がまた今日も
ライフライン無い生活を見直した
生きのびた経験バネに立ち上がる
城復元四次元世界垣間見る

益城　村上　和巳

車中泊やさしく照らす十三夜
立ち上がるここにしかない身の置き場
落ちるだけ落ちて安定した食器

熊本　池田　京子

震度7家は危険だ車中泊

熊本　嶋本慶之介

四・一六未明の地震膝ふるえ
四・一六不落の天守土煙
四・一六水前寺から水消える
武者返し震度7には耐えられず
ああ余震八〇〇回で水が出る

熊本　徳丸　浩二

死を感じながら生き続ける時代
歌い出すと元気が戻る被災の目
震災が家族の愛を確かめる

熊本　北村あじさい

二度の揺れまさか未曾有の震度7
こんなにも自然の脅威抱く日々
心配の電話メールが途切れない
被災地を何度も見舞う友の声
電気水ガスありがたみ知った日々
熊本地震人間力が試される

熊本　阪本ちえこ

なんということよ熊本大地震
お城まで土煙上げ悲鳴あげ
阿蘇神社グニャリ楼門へたり込む
これ以上地震の神よ責めないで

熊本　吉岡　茂緒

貰い水しみじみこんなよい言葉
ありがとう水道屋さんガス屋さん
平常が戻って食べる非常食
無防備に罪はないのに震度7
一晩でいい平穏な夜が欲しい
2リットルひとまずご飯炊ける水

合志　安永　理石

ダダッバリバリこれは地球の裂ける音
ブルーシート被り余震に耐えている
城不落一口城主支えあう
その神の使者にも見えるボランティア

復興を見つめて昇る初日の出

荒尾　松村　華菜

復興へ肥後もっこすの血が滾る
ああ無残熊本城が崩れゆく
受話器から温い見舞いの声響く

横浜　秋山　了三

流木が嘆くふる里むごすぎる
拷問のように夜昼なく余震

長洲　濱北　宏子

地震きて我身一つがままならぬ
地震おき大地のうめく声を聞く
夢にまで地震うなされ飛び起きる
おびえてる地震に夕日紅く燃え

八代　平井ミツエ

果てしなく続く地震が恨めしい

水俣　東　宗飲

風なのか余震なのかと過ごす夜
水前寺湧水復活鯉も待つ

水俣　山内　辰男

不安の夜九州全域眠られず
熊本城石垣崩れ瓦落ち

水俣　大堂　哲子

老いた今熊本地震にただ涙

熊本　中園　末夫

地震動這いつくばって出たトイレ
震災で親子の絆密になる
水が出る蛇口の前で手を合わす

熊本　鳴神　景勝

神の試練か意地悪か揺れ止まぬ

熊本　坂口美穂子

断水で隣人同士分かち合う

菊陽　西野　俊之

災害の余震止まらず待ち時間

熊本　矢村なお美

何何何なにが起こった揺れている
いつ止むの今日も眠れぬ夜がくる
自分史に想定外の大地震
余震まだアモーレ欲しい独りの夜

熊本　古閑　萬風

携帯が瓦礫の中で泣いている
救援で市民権得たオスプレイ
道路寸断ナビも途方に暮れている
野良犬も揺れの匂いに怯えてる

熊本　平田　朝子

生き直すチャンスをくれた大地震
小刻みに揺れて恐怖が追いつかず
続々と安否伺う受話器取る
手つかずのガレキの中をノックする

阿蘇　菊池ただし

呆然と倒壊家屋沈黙し

熊本　上村　孝治

被災地が感謝の心呼び覚ます
震度7聞いただけでも肩が凝る

春日　坂口　政子

誰うらむ事も出来ない自然災
震災で墓地に走った子の思い
神仏も逃げ場失う大地震
あれこれと九十年の過去偲ぶ

別府　清水　正弘

よく揺れる国だ自由の履き違え

熊本　本田シゲ子

本震に今もふる里闇の中
ふる里の景色一変震度7
頑張ろう肥後もっこすの見せどころ
一日を生きのびましたにぎり飯

安城　古居こうしん

見舞電話元気ですよと受け答え
床に膝陛下優しく慰問され
災民の心の支えボランティア

福岡　大場　可公

一五〇〇回超えた有感震度計
地震の巣の上に眠れぬ日がつづく
車中泊の記者そのままにペン走る

行橋　戸次　柳親

被災地を募る安否の便り出す

荒尾　岸本　瞳

震災に負けず届いたふんえん誌

荒尾　村岡　寿子

余震続きどう生きるかを日々思う
震災の友を思えば愚痴言えず

菊池　太田玉流川

地震列島防災省のない不思議

合志　福田　遊心

清正の城が泣いてる震度7
あの日から僅かな揺れに身構える
被災地の空き巣狙いが許せない
避難者をノロ菌までが苦しめる

芦北　　黒田あきえ

第一に熊本城の復元を
九五歳あの世の土産大地震

人吉　　守永　わく

震度7この世の地獄見せつける
震度7二度の恐怖がトラウマに
震度7橋も道路も役立たず
避難所へ暑中見舞いは着くだろうか

人吉　　釜田　操

あちこちにまさかが起る火山国
戦争地震水害生きて今卒寿
九州の目玉えぐった震度7

天草　　櫻田　京子

避難所の臨時授業に咲く笑顔
被災地の今日も休みのランドセル

熊本　　小西　順子

震災の町を黙ってひと回り
ボランティアの汗に心が熱くなる
復興の影にデコボコ裏通り

熊本　　江上　精治

熊本地震力合わせて頑張ろう
城の石垣崩れそうでも崩れない
熊本地震想像以上怖さ知る
復興に川柳力も役に立つ

熊本　　豊田　大徳

震度7握ったマイク放り投げ
震度7往きに渡った橋がない
震災後ピーポピーポはエコノミー
水が出ずオシッコの泡浮いたまま

熊本　　河野　副木

神の水届き避難所沸き返る

熊本　　杉村かずみち

熊本地震やっと夜半に目が覚める
ボランティア命をつなぐ玉の汗
上や下に肝をつぶした大地震

熊本　　宮本美致代

九十歳初体験の震度7
親子三代大地震に遭遇す
川柳放棄脚突っ込みそうな余震

浜松　　松井　千種

被災地の無事祈るしかすべなくす

福岡　　大場　可公

数々の美談で埋まる地震余話
震災二ヵ月行方不明がまだ一人
川の字になって親子の車中泊
足伸ばし眠れる幸せとはこれか

長崎　　片山　抜典
気が付けば活断層に住んでいた
歴史書に似たよな地震記録あり
生き抜いて復旧の城見上げたい
被災地の仮設は未だか花は葉に

大分　　久保田千代女
おきないで大きな地震身が縮む

日置　　畠中　速男
頑張れと心に響く陣太鼓

沖縄　　覧のぶなが
激震も頑張るけんと柳友の声
いつまでも続く余震よ静まって

合志　　安藤　玄白
あれ以来震度1でも身構える

熊本　　土田　一郎
車中泊父は頑固に家守る

熊本　　徳丸　堯士
今朝もまた余震で目覚め夜避難
災害のごみは終われどまだ余震

熊本　　本田シゲ子
復興へ一歩近づく玉の汗
地震かみなり私の命板挟み

新潟　　斎藤　和子
くまモンへ全国からの応援歌

熊本　　山倉　雲平
噴煙誌地震に負けず健気なり

出水　　入木田一寸坊
人間の欲被災地までも詐欺が居る

三木　　木下再代子
火の国を苛める自然ああ無情

壱岐　　瀬川　伸幸
復興へ何も出来ぬが祈るだけ

水俣　　福田　実水
地震洪水地球怒ったかも知れぬ

益城　　杉原　青雲
復興の重み感じるガレキ山
住民が帰って来るか震災地
施設から大丈夫かと見舞品
震度3判定できる力つけ

天水　　森山美佐子
地震去りホッと一息後整理
夢の様余震余震で身も細る

熊本　吉岡　広子

震度3もう慣れっこの二か月目
大地震備えて備蓄水お米
缶詰のおかず結構美味しいね
乾パンもふわふわ柔くしっとりと
久々の震度4にも慌てずに

熊本　吉田　武

前震のあと帰宅した不帰の人
激震のあと余震との長期戦
相次いで募金詐欺まで現われた
熊本は傷負う戦士奮い立つ
避難所のトイレの水はプールから

熊本　上田美知子

地震くる家族の愛が深まった

熊本　馬場　秀敏

復興を信じて見入る肥後の城

熊本　中山美也子

震度7まだまだくるか痩せました

熊本　矢ヶ部登志子

生きてればどん底だってユートピア

倉光　雪子

被災地を思えば我慢活きて来る

熊本　甲斐みち子

また余震避難の覚悟して暮らす
十日あまり車中泊から星仰ぐ

天草　久保　洋子

雪が降る熊本城も寒かろう
丹前でも羽織らせたいな天守閣
被災地の山笑う春皆で待つ

熊本　田口　麦彦

火の鳥となって地震のない国へ

熊本　緒方　正堂

被災地に「望」と書いた箱がある

熊本　田中　賢治

震災を越えて杉玉揚がる里

漢　詩

檄熊本人

激震七強熊本窮
壘牆崩落古城空
復興必作祈衆庶
豈會何顔清正公

熊本人《くまもとびと》に檄《げき》す

岩田《いわた》　嶺石《れいせき》

激震《げきしん》　七強《ななきょう》　熊本窮《くまもときわ》まり
壘牆《るいしょう》※一　崩落《ほうらく》　古城空《こじょうむな》し
復興必《ふっこうかなら》ず作《な》すは　衆庶《しゅうしょ》※二の祈り
豈《あ》に何《なん》の　顔《かんばせ》ありて清正公《せいしょうこう》に会《か》いせん

※一…石垣や建物
※二…人々

熊本地震

續續縱横震故園
蘇山鳴動失人言
師談克服自燈火
只是神通復舊魂

熊本地震《くまもとじしん》

吉野　正孝

続続《ぞくぞく》　縦横《じゅうおう》　故園《こえん》に　震《ふる》う
蘇山《そざん》　鳴動《めいどう》して　人言《じんげん》を　失《うしな》う
師《し》は談《かた》る　克服《こくふく》の　自燈火《じとうか》を
只是《ただこれ》　神通《じんつう》　復旧《ふっきゅう》の　魂《こん》

高砂之松《たかさご》

吉　余　無

両夜激震襲阿蘇
蘇社楼門忽崩壊
神殿共耐護青松
曾幾周回願良縁

両夜の激震　阿蘇を襲う
蘇社の楼門　忽《たちま》ち崩壊す
神殿共に耐へ　青松を護《まも》る
曾て幾《いくば》くか周を回り　良縁を願う

平成二十八年五月十二日

【後記】

今回の大地震による阿蘇神社の被害情報をいつ聞いたのかはっきり覚えていない。ただ娘の「大丈夫？メール」が四月十七日に阿蘇神社損壊のニュースを伝えてきたのでかなり早い段階で知っていたのは確かだ。しかし我が家のテレビも損壊したので、もう直ぐ一か月になる今日までその映像を確認できなかった。初めてインターネットで見る無残な姿に、私は今や昔の事になったある出来事を思い出した。

それまで何度か阿蘇神社を訪れていたが、ここが縁結びゆかりの神社だと初めて知った。成程、ここに鎮座している神々は夫婦神で神殿が並んで建てられている。道理で若い女が多いはずだと納得した。私は若い女に混ざって参拝した。すると彼女らが奇妙なことをやり始めた。近づいてそこの松の前に建てられた立て札を読むと、その松は「高砂の松」と説明されていた。そして縁結び成就のための所作の手順が書かれていた。今は忘れたが、例えば女は時計回りに何周、男は反対方向に何周せよと。私も高砂の松の周りを何周かしたことだけはよく覚えている。六十歳を過ぎた男がやるには勇気のいることだからだ。そのとき時計回りにするか反時計回りにするか迷って結局女回りにしたことを思い出した。ここまでの話なら笑い話で済むが、話には次がある。三十歳をとっくに過ぎた娘に早くいい人が現れて結婚してもらいたいと思うのは父親心理である。実は私の願かけが成就したのだ。その翌日、滅多に私に電話を入れることのない娘から電話が入った。「お父さん、実はいい人が見つかったから結婚しようと思うの…云々」。私はおめでとうと言う前に驚いた。「実はね、昨日阿蘇神社にいって…云々」。娘にとっても忘れられない事に違いないが、私には忘れることが出来ない思い出となった。先日、ラジオで専門家が阿蘇神社の楼門は上の屋根の重さで潰れただけだから、材料は活用できるので、復元可能である判断したと報道された。楼門は国の重要文化財だが、私にとっては一生の記憶遺産だ。一日も早い復旧が叶えられることを、娘夫婦とこれからの若い男女のためにもお祈りするばかりだ。

熊本城無残

吉余無

南洲攻城難　　南洲《なんしゅう》　攻城難し
熊城新緑回　　熊城　新緑回らす
激震両夜襲　　激震　両《ふた》び夜襲う
天守忽瓦解　　天守　忽ち瓦解し
石塁崩崔崔　　石塁崩れて　崔崔《くわいくわい》たり
長塀倒涛涛　　長塀倒れて　涛涛《とう》たり
双燕再帰来　　双燕《そうえん》　再び帰来し
憩緑陰探巣　　緑陰に憩いて　巣を探す

平成二十八年四月二十九日

【後記】

平成二十八年四月十四、十六日の二回の大地震で熊本城は未曾有の大被害をうけた。初めの地震の時、近くの公園に避難した私はそこに逃げて来た人から熊本城の石垣が崩れたことを知った。二回目の時、天守や櫓が壊れたと聞いたとき地震の凄さを痛感した。避難所に逃れてラジオでそれが事実と知って心を痛めた。熊本に住むようになって十年、熊本城を訪れるのは今や生活の一部である。新春の梅香、桜の花見、新緑の薫風、時に腰痛予防のための石段登り。数え上げたら限がない。避難所生活から戻り、まだ癒えない肩のこりを我慢して自転車で出かけてみた。想像以上の惨状だった。大小天守閣の瓦は剥がれ落ち、百間櫓は石垣が崩れて跡形もない。美しい白壁の長塀は大きく波打って倒れていた。熊本城は熊本県人の宝であり誇りである。私も一口城主としてその整備に協力した。無残な姿になった長塀を坪井川沿いのベンチから眺めて悲しんでいると、少し知的障害をもつ中年男性が立ち入り禁止になっている見晴台に上り、空に向いて大声で叫んだ。「あっ、燕だ！　燕がきたバッテン地震は止むバイ！」。私はそれを聞いて考え直した。そうだ！清正公築城以来、何度も地震に見舞われ壊れたに違いない。壊れたらまた作り直せばいい。燕が熊本城を忘れないように、人間も熊本城を忘れないように再建するだけの事ではないか。私は、なんとなく心が軽くなった。

凌雲吟社

○驚愕熊本地震　驚愕熊本地震《きょうがくくまもとじしん》

嘯風　宮本　照雄

突然慘禍古城東　突然《とつぜん》の惨禍《さんか》　古城《こじょう》の東《ひがし》
只怖震災荊棘中　只怖《ただおそ》る震災《しんさい》　荊棘《けいきょく》の中《うち》
駭目斷腸纔有礎　目《め》を駭《おどろ》かす断腸《だんちょう》　纔《わずか》に礎《そ》を有《ゆう》し
驚心愁血盡為叢　心《こころ》を驚《おどろ》かす愁血《しゅうけつ》　尽《ことごと》く叢《そう》を為《な》す
今朝感慨豈非幻　今朝《こんちょう》の感慨《かんがい》　豈幻《あにげん》に非《あら》ずや
昨夜荒涼都是空　昨夜《さくや》の荒涼《こうりょう》　都《す》べて是空《これむな》し
安在家鄕看不見　安《いず》くに在《あ》りや家郷《かきょう》　看《み》れども見《み》えず
迎天惆悵恨何窮　天《てん》を仰《あお》ぎ惆悵《ちゅうちょう》　恨《うら》み何《なん》ぞ窮《きわ》まらん

※七言律詩　一東韻

○熊本地震　熊本地震《くまもとじしん》

下山　一郎

激震名城起壞崩　激震名城《げきしんめいじょう》に　壊崩起《かいほうお》こる
數多人命急天昇　数多《あまた》の人命《じんめい》　急《きゅう》に天《てん》に昇《のぼ》る
禍難又尚明民善　禍難又尚《かなんまたなお》　民《みん》の善《ぜん》を明《あき》らかにす
全國支持着復興　全国《ぜんこく》の支持《しじ》　復興《ふっこう》に着《つ》く

※七言絶句　十蒸韻

○憶熊本地震　熊本地震《くまもとじしん》を憶《おも》う

矢野　己則

突然慘害壞家鄕　突然《とつぜん》の惨害《さんがい》　家郷《かきょう》を壊《こわ》す
激震災難豈可忘　激震災難《げきしんさいなん》　豈忘《あにわ》する可《べ》けんや
早早復興何日達　早々《そうそう》の復興《ふっこう》　何《いず》れの日《ひ》か達《たっ》せん
天工隱忍對蒼茫　天工隠忍《てんこういんにん》し　蒼茫《そうぼう》に対《たい》す

※七言絶句　七陽韻

○嗚呼熊本城

震災碎破幾悲傷
空聳熊城豈可忘
悠久雄姿何日会
哀哀無限満吟嚢
※七言絶句　七陽韻

嗚呼《ああ》熊本城《くまもとじょう》

奈須ヤス子

震災《しんさい》の碎破《さいは》　幾悲傷《いくひしょう》
空《むな》しく聳《そび》ゆ熊城《ゆうじょう》　豈忘《あにわ》する可《べ》けんや
悠久《ゆうきゅう》の雄姿《ゆうし》　何《いず》れの日《ひ》か会《かい》せん
哀々《あいあい》限り無《な》く　吟嚢《ぎんのう》に満《み》つ

○克熊本地震

春穏深更驚熟眠
山流地裂被災専
止歎城閣堂堂在
忍苦須携復舊先
※七言絶句　一先韻

熊本地震《くまもとじしん》に克《か》つ

城柊　吉居　謙二

春穏《はるおだ》やかな深更熟眠《しんこうじゅくみん》を驚《おどろ》かす
山《やま》は流《なが》れ地《ち》は裂《さ》け　被災《ひさい》専《もっぱ》らなり
歎《たん》ずるを止《や》めよ城閣《じょうかく》は堂堂《どうどう》として在《あ》り
苦《くる》しみを忍《しの》び須《すべか》らく携《たずさ》えるべし復旧《ふっきゅう》の先《さきがけ》

○熊本大地震

激震襲来深夜眠
近隣集外寄而連
不知災厄生肥後
共助語明迎暁天
※七言絶句　一先韻

熊本大地震《くまもとだいじしん》

多久　善郎

激震《げきしん》襲《おそ》ひ来《く》る深夜《しんや》の眠《ねむり》
近隣《きんりん》外《そと》に集《つど》ひ寄《よ》りて連《つら》なる
知《し》らず災厄《さいやく》肥後《ひご》に生《しょう》ずを
共《とも》に助《たす》け語《かた》り明《あ》かし暁天《ぎょうてん》を迎《むか》ふ

○迎地震一月

熊城垣壊岩成堆
余震頻千四百回
社寺傾危碑落地
無慙景色満天哀
※七言絶句　十灰韻

地震一月《じしんひとつき》を迎《むか》ふ

多久　善郎

熊城《ゆうじょう》垣壊《かきこわ》れ岩堆《いわたい》を成《な》す
余震頻《よしんひん》たり千四百回《せんしひゃくかい》
社寺傾危《しゃじけいき》し　碑《いしぶみ》地《ち》に落《お》つ
無慙《むざん》の景色満天《けしきまんてん》の哀《あい》

○感有熊本地震

熊本地震《くまもとじしん》感《かん》有《あ》り

多久　善郎

災殃超月涙潸然
余震頻頻只畏天
留地扶人想沸沸
無窮鍼砭此中鮮

※七言絶句　一先韻

災殃《さいおう》超月《ちょうげつ》涙《なみだ》潸然《さんぜん》たり
余震《よしん》頻頻《ひんぴん》只《ただ》天《てん》を畏《かしこ》む
地《ち》に留《とど》まり人《ひと》を扶《たす》け想《おもい》沸沸《ふつふつ》たり
無窮《むきゅう》の鍼砭《しんべん》此中《しちゅう》鮮《せん》たり

○月餘熊本地震

月餘《げつよ》熊本地震《くまもとじしん》

多久　善郎

崩土濁流危満川
絶無涌水玉地泉
震揺地割神威儼
血涙潸潸五月天

※七言絶句　一先韻

崩土《ほうど》濁流《だくりゅう》危川《きかわ》に満《み》つ
絶無《ぜつむ》涌水《ようすい》玉地《ぎょくち》の泉《せん》
震揺《しんよう》地割《ちかつ》神威《しんい》儼《げん》なり
血涙《けつるい》潸潸《さんさん》たり五月《ごがつ》の天《てん》

○噫四時軒

噫《ああ》四時軒《しじけん》

多久　善郎

遠来龍馬叩柴門
憂國真情徹夜論
一震壊崩千古館
悲風落莫水辺魂

※七言絶句　十三元韻

遠来《えんらい》の龍馬《りょうま》柴門《さいもん》を叩《たた》き
憂國《ゆうこく》の真情《しんじょう》夜《よ》を徹《てっ》して論《ろん》ず
一震《いっしん》壊崩《かいほう》す千古《せんこ》の館《やかた》
悲風《ひふう》落莫《らくばく》水辺《すいへん》の魂《こん》

○大和晃君発見

大和《やまと》晃《ひかる》君《くん》発見《はっけん》

多久　善郎

中元神異雙親情
愛息長眠車内横
四月捜求終結実
通天父母憶児誠

※七言絶句　八庚韻

中元《ちゅうげん》の神異《しんい》雙親《そうしん》の情《じょう》
愛息《あいそく》長眠《ちょうみん》し車内《しゃない》に横《よこ》たふ
四月《よつき》の捜求《そうきゅう》終《つい》に結実《けつじつ》
天《てん》に通《つう》ず父母《ふぼ》児《こ》を憶《おも》ふの誠《まこと》

○熊本地震

熊本地震《くまもとじしん》

燈風　石坂　恒雄

靜謐星光弄晩晴
不知何處有祅聲
再三激震裂郷國
蹂躙人心摧太平

静謐《せいひつ》なる星光晩晴《せいこうばんせい》を弄《ろう》す
知《し》らず何《いず》れの処《ところ》にか祅《よう》の声《ささやき》あるを
再三《さいさん》の激震郷国《げきしんきょうこく》を裂《さ》き
人心《じんしん》を蹂躙《じゅうりん》して太平《たいへい》を摧《くだ》く

※七言絶句　八庚韻

静かに晴れわたった夜空に星がまたたいている。

わたしは、この夜中に、どこで災いが起きるか考えもしない。

二度、三度の大きな地震が、故郷であるここ熊本の大地を引き裂き、民心を踏みにじって、太平の世を奪ってしまった

○熊本地震

熊本地震《くまもとじしん》

川越　教弘

突然地震襲安床
地裂山崩家屋傷
日日平康忽消滅
萬人自失引愁長

突然《とつぜん》の地震《じしん》　安床《あんしょう》を襲《おそ》う
地裂《ちさ》け山崩《やまくず》れ　家屋傷《かおくいた》む
日日《ひび》の平康《へいこう》　忽《たちま》ち消滅《しょうめつ》す
万人自失《ばんじんじしつ》して　愁《うれい》を引《ひ》くこと長《なが》し

※七言絶句　七陽韻

○熊本地震

熊本地震《くまもとじしん》

如雲　篠田　洋

大鮎暴擧破春眠
恐怖諸人意惘然
倒壊家家疑是夢
應知足下断層連

大鮎暴挙《だいでんぼうきょ》して　春眠を破る
恐怖《きょうふ》す諸人《しょじん》　意惘然《いぼうぜん》たり
倒壊《とうかい》せし家家《かか》　是《こ》れ夢《ゆめ》かと疑《うたが》う
応《まさ》に知《し》る足下《そっか》　断層《だんそう》の連《つら》なるを

※七言絶句　一先韻

○被災後有感

被災後感有《ひさいごかんあ》り

瓊泉　林　孝子

餘震未衰愁不眠
深更煩悶思如淵
正惟惡夢變災禍
一願安寧到枕邊

余震未《よしんいま》だ衰《おとろ》えず　愁《うれ》いて眠《ねむ》らず
深更煩悶《しんこうはんもん》して思《おも》い淵《ふち》の如《ごと》し
正《まさ》に惟《こ》れ悪夢《あくむ》　変災《へんさい》の禍《か》
一《ひとえ》に願《ねが》う安寧《あんねい》の枕辺《ちんぺん》に到《いた》るを

※七言絶句　一先韻

○熊本城對月

往時兵火燬層閣
今次震災摧壘垣
百雉城頭千古月
那堪惹憾照乾坤

熊本城《くまもとじょう》にて月《つき》に対《たい》す

瓊泉　林　孝子

往時《おうじ》の兵火《へいか》　層閣《そうかく》を燬《や》き
今次《こんじ》の震災《しんさい》　壘垣《るいえん》を摧《くだ》く
百雉《ひゃくち》の城頭《じょうとう》　千古《せんこ》の月《つき》
那《なん》ぞ堪《た》えん　憾《うらみ》を惹《ひ》いて乾坤《けんこん》を照《て》らすに

○震餘過壞屋

壁毀牆頽主不存
筍芽解籜逼荒軒
更無歸燕見相識
只有探巣棟宇飜
※七言絶句　十三元韻

震余壊屋《しんよかいおく》を過《よぎ》る

林　耀華

壁毀《かべやぶ》れ牆頽《かきくず》れて　主存《あるじそん》せず
筍芽《じゅんが》籜《たく》を解《と》いて　荒軒《こうけん》に逼《せま》る
更《さら》に帰燕《きえん》の相識《そうしき》に見《まみ》ゆる無《な》く
只《た》だ巣《す》を探《もと》めて　棟宇《とうう》に飜《ひるがえ》る有《あ》り

○代被災農夫

假寓農夫太可憐
荒畦水涸未耕田
但期糾纆禍爲福
稲稼穰穰醉盛筵
※七言絶句　一先韻

被災農夫《ひさいのうふ》に代《か》わる

林　鐵石

仮寓《かぐう》の農夫《のうふ》　太《はなは》だ憐《あわ》れむ可《べ》し
荒畦水涸《こうけいみずか》れて　未《いま》だ田《た》を耕《こう》せず
但《た》だ期《き》す糾纆《きゅうぼく》　禍《か》の福《ふく》と為《な》り
稲稼《とうか》穰穰《じょうじょう》　盛筵《せいえん》に酔《よ》わんことを

○熊本地震記憶

激震傷心何可忘
熊城崩瓦鬱相望
新年誓願復興竊
幾歳偏期巧樣粧
※七言絶句　七陽韻

熊本地震《くまもとじしん》の記憶《きおく》

亀道　井出　輝喜

激震《げきしん》の傷心《しょうしん》　何《なん》ぞ忘《わす》る可《べ》けんや
熊城《ゆうじょう》の崩瓦《ほうが》　鬱《うつ》として相望《あいのぞ》む
新年《しんねん》の誓願《せいがん》　復興竊《ふっこうせつ》に
幾歳《いくさい》か偏《ひとえ》に期《き》す　巧樣《こうよう》の粧《よそおい》

○熊本地震

地動天鳴激震頻
家崩道裂惑逃民
水停灯切食糧盡

熊本地震《くまもとじしん》

不動　桑野兼伊知

地動天鳴《ちどうてんめい》　激震頻《げきしんしきり》なり
家崩《いえくず》れ道裂《みちさ》け　惑《まど》い逃《に》ぐる民《たみ》
水停《みずとま》り灯切《あかりき》れ　食糧《しょくりょう》尽《つ》く

救助生存只謝神

※七言絶句　十一真韻

救《きゅう》助《じょ》生《せい》存《ぞん》　只《た》だ神《かみ》に謝《しゃ》す

写真提供　特定非営利活動法人くまもと災害ボランティア団体ネットワーク（KVOAD）

五行歌

荒木雄久輝

普通に起きて
普通に食べて
普通に寝付ける
幸せの
凄さ

荒ぶ風の神
猛る水の神
蠢く地の神
立ち向かえ
俺の自然力

市原　惠子

津波注意報に
東日本の映像
パッと目に浮かび
有明海に面した家から
暗闇《くらやみ》ただただ高台へ車とばす

命を守る音なのに
余震の度に
携帯のアラームに
「又かい」と邪魔扱いにして
「OK」押しつづける

やまない余震に
「ガタ！」音に
地震こなくても
体ユラユラユラ
いつも揺れてるようだ

余震の度に
何をしていても
幼い孫二人
テーブルの下へ
すぐもぐり込む

内間　時子

毎日温泉で
喜んでいたが
もう嫌だ
水よ
早く来い

あっ
ゆれた
これは
震度3
皆んな気象台

親戚中へ
地震見舞い
何処も
時が
止まってる

震災で
車と壁が
ゴッツンと
どっちが
痛かったの

「さあ皆さん
これから避難します
準備はいいですか」
遊びが一つ増えた
熊本の子ども達

あれから半年
ズーッと
まだ
普段着で
寝ている

年の瀬も

近まり
「ああ、ここもか」
解体作業が
あちこちで

眞　デレラ

大地が揺れて
家が壊れ
家族が砕けた
更地が広がる
街

のしかかられて
目が覚めた
誰かと思えば
タンスじゃないか
熊本地震

いい加減に自立しなさい

とでも言うように
義母《はは》の物
実母《はは》の物
すべて壊れた熊本地震

驚くスピードで
成長する山
町中の人が
壊れた思い出を
捨てに来る

松葉杖をつきながら
助手席に乗り込む
ダンナの口にも
ギブスをはめたい
気分

力が抜ける
吸い込まれるような

頼りなさ
石垣が崩れた
熊本城の姿

安否確認の電話
なのに
状況を聞かずに
一方的にしゃべって
切れた

全力で
襲う自然の中で
人間《ひと》は
逆らわず
命をつないで来た

命さえ助かれば……
の　時が過ぎ
あれもこれもと

欲が出る
地震の後

棗　邦

シマッタ
地震への備え
いつ何があっても
かまわない生き方
していない

私たちを襲ったのは
本棚と建具
私たちを護ったのは
ベッドの木枠
間一髪

夫とふたり
長い列に加わり
命の水をもらう

校庭から窓辺にかけて咲く
藤の花がきれい

夜も明るい廊下で
興奮している
赤ちゃんを
あやすお母さん
心の中で応援す

ベビーバスに雨水をためた
川の水を汲んだ
井戸水をもらった　と
断水中のトイレの水で
話が弾む女性たち

地震で倒れた本棚に
本を並べる
こうして
私たちふたりは
立ちあがる

辻　春美

ダダッダバチパチ
あっ　機銃掃射だ
地震だ
布団をかぶる
ただ合掌

地震の猛威は
熟睡中
ガラスの破片が
牙をむいている
生き地獄

のっそり十兵衛の
技か魂か
震度6の
揺さぶりに耐えた
終の棲家

鳴り放つ声援に
応答は
「無事です」
肥後の猛婦の気概は
どぎゃんかなっど

報道で知る
飯田丸
片足で踏ん張っいる
姥もファイト
土嚢の砂詰め

「絵馬調べに行きませんか」
「今　生きているので精一杯です」
「庶民の文化が消滅していきますよ」
「それも絵馬のイノチです」
不本意な姥の応答

〝未指定でも
　貴重な文化財〟
『朝日』の見出しに
絵馬を救う
決意

「この大地震に　絵馬んこついうと
ああた　うちころさるったい」
絵馬救出の
道のりは
茨道

千年の安泰
原生林に
震度7は
未曽有の泥滝を
呆然と見てすぎる

「通行止め」

「立ち入り禁止」
はて
どっちへ
地震に聞いてみろ

鳥居・狛犬倒壊し
絵馬抱いた
社殿は
ペシャンコや赤紙
無力ながらも救いたい

地震が振り落とした
「和宮降下」
「藩主お国入り」
「天皇東幸」等々の
絵馬が話かけてくる

マスコミがとびつかない
罹災社寺の絵馬調べ
肥後モッコスの
鎧つけ
姥の踏ん張り城紛い

褪せても褪せない
絵馬の魅力
戦火・災害に耐えてきた
貴重な歴史の証人を
文化として遺すその一念

生老病死への
蓄えは
地震がかっぱらったけど
姥の意欲は
〝絵馬〟花盛り

「あれから一月半」

角田　和則

シャワー中
風呂を揺さぶる
大地震
我が身を
両手で支えるのみ

余震を気にし
車中泊
翌日は
無事に感謝し
ソファーに安眠

ソファーごと宙返り
停電と同時に
ガラスの砕け散る音
足は挟まれ
方角も不明

暗闇の中
お互いの安否確認
携帯電話の
明かりを頼りに
外に逃げ出す

深夜の駐車場は
余震に怯える
避難者達
遅れた警報
誤報まで

思い出したように
住民の
安否確認
車や
体育館周りへ

風呂を探しに
郊外へ
支援の車列に

目が潤む
ありがとうと呟きながら

風呂を探して
山鹿市へ
さくら湯で生き返る
母ときた
思い出の大衆浴場

打撲の跡か
腫れる膝と
内出血
レントゲンで
骨には異常なし

安否確認メール等
嬉しくもあり
煩わしくも
余震の最中の
固定電話

避難所の
水とカップめん
有難く頂く
他所では
子どもと老人のみ

城の石垣は
見るも無残な姿へ
写真と違う生の迫力
残る石垣を
褒めてあげたい

避難所では
出会いと別れ
織りなすドラマ
３３外泊に
終止符

水道の蛇口
やっとの修理
今夜から
手作り料理
さよなら紙皿紙コップ

あれから一月半
復興はゆっくりと
倒壊マンションには
今も残る
潰れ行く車

食器棚や
靴箱
どれにしょうか
平積みでも
いいとは言えず

「あれから二ヶ月」

角田　和則

あれから２ヵ月
新顔は
食器棚と靴箱
捨てたものは
古着まで

梅雨に
映える紫陽花
その先に傾いたマンション
悪夢だったらと思うが
これが現実

日常が戻りつつも
避難者は
今も６３００名
梅雨と余震は
容赦なく

石原軍団の
炊き出し
はやる心に
釘を刺す
行けば迷惑

地震回数1700回
震度3までは慣れた
はずが
震度1を
感じてします

渋滞は
まだまだ続く
ビルや崖の倒壊恐れ
たかが数メートルの
道路封鎖で

台風の爪痕では

幾多の大木を見るが
地震では
大地に根を生やし
踏ん張っている

停電の恐怖から
今も夜は
電池のフットライト
枕元には
リュックサック

狭い空間に
身を寄せ休む
余震の度に
どちらとも無く
目を覚ます

机上に待機した
ヘルメット

使用したのは
最初の数日
無用であることを願う

マイナンバーの紛失
役所担当も
都度問合せ
再発行も
まづは罹災証明

マンション入口
段差は今も
10センチ以上
杭や液状化
調査だけで
5千万

事務所片付け
未だ大分類

キャビネガラスも
ビニールへ
決算処理もひと月遅れ

全国からの心遣いに
お礼は
歌を作り
日常を取り戻す
駄作でも

倒壊神社の屋根には
今もそのまま
城の崩落石垣
起してあげたい
今すぐにでも

熊本地震から
目を転じれば
都知事辞職に

領海侵入
ニュースは躍動している

「あれから半年」

角田　和則

あれから半年
続く余震
日に震度3・1・1・2
ひと月前も5弱
通算4千回

暗闇の恐怖
今も残り
電池式
灯りを
夜明けまで

就寝は
今もリビング
タンスの森で眠るには
まな板鯉の
心境必須

臨時総会議案
仮復旧事後承認と
本復旧予算
今更の
地震保険

熊本城
一本足石垣の
補強のみ
本丸も
いまだ無残

国道と鉄道
南阿蘇への動脈は
目途たたず
無用と思われた道路が
大活躍

震源地では
今なお残る
家屋倒壊
家同様に
胸もつぶれる

雨降る中
倒壊墓石は
人手なく
いつまでも
そのままで

今度は
妻の里が
震源地
お見舞金が
来たり行ったり

傾いたマンション
潰れた車
その隣で
バス待つ人々
日常の光景へ

いつの間にか
空き地や
新しい石垣
ひび割れも
荒めの化粧

街中は
何事も
無かったように
イベントや
ビル工事

ドアを開けると
朝から清々しい
金木犀の香り
木々もしっかり
生きていた

鶴　良子

瓦礫の山に降る雨
涙雨かも知れないけれど
私達は　みんな
ゆっくり昇る　お日さま
あなたを待っています

暗闇の中
身を寄せあって
うつ向いて耐えた一夜
あっ　日の出だ
お日様が昇る

地震の後の熊本の屋根
ブルーシートに覆われて
青　青　青
皆の力で　やがて
青い空に変わる

本震の後
倒壊した家の二つの時計が
1時33分で止まったまんま
被災者の時はそこから
また　動き始める

あの激震で
何故か硝子も割れずに
玄関のドアが吹っ飛んだ
早く此処から
逃げなさいとばかりに

むき出しの壁
隆起した道　砕け落ちた瓦
門毎に瓦礫の山
疲れきった人の上に
容赦なく雨が降る

静まりかえった通り
歪んだシャッター
これが昨日まで
色々な国の人で
賑わっていた熊本の街か

新幹線の復旧
土中のガス　水道管の修理
瓦礫のゴミの収集
不眠不休で携わる人々に
ただ　ただ　感謝

震度7の大揺れが収まって
逃げ惑う最中
早く早くに急かされながら
〝待って待って〟
眼鏡が見つからないの

ナニが起きた!?

芳川　未朋

文庫本が
後頭部をかすめ
スチールの棚に
襲われる
ナニが起きた!?

モノが飛び出す
棚が倒れる
ひちゃかちゃ
蛍光灯も落ちた
今しがたまで居たところ

テーブルの脚に

しがみついて
名まえを絶叫する
娘が　娘が
部屋から出てこない

爆睡していたところへ
倒れてきたという
ドレッサーの下から
娘　ようよう
這い出してくる

余震の酷さに
車中泊を決める
寒い！
ダウンコートは
クリーニングに出したばかり

一日かけて
寝るだけのスペースを
ようやく整えての未明
まさかのドーン
二度目のドーン

同時に
停電
枕元に置いた
メガネ
探し出せない

くつ箱が
倒れて
玄関が塞がっている
履くべき靴が
見つからない

すぐにわかる処に
掛けておいた
車のキイも
見つからない
玄関もひちゃかちゃ

団地の階段を
よろよろ降りながら
今度は
しばらく
戻れない気がしていた

おとついのは
予兆に過ぎなかったらしい
さっきのが本震だと
公園でラジオが
しゃべっている

公園で
夜明かし
娘と手をつなぎ
東の空を
見ていた

ラジオがいう
被災地…
ココも
そうなのだ
ヘリコプターが飛んでいる

他人《ひと》の
いびきが
あんがい心強い
避難所で
ざこ寝

もの凄い
音がしたはず！
が、烈震の瞬間の記憶がない
脳のブレーカーが落ちたらしい
わたしを壊さないため

地震が
終わったら
おうちへ帰れる?
ふうかちゃんが
訊いてくる

どこどこに
仮設トイレ
の情報、飛び交う
空腹より
がまんできないもの

余震!
なんど一緒に
飛び出したことか
避難所の人たち
素顔《すっぴん》で出逢った人たち

大人も
子どもも
日毎に
かしこくなっていった
はじめてだらけの避難所で

コンビニでも
また余震
見知らぬ客どうし
顔みあわせて
「震度3だ、な…」

割れた茶碗を
片付ける
被災情報の載った
号外で
包む

使いかけの
ひじきの袋が
まぁ、出てくる出てくる
主婦の復興は
お台所から

炊はん器も
レンジも
床にじか置き
低く
低く暮らす

本も
パソコンも
CDも
床にじか置き
フリーマーケットみたい

笑っていても
心が
片膝立てている
ぐらっときたら
すぐ、飛び出せるよう

押入れに
押し入れていたモノたちが
押しとどまっている気配
開けるのが
こわい

思い出さえ
落ちてくれば
凶器になる
アルバムを
低い処へ移す

県外ナンバーの
ゴミ収集車が
駆け付けてくれて
壊れたモノを捨てられる

ぜいたく

日傘を
さして
歩いている人がいる
震災後
二十日目の眩さ

ご無事でよかった
地震以来
知り顔を見つけたら
立ち話
あっちこっちで

のど元過ぎて
すっかり油断しているところへ速報
はぁー
まだ揺れるか
と、靴下を履く

震度7以来
熟睡した気がしない
野生動物は
いつも
そうか

心療内科
予約待ち二ヶ月
余震
いまだ
おさまらず

それでも
免れたことのほうが
多い
何より
生きている

これまでより
すこし丁寧に
暮らして
震災を
意味に変えてゆく

上熊本五行歌会

題詠「震災」

酒田　鈴子

熊本の
民の心の
寄り所
あゝ　熊本城の
崩れゆくなり

伊藤　康子

城は土塀倒れ　壁は落ち
災害の大きさに
落涙すれど
真赤な紅葉の道に
感声あがる

今村　直美

多数の亀裂が走る阿蘇の山々
その麓には
稲が青々と育ち
紫陽花が咲き誇る
なんという自然の悪戯

古賀　友英

ドシン…ぐらぐら
遂にきた熊本直下地震！！！
テレビが台から落ちる
家具が走りだす…
ただただ　茫然

別府　玲子

地震が来て

無理した事で
歩けなくなり
私しにとって何時もの事だけど
いやですね

今村　直美

あら！　ここも更地に
まぁ、ここも…！！
熊本地震は
ここで繰り広げられて来た
様々な人生をも破壊

別府　玲子

毎年何事も無くと願い
今年は願い空しく
すごい地震にあい
まだ余震もあり
どうか鎮まってほしい

森田　重夫

梅雨時の挨拶
よく降りますね
そうですね
地震後の大雨に
踏まれたり、蹴られたり

角田　和則

被災者の
心の声を
聴く
これも
ひとつのボランティア

角田　和則

思い出した様に
住民の安否確認
薄明かりの中でも
顔で名と部屋番号
管理員さんに脱帽

古賀　友英

新町の
黄紙を貼られた町屋の
軒菖蒲
五月晴れの街に
生気を放つ

角田　和則

あれから４ヶ月
震源地では
今も
倒壊家屋そのままに
回り一面

酒田　鈴子

ドドドーッと
大地が揺れる
ねえママ！
〝地球は誰と戦ってるの？〟
幼の言葉

今村　直美

天の神様　ありがとう
台風をみーんな
追い払って下さって
被災地では
胸を撫で下ろしました

今村　直美

大地震から早半年
避難所で頂いた
半解凍の冷たい食パン
あの温かい人の味は
今も忘れない

写真提供　特定非営利活動法人くまもと災害ボランティア団体ネットワーク（KVOAD）

詩　歌

明日へ

あかぎかおり

思い出さなくては　と思う
あの地震の日　何が起こったのか
でも　思い出そうとすると胸がドキドキし
て息苦しくなる
気持ち悪くて吐きそうになる
ほんとうは　忘れてしまいたい
一日も早く　以前のわたしに戻りたい
地震なんて起こらなかったみたいに　ふだ
ん通りに暮らしたい

だけど　このまま忘れてしまっていいのか
な
あの地震の日　わたしが見たこと　思った
こと
記憶にとどめ心に残したままでいると　押
しつぶされそうになる
心に抱えたままの石は　だんだん重くなる
「我慢しなくていいよ」
「きついときは、そう言えばいいよ」
「なんでも聞くから　話してみて」
避難所にいたわたしに　知らないだれかが
声をかけてくれた
わたしは一人じゃないんだと　ほっとした

ゆっくりでも　思い出そうと思った
こんな風になるんだよ
こんなことがあるんだよ
こんな気持ちになるんだよ
知っていてほしい

思い出すと苦しくなるけど
これはどうしても
じぶんのために　しなきゃならないこと
そして　胸のなかに溜まったいろいろを
すっかり外へ出してしまえたら
心はすこし軽くなって
明日へ
未来へ
歩いていけると思うから

揺れる

新井　悠

熊本が揺れた　大分も揺れた
九州が揺れた　日本が揺れた

人も揺れた　木々も揺れた
お城も揺れた　空も揺れた

身体が揺らいだ　心が揺らいだ
されど　生きる力は揺らがない
どんな揺れが襲ったとしても

揺

生田亜々子

艶やかな　四月の夜が　二度までも　強く
揺られて　その揺れを　例えて言えば　箱
庭を　抱えて強く　揺さぶったような衝撃
身動きも　出来ずに揺られ　真夜中の　足
の踏み場もない部屋で　てんでに響く　ア
ラームは　地震速報　揺れの後　遅れて届
く　震源は　熊本地方　益城町　震度7に
て　闇に震える

気がつけば　ぼたん桜も　散り終えて　春の終わりの　一節を　余震や水や　食べ物や　病気や怪我や　寝る場所の　心配事で失えど　潰えた家の　傍らに　地震災害ごみの積む　集積場の　傍らに　地割れの畑の　あぜ道に　花は開いて　芽や若葉　色濃くなって　変らない　姿で揺れて　夏へと向かう

明暮も　天気も全て　ショーとなり　悲しみとして　はめられて　被災地という　呼び方で　今日は呼ばれて　絆とか　寄り添うだとか　誰がための　言葉だろうか　遠くから　聞こえる声は　かそけくて　幻聴のよう　遠くから　がんばれなんて　言われても　遠くから　眺めた詩など　読まれても　何と返して　いいものなのか

反歌

曖昧な笑顔で返すがんばるといえばＯＫ
初夏の風
新しい等間隔の植栽の遠くに見える壊れたお城
検索の履歴を消して　その時の潰えたままの姿の家並み
今が今　ここがわたしの現在地　どんな日だってなにか食べなきゃ

きょうりゅうとじしん

いしばし　としあき（石橋　惇晃）

きょうりゅうてんを見にいった
大きなからだのほね
あたま　目　口　あし
めちゃくちゃ大きい
のみこまれそうだ
なんびきもいる
すこしこわかった
きょうりゅうがあばれたら
どうなるかなあ
ましきまちへいった
いえ　ビルはぺちゃんこ
どうろはひびわれ
でんちゅうもたおれてる
はしもこわれてる
ゴジラのえいがにでてくる
きょうりゅうがあばれたみたいな
まちでこわかった
じしんは　いえをこわし
ひとのいのちもうばう

かえりにくまもとじょうを見た
へい　いしがき　やねがこわれてた
かなしくなった
くまもとがはやくもとの
きれいなまちになるといいなあ
大じしんがおきませんように
かみさまにおねがいする

熊本地しん

いしばし　まさみち（石橋　正教）

ガタガタ　グラグラ
夜に家が大ゆれ
ゆめかな
ぼくはとびおきた
ゆめではない

大地しんだ

お父さんもお母さんも
おばあちゃんもおきている
弟もおきた
「洋服に着がえなさい」
おかあさんのこえ
ぼくは急いで着がえる
あわてて後ろ前に着ていた
テレビは大地しんのほうそう
すごくこわい

しばらくして
「ねなさい」
お父さんがいった
こわくてこわくてねむれない
いつのまにかねむった

次の日
テレビにこわれた熊本じょうが写る
たくさんの家がくずれている
何回も何回も地しんがつづく

夏休みに熊本へ行った
道はひびわれビルや家はまだぺちゃんこ
早くもとの町にもどってほしい

車から下りて川を見る
きれいな水がさらさらとながれる
水は太陽の光できらきらと光る
川の水は町の人たちを元気づける

熊本地震

上野　陽子

知った人たちがいなくなる
もうさびしいとばかり言っていられない

余震の
くり返し起こる中で耐えながら
日々のくらしの中で
みんないつも輝いている

地震後
くまもとはひとつになり
くまもとモンは元気

写真提供　特定非営利活動法人くまもと災害ボランティア団体ネットワーク（KVOAD）

今が未来を作る

変わるものと変わらないもの
失うものと失わないもの
ペンを持ち元気を出す
前を見つめて歩き出す

熊本地震

上野　陽子

2回の大きな地震
あれから一年たった

亡くなられた人や町や村を
私たちは忘れない
自衛隊の多くの車両を
ボランティアの方々を
全国からのやさしさを
私たちは忘れない

帰巣本能のように
帰る家のあるしあわせ
帰るふるさとがあるしあわせ

野生動物は必死に闘って
なわばりを守っている
私たち人間は地域の中で
セーフティネットを共有し
みんなでがんばっている

自分の身を守ることを
脱兎のごとく高い所へ逃げることを
私たちは忘れない
車を運転するときのように
まっすぐ前を見つめて
これからもずっと進んで行こう

親父の戒め

大江　豊

子どもの頃は
いつも　叱られた
(地震雷火事親父)

ゲンコツにビンタだった
あんなに怖かった　親父も
離れに移って　何十年目
寝る前は　元栓を
ひとつひとつ　確かめ
「元栓が
ヨコたっなっとる！」
と　独り言を
繰り返しながら
寝床に入ったものだ
夏の夜の　雷で
ロウソクを点したのは
ふる里の母屋の中で
(地震雷火事親父)
さて　地震は
父も母も　言葉少ない
低い　小さな声で
怖かったな　怖かったね
日本の各地で
教科書に載るような
大震災が　続いて
死語を　蘇らすのだ
(地震雷火事親父)
この世で　一番怖い
地震を　家父長制の頃の

強面の親父になって
あの頃のゲンコツやビンタを
思い出し　戒めたいのだ

揚げ雲雀《ひばり》

管　慶司

夜空に響《とよ》む轟音が
　生ける物の肝を拉《ひし》いだ
平成28年4月16日午前1時25分
止《とど》めを刺す二度目の震度7

静まった不気味な闇に
道で　広場で　車の中で
人々は慄《おのの》きながら息を殺し

東の空に曙光が射し
白々《しらじら》と浮びあがっていく地震の爪痕

折れ曲った電柱
捲《めく》れ歪んアスファルトの道に沿って
累々《るいるい》たる壊れた風景

慈《いつく》しみあって生きた家族の
日常ごと抱きしめて崩れ伏した家
訝《いぶか》し気に傾《かし》いだ家屋の庭で
木瓜《ぼけ》の枝が花をつけている

身震いのように続く余震
押し寄せる津波の速さで伝わってくる
甚大な被害のニュース
波紋となって広がっていく
余りにも深い悲しみ、苦悩・絶望

野辺は今春　闌《たけなわ》
悲しみに負けてはならない
苦しみを乗り越えねばならない
望みを失ってはならない
勇気・忍耐・希望…

叫びながら　囀《さえず》り続けながら
雲雀《ひばり》が痛々しく傷ついた人界から
安穏《あんのん》な壺中の天を覗《のぞ》きに
たかく　とおく　昇っていく

――益城にて――

城

管　慶司

鎧《よろ》ったままに立ち
城は遠い追憶のうちにいた

響動《とよめ》く鬨《とき》の声
矢送《やおく》りの羽音
砲弾の唸り
時代を逆《さか》しまに行進していった軍靴の響き
砂利を鳴らして行き交《か》う観光客

平成28年4月14日16日　震度7
地表を引き裂き　山肌を刳《えぐ》り
建造物を破壊し
痛ましい犠牲までも強《し》いた地殻の激震が
城の追憶の夢を破った

瓦は落ち　矢倉が倒れ
攻め登る武者を尽《ことごと》く拒《こば》んだ石垣も崩れ
鯱《しゃちほこ》の耳は捥《も》ぎ取られ
太古より遥《はる》か
生きとし生ける物の魂を拉《ひし》ぎ

地震《なゐ》と恐怖されてきた地球の激憤《げきふん》に
城は綻《ほころ》びた鎧のままに立ち尽した
傷神の〝熊本スピリット〟が夜毎に点《とも》す
ライトアップに浮びあがるのは
綻びた鎧のままに泰然と
四百年の佇《ただずまい》を変えない城の姿

城は　まもなく
鯱のない耳で　近く遠く
復旧への力強い鎚《つち》音を聴くだろう

城は　やがて　苦境を踏み越え
砂利を鳴らして集《つど》う人々の
復興の誇りかな鼓動を聴くだろう
鯱の耳を欹《そばだ》てて

自衛隊有り難う

澤田　博行

地面が割れて
自分が落ちて行く
熊本大震災以来
何度も同じ夢を見る

新聞もテレビも
山都町の被害を
報道せず
誰が死んで
誰が生き残ったのか
わからない

トラック輸送が止まり
コンビニ以外の
すべての店が閉まった
パンも水も無くなり
近所の人は皆避難して
全てが深い闇に沈む
ボランティアもなく
芸能人の炊き出しもない
見捨てられたと
思ったその時
自衛隊がやって来た

自衛隊員は
いつも優しい言葉を
かけてくれた
これかも
山都町で暮らせる
そう思わせてくれた

激震地をゆく
――放牛地蔵をたずねて

正田　吉男

２０１６年４月２８日
益城の町はひどく明るかった
空は晴れ　清々しい空気に満ちていた
道路のアスファルトはデコボコで
両側の家並みはひしゃげていたが
どこかユーモラスであった
人の姿がなかったから
悲しみにくれる瞳がなかったから
町全体がゴミ捨て場だったから
まだいかなる重機も動いてはいなかったか
ら
イヌもネコもいなかった
ひしゃげた家　斜めになった家

二階が道端に正座していた
店内を覗くと売り場であるはずの品々が
数世紀もムカシの遺物にみえた
倒れた家の軒先にひょうたんが二個ぶらさ
がっている
まともな形を保つ唯一のものにおもえた
数度の激震の中あいつは無限大に振り回さ
れたのだと
自分自身の体験に照らしておもう

益城には町の入口と出口とに二体の放牛地
蔵がある
はじめに　古閑の第七十七体目を目指して
護岸の崩れた川辺の道をさかのぼっていっ
た
はたして放牛さんは御堂ごとひしゃげ　二
つに割れていた
「七十七体　佗力放牛　享保十五庚戌年五
月」の記銘。
きっと　天気晴朗の五月の日に建立された
のであろう

古閑から馬水　木山　寺迫へと歩いた
やがて行きついた総合体育館は　避難所で
あった
千人のうたげがあった　千人が群れ　千人
が求め
千人が汚れ　千人がうたっていた
千人が炊き出しのおにぎりにかぶりつき
千人がそろって排泄をし　千人が元気よく
しゃべり
千の生命の愛おしさを　さけんでいた

様々な救援車両がひしめき
かしこまった自衛隊員の白いマスク
かけつけたボランティアの手と足
善意の食い物屋台に行列をつくる人々には
孤独のかなしみは漂ってはいなかった
…まだ
家を失い家族を失い　ずたずたになった町
に
…かなしみは　まだ　訪れてはいなかった
それはきっと　避難所が閉じられたときか
ら

始まるのに違いない
つぎに　放牛最後の第百七体目へと田んぼ
の中の道を歩いた
田んぼは素知らぬ顔でレンゲソウなどを風
になぶらせていた
だが　アスファルトの農道はひっそりと亀
裂を深めていた

益城町木山の谷川《たにごう》という名の村の外れの丘
の上
案じた通り石組みの祠はバラバラになって
「他力・願主・放牛」の放牛地蔵は地面に投
げ出されていた
丘の上から見はるかす熊本平野の風景は
殊に異なげなブルーのさざ波に覆われ有明
の海まで続いていた
かつて三百年前その海に沈む夕日に向かっ
て
放牛上人は自分の地蔵に「南無阿弥陀仏」
と刻し

「一遍の称号の下に八十億劫の罪を滅す」と
窮民済度の祈りの言葉を彫った

このたびの震災に
われらが犯した罪はなかったであろうか

花にら

田上　冬葉

「がんばるばい!!熊本」
「支えあおう熊本　いま心ひとつに」

トラックのフロントボディーや
地元の新聞の一面に
標語が書いてある
わたしたちを励ますために

マイクを向けられた人は
前を向いて頑張ります
と、答える
俳優や歌手
タレントの炊き出しに
元気をもらいました
と、答える

確かにその時は
会ったこともない有名人が
一生懸命
援助の手を差し伸べてくれるので
感謝感激だと思う

しかし
夕暮れ時には
心はにび色
一寸先は闇

よりにもよって
なぜ熊本に
大地震が起きたのか
という思いが頭をもたげる

いつもその繰り返し
出口が見つからない

そういう中にあっても
季節はめぐり
春は来る

冬中
地面にへばりついていた
花にらが

暖かい日射しを受けて
突如咲き出す

少し目を離したすきに
スルスルっと茎を伸ばし
パッと
白いかわいい花をつける

群生していたら
白いじゅうたん

その白いじゅうたんの上に
亡くなることを
予期していなかった人たちが
ふわっと座っておられるかもしれない

少し笑みを
浮かべて

繰り言　避難所にて

寺山よしこ

八十年も生きてきて
こがんこつは初めてですばい
生きたここちはしませんでした
ドーン　ガタガタ
思わずとびおきて　それから
毛布をひっかぶって　まるうなっとりまし
た
まあだでん地震のくっとだろか

余震でちっとん寝られんで
ゴロゴロしとったら
犬やつがピーピー鳴きますもん
目に涙ばためてな
動物は天変地変の予知能力のあるて言うで
しょうが
また　ふとかつのくるかもしれん

今夜は暴風雨てですばい
雷さんまで鳴らすて
便所は外にあるし
水もなか
泣こごたるな

えっ　なんてな
わしに菓子ばくれるてな
甘かつはいつもは食わんばってんが
あんたがごたる小んかむぞか子の
くるっとなら
いただこうたい
ほんにありがとうな

涙の出てきたよ

ありがとうな

華燭の灯（熊本城によせて）

平山　正堂

四月　燕《つばくろ》の旋回が一瞬にして消え
牙城の構え　華燭の灯《ともしび》のように散った

星座の群れに守られて　四季折々に
人を包み込んできた城よ　お前も
無念にも、自然の強欲に飲み込まれて
しまったか

春　うららかな日影に漂う花びらの下で
失意の底に　泣いて帰らぬ私を
こっそりと隠してくれた城よ　お前も
自然の狂瀾に忍ぶ力を無くして
しまったか

秋　たおやかな落陽に舞う銀杏の下で
積怨の淵に　悔やんで訝る友を
しっかりと抱いてくれた城よ　お前も
天壌の地異の轟きに
わが身を病んでしまったか

おお、ご覧　一本の絹糸のように城を支え
る礎《いしずえ》は　私の心の張りに響き
私の琴線の襞に共鳴して震えている
私は　まだ　支えているのだ
生きているのだ　と

星霜の試練に浄化されながら
夏　灼熱の銀の甍に草生しても
秋　篠突く雨に白骨の身を晒しても
冬　影を正しくして寒風に耐えても
何気ない日常の白昼に陽炎のような揺らぐ
舌で傷跡を舐めている城よ
また　私を隠してくれるか
友を懐に抱いてくれるか

夜　人々が眠るころ方舟に曳かれ　お前は
漆黒のベールに包まれて光年の旅に出るの
だろう
ああ、昼には空蝉の姿のみを残して
（平成二九年　早春）

余命空間

右田洋一郎

空が落ちて
青が
散らばった。

歩くことは
できない。

話すことも
できない。

叫んでみた。

散らばったパズルは
城をこわし、
暮らしをはじけさせ、
せん滅、をつきつけて
うすく笑う。

（みみのいたくなる静寂のむくろ

かけらを
ひとつひとつ
あつめつづけて
パズルを組むことが、
きみらの新しい光。

ささやく風のなか、
土砂降りの雨が
避難指示を出した。

弔花《トムライハナ》

満田　礼

風にのって
何処からとんで来たのか
震の大地に根をはった花
ギンギラ夏にあぶられ
一本の太い茎から
千の手を出し
炎の形をした
嚇い華を噴く
中空にさまよう
無念の魂が哭くか
弔のローソクの火のように
地割れた花壇の隅を
一夏燃やした
終秋
はなの色が鎮もった
弔は済んだか——

銀の涙

無下　衛門

あれから一年

地震は
泣き疲れたこどものように
眠りについた
目をとじたまま
こわれた橋や道路
民家や店などを思いうかべながら
銀の涙をこぼしていた
地上には　毎日
朝がやってきて　夜がやってきた
あちこちの仮設団地で
笑顔がとぎれることはなかった

こんどいつ目をさますのか
それは地震にもわからなかった
深い闇の底で
共存という灯りが
点いたり消えたりした

砂取小学校

ずっと

6年　鈴木　愛美

ずっととなりにいてくれた
不安な時怖い時苦しい時
地震の時
となりにいたたくさんの人
怖いはず苦しいはず
なのに
はげましてくれた
家族　友達　たくさんの人

これからもずっと
大切な人
何年たっても地震を思い出しても
となりにいてくれる

ずっと

詩

植田悠太郎

にげたとき
むかえてくれた
家族たち
そのやさしさは
忘れられない

肥後狂句

井上　美子

のさん　復興しよる揺さぶるな
のさん　いつまで車泊せなんどか
のさん　着のみ着のまま寝とります
のさん　よその揺れにも尻の浮く
たまがった　天変地異ちゃこんこつか
たまがった　我が眼疑う城の建つ
たまがった　這いつくばってみとるだけ
たまがった　活断層が飛び出とる

井元あざみ

のさん　ローン残してペチャンコ
のさん　毎晩がプラネタリューム
のさん　農機野菜と添寝する
たまがった　ようよ逃げ出しうずくまる
たまがった　本震余震とどめなく
たまがった　余震の中消防団

太田玉流川

震度7　神も仏もギブアップ
復興は　「地震返し」の城がいい
許せない　被災地狙っての空き巣

鬼崎　行男

のさん　前震て言う揺れのある
のさん　あの辛かった車中泊
のさん　支援物資のすずれおる
たまがった　いつもは地味なパパだけど
たまがった　アフリカからも義援金
たまがった　燕はちゃんと来てくれた
阿蘇は元気　涅槃像から見守られ
阿蘇は元気　あの草原の有る限り
負けんばい　清正《せいしょこ》さんの見てござる
負けんばい　モッコスの意地見せてやる
のさん　車中泊までせなんとは

カンゾウくん

かかりつけ　医院なベッドの空いとらん！
安心たい！　近所ん人も　おらすけん
不便だけん　寝たきり母が　水飲まん！

もういかん！　「119ば　呼びますよ」
なんでまた　西区ばかりが　ひどかつな！
転所して　「この部屋来んね　空いとるよ！」
良かったばい！　みょーな人のおらっさん
雰囲気の　良かけんすーぐとけ込んだ
場所替えで　広ーか場所は　落ち着かん
大人数　避難者いろいろ　おらすばい
スタッフば　指示さす人も　おらすばい
指示さした　人に後から　大拍手
恐ろしかー！　この避難所に　酔っ払い
とぼけとる！　避難所けなす　馬鹿んおる
退所日に　「あーたは最後までおんなっせ」？
メールでは　被災具合の　分からっさん
肉声ば　いっぱい聞くと　泣こごたる
見栄はっと　御見舞い返しの　辛ろうなる！？
再建の　済んだ人は　解からっさん！
メル友は　逢《ア》わんと解って　もらえんと？
逢《オ》うてから　話すと分からす　大事《オオゴト》ば
長《ナ》ご住んだ　ここが良かばい　よそよりも
大地震　無精もんば　断捨離に

断捨離と　思うたばってん　捨てきらん
眠られん！　中味の違ごた　夜の来た
トシだけん　後片づけは　出来たしこ
再建にゃー　先立つもんの　要《イ》っとたい
見栄張って　「うちも建替え　決めたばい！」
着工の　遅そなる会社は　止めたばい
震災後　師走になっとに　片付かん！
生活の　「再建オタク」に　変わったばい
忙しかー！　宴会どこっじゃ　なかばいたー
永《ナ》ご住んだ　自宅にいっでん　声かくる
熊本城　何回見たっちゃ　可哀想かー！
街ん中　去年のように　動きよる
この家は　うちより悪か　損壊の
この家ば　なして解体　さすとかい？
「なんばすっとかー！」　業者が自宅ば壊しよる
見張らなん！　隣の解体　あぶなかばい
被災して　安〜かオセチに　変えるばい
義援金　もろーて贅沢　されんばい！
解体後　土地ばぜり込む　人んおる！
悪《アク》どかなぁ！　解体跡地に　ぜり込ます

悪人にゃ　3倍返しば　食わすっぞ！
酉年の　賀状に「おめでと」書かんばい！
がまだすばい！　老老介護で　再建ば
嬉しゅなか！　準高齢者て　呼ばれても

北川　直美

のさん　瞬時に僕ァ家無き子
のさん　二重ローンにした地震
のさん　欠片《かけら》拾たら又揺るる
のさん　インフラそうよ駄目ェなり
のさん　風呂貰おうて三時間
のさん　地震の恐怖こびりつき
のさん　仮設校舎にゃバスの出る
のさん　四千回じゃ足らん揺れ
たまがった　掛け時計まで降《ふ》って来た
たまがった　震度七でん余震げな
たまがった　轟音で山肌えぐり
たまがった　風光明媚いっ崩し

makiko kiyota

まだまだ　ヒビが入ったままの壁
深呼吸して　息止めてポットン便所
備えとる　俺は避難はせんばいた
腹へった　震災直後思い出す
まだまだ　バカラ買い足す気にゃならん
日焼け顔　ボランティアさん　ありがとう
続々と　届く物資で激太り
びっくりぽん　温泉が出始めました
寝苦しさ　いまだに靴ば履いて寝る
震度7　掛け金ケチり大赤字
その序で　ブラウン管も捨てました
衣替え　タンス倒れたままだけど
やるばなし　井戸汲みすぎて干上がった
いざとなったら　犬猫連れてサバイバル
いざとなったら　頼みの綱は自衛隊

久保　一九

ふるさと納税　何さま城がちゅう思い
急げ急げ　先ず救わなん　飯田丸

五月晴れ　無残な城に息ずする
五月晴れ　悲しみ包む青シート
ひちゃかちゃ　太か鯰の二揺すり
たまらん　壁ドンも突き上げドンも
お薬手帳　避難所ででは命綱
何度でも　行こう益城のボランティア
何はさて置き　目玉の城の復旧ぞ
途中下車　確とこの目で益城見る
揺れ動き　復興阻む液状化
二番煎じ　震度二　三　じゃビビつかん
ブルーシート　悲しみが引き破れとる
希望をもって　ニュー熊本の定礎打つ
そろそろ　倒れた墓石戻し盆
仮設住宅　一からもやい直さなん
たぐろうて　地震保険は入り損ね
道具箱　大揺れのあと出番ふえ
春爛漫　地震《ない》に日常おっとられ
突然　巨大鯰が腹きゃあて
突然　想定外の事ばかり
オットット　揺れる寝床に慣らされち

公女

震度七　生涯初の死の恐怖
震度七　嬶《かかあ》庇うてただ耐える
避難生活　贅に漬かった身はひ弱
たまがった　一本足の飯田丸
たまがった　歯の根の合わん会話する
たまがった　スッカラカンのコンビニに
のさん　移転は母が嫌て云う
のさん　退職金で建てたとに
のさん　想定外じゃ済まされん
のさん　神の試練にゃ酷過ぎる
のさん　空襲も地震も地獄
のさん　一寸揺れてもポチが鳴く
たまがった　初体験の震度し
たまがった　名城までもつん崩し
たまがった　日本中から支援の輪
たまがった　活断層は生きとった
たまがった　無神論者じゃ居れだった
たまがった　被災も糧にしにゃあとる

後藤　信子

たまがった　阿蘇は動脈打ち切られ
前代未聞　我が目疑う土石流
どんでん返し　自然の威力術も無し
わからない　我が家はこゝに有った筈
一筋に　災禍の我が子諦めず
一歩一歩　励げまし合うて被災の地
その刹那　息子と時計息止どめ
その前夜　あれが別れになるなんて
涙　地震に追討ちかける雨
居場所なし　地震の後に滝の雨
まさか　あの大橋が落ちるとは
今年も終り　鯰よどうぞ寝ておくれ

佐藤　葵

のさん　ネガティブばかりなってから
のさん　まだ捜さにゃん年寄を
のさん　地震何時迄ゆれるどか
たまがった　こぎゃん地震もあっとかな
たまがった　避難所は人人ばかり
たまがった　私の狂句天賞て

下山　千恵

のさん　すぐ空っぽす　給水車
のさん　二倍にふえた　家ローン
のさん　ストレスふえて地震病
たまがった　家も車もせんべいに
たまがった　振れに消えたよ町並が
たまがった　町並変わり人も去り

小　楠

続々と　炊き出しもバイキング並
続々と　物資は裏にこずんどる
盛り上がり　舗装道路も震度七
諦めて　厳しいらしい再審査
気にかかる　急に余震がのうなった
今度こそ　明るいうちに避難する
とほむにゃ　線路が宙に浮かんどる
済まんねエ　全壊までは出せんばい
済まんねエ　退院先が仮設とは

のさん　水道電気役立たん
のさん　後はローンとゴミばかり
のさん　トイレ行くとにバケツ下げ
のさん　通行止めの道ばかり
たまがった　靴履いたまま寝らなんか
たまがった　生きとる地球見てしもた
たまがった　不動の大地動いとる
たまがった　あの御屋敷がゴミになり
たまがった　山の形が変わっとる
たまがった　隣の家がのうなった
たまがった　こらあ神話のネタになる

田島　直人

泊りがけ　阿蘇の雲海　見てみたか
腹ごしらえ　ボランティアさん　ありがとう

辻　弘喜

ひちくどさ　どしこ揺らすと気の済むか
とり急ぎ　一車線でん　通さなん
あっちこっち　まだ爪痕の残っとる

君もかい　グラっとしたら目の覚むる
いざとなったら　月に地震はないだろう
いい気持ち　やっと地震の片付いた
いい気持ち　余震知らずに目覚めたつ
やりばなし　赤橋なんか影もにゃあ
やりばなし　あっちの方も車中泊
いよいよか　震度一から目の覚むる
松の内　仮設に届く年賀状
去年今年　新品だった除夜の鐘

出納　蝶花

たまがった　震度7とは初体験
たまがった　生きた心地のせん震度
たまがった　百年ぶりの大なまず
のさん　呼びもせんとに震度7
のさん　活断層に惚れられて
のさん　断層わけてやるごたる

髙野二日坊

のさん　忘れられんてまた揺れる

びっしゃげて　命のあっただけましぞ
復興へ　槌音響く　飯田丸

津田　和寛

のさん　缶詰めばかり食ってます
のさん　こんな恐怖はもうご免
のさん　天災に成すすべも無ァ
のさん　選りにもよって熊本か
のさん　帰るところの無うなった
のさん　活断層の上てたい
たまがった　ひしゃげた家に声も出ん
たまがった　見慣れた街の失うしなり
たまがった　城も無残に変わり果て
たまがった　生まれ故郷も変わり果て
たまがった　街は瓦礫《がれき》にした地震
たまがった　街並み変えた大地震

角田　俊昭

何が何でも　熊本城《おしろ》の雄姿再現だ
四車線化　まちの魅力ば高めにゃん

急いでよ　五十七号線《ダイドウミャク》ば繋ぐとば

徳尾　芳道

ん　人の気配のする瓦礫
ブルーシート　金の目安の付かん屋根
嘘だろう　波うって来たアスファルト
ポリタンク　仏さんからあがる水
やっぱ来た　先の地震は予告編
全身全霊　飛んでおい出た両陛下
大地震　避難所だけにある灯り
被災地盗人　避難見越してもう来とる
風評被害　見てきたように飛ばすデマ
ほったらかし　どうせ又来る揺り返し
復興計画　リーダーたるは肚ン要る
熊本頑張れ　津波のごたる義援金
国を守る　迷彩服が命綱
とても楽しみ　あゝ極楽のテント風呂
熊本地震　戦争よりもマシらしい
元気だったか　水見た牛の鬨の声
揺れました　皆で震度の当て比べ

大地震　血の一滴に見ゆる水
万歳万歳　不眠不休で来た電気
助かった　叩き割るごつ出る蛇口
仮設暮らし　勝手の違う里帰り
本震で　家具のチャチャチャが小半時
負けてたまるか　仮設で迄も振るバット
救急車　タンスと添い寝しとらした
そんな馬鹿な　真下におった大鯰
捜索隊　また棺桶の一つ増え
仮設暮らし　一輪挿してあるボトル
仮設団地　コンビニ乗せて来る演歌
跡形もなく　よう生きとった生きとった
青写真　二人寝起きの出来りゃええ
のさん　喉の渇くておめく牛
のさん　洗濯板のごたる道
のさん　飲みきらん酒飲うだ床
のさん　震度1にも筋のひく
のさん　重機がつん崩ざすローン
のさん　地声はばからにゃん仮設
のさん　地震の後の尻拭い
たまがった　行ったり来たりしたベッド
たまがった　酒入れとらす非常食
たまがった　避難して直ぐ来た空巣
たまがった　ライフラインの力瘤
たまがった　日本中から来る善意

豊田　大徳

のさん　新築祝いどころかい
たまがった　柩から飛び出ァて来た

永田　精山

のさん　まぁだ余震の治まらん
のさん　回覧板も綱渡し
のさん　まだ牧道の通られん
のさん　自噴の池も干上がった
のさん　どうし二度まで熊本か
のさん　まぁだ墓石も寝せたまま
たまがった　経験の無ァ揺れだった
たまがった　テレビは転び額は落ち
たまがった　御神木まで折れとった

たまがった　映るお城は煙の中
たまがった　火の出んだけが救われた
たまがった　やっぱ地震が断トツぞ

中原　太顔《たかお》

のさん　仮設の壁は薄すぎる
のさん　足伸ばされん車中泊
のさん　地震が盗った総入歯
のさん　犬は避難所入られん
たまがった　ジグソーパズル城の石
たまがった　我が家の下に大鯰
たまがった　裸になった天守閣
たまがった　一本足の飯田丸
たまがった　無うなっとった阿蘇の橋
たまがった　うっつぶれとる阿蘇神社

林田　実花

のさん　手は拭くよりも洗いたい
のさん　さみしさ募る解体後
のさん　茶で騙しとるすきっ腹
のさん　和式は膝が曲げられん
のさん　婆にはつらい水運び
のさん　水と魚缶《ギョカン》じゃ酔えないよ
たまがった　店には物が何もない
たまがった　軒並み家が崩れとる
たまがった　沈下と液化してる土地
たまがった　道は波打ち橋はずれ
たまがった　角石が城支えとる
たまがった　揺られて窓の錠が開き

日高　順子(美里)

のさん　仮設出て行くめどたたず
のさん　出歩く元気出てこずに
のさん　周りは知らん人ばかり
のさん　新築資金メドたたず
たまがった　逃げるまもなく家具倒れ
たまがった　揺れに思わず飛び起きた

広田みどり

のさん　地震のごたるダンプカー

のさん　道はぼこぼこ通られん
のさん　家の傾きまだ止まん
のさん　掛かり付け医も閉まっとる
のさん　掃いても土の降って来る
たまがった　人手不足て受け合わん
たまがった　前より凄か家の建ち
たまがった　あの宮城からボランティア
たまがった　断層の上五十年
たまがった　小学校て持てんねぇ
たまがった　地震保険は太かった
たまがった　地盤の補強せなんげな

ほげん太

のさん　去年新築　したばかり
のさん　今宵は何処で　車中泊
のさん　住所不定の　キャンプカー
のさん　二重にローン　払わにゃん
のさん　ブルーシートが　吹き剥がれ
のさん　水も電気も　飯もない
たまがった　歩きも得んば　立ちも得ん
たまがった　妻がタンスを　支えとる
たまがった　トイレは開けたまましよる
たまがった　とっくに妻は　逃げとった
たまがった　仏様まで　跳び降りて
たまがった　余震じゃかった　若夫婦

前川久美子

すごい　活断層の爪のあと
待ち長さ　城の復元見ずじまい
当り前　被災地行くボランティア
乗り越えて　肥後魂の見せ所
もう良かろ　動かんでくれ断層よ
のさん　揺れるとママにしがみつく
のさん　更地の増えて淋しいな
たまがった　揺れに揺れた震度7
たまがった　崩れた城は声も出ん

前川　幸子

のさん　仮設のくらしあとどしこ
のさん　よそもん言われ疎開先

のさん　気まずくなった仮設共
のさん　仮設で上下過去の歴
のさん　邸宅自慢車中泊
のさん　熊本地震立てん足
たまがった　心安らぐ仮設先
たまがった　役職人の活躍に
たまがった　担当係のお慈悲の目
たまがった　市民総出で被災地に
たまがった　忘れちゃァあかん大地震

俣山　笑

のさん　避難テントに雨も降る
のさん　車内くらしによう耐えた
のさん　年よりゃ自立しわきらん
のさん　家も田ん圃ものうなった
のさん　風のおとにも目が覚める
のさん　元の家には戻られん
たまがった　命からがら飛び出した
たまがった　家は丸ごとびっちゃげた
たまがった　地面の割れ目凄いばい
たまがった　鉄道線路ひんまがる
たまがった　むけぇの山もずれ落ちた
たまがった　阿蘇大橋もうっくえる

村手　美保

のさん　それでも住める家がある
のさん　蛇口あっとに使われん
のさん　バウンドばかりさする道
のさん　ちっと揺れても汗ん出る
のさん　又映像の流れよる
たまがった　地球もやっぱ腹かかす
たまがった　昨日のように思い出す
たまがった　地面がうねり波のよう
たまがった　車が急に横すべり

湯貫　秀昭

たまがった　余震の後に　本震が
たまがった　嫁御が俺に　飛びついた
たまがった　揺れたら直ぐに　また揺れた
たまがった　上下左右　揺れたもん

のさん　家も車も　のうなった
のさん　雷よりも　恐ろしか
のさん　被災復興　続く日々
のさん　余震余震で　眠られん

龍　狂

のさん　アポも取らんで来る地震
のさん　地震雷火事嬶ァ
のさん　牡丹餅は祖母の想い出
のさん　遠い処に逝ったママ
のさん　蕎麦打ちの道具が残り
のさん　旅好きの母だったけん
のさん　暴れんでくれ大鯰
たまがった　二階かる這い下りて出た
たまがった　活断層が敷布団
たまがった　盆栽よりも命バイ
たまがった　一瞬だった妻も子も
たまがった　脱出装置付けなんぞ

杏風会

のさん　保険に入っとらんだった　井上岩ヶ鼻
のさん　ヘリコプターのせからしさ　吉岡　菊水
のさん　本震前に棚にあげ　井上岩ヶ鼻
のさん　マスメディアには飯の種　吉岡　菊水
のさん　半壊は当然のはず　豊田　大徳
のさん　まだ解体の始まらん　園田　六花
のさん　風呂や洗濯後回し　宮川歌留多
のさん　新築祝いしたばかり　弥富　小楠
のさん　次から次に来る余震　宮川歌留多
のさん　黒電話しかない実家　吉岡　菊水
のさん　元彼がいる避難先　西郷スイム
のさん　はかどらんお役所仕事　園田　六花
のさん　まずは庁舎が潰れたつ　井上岩ヶ鼻
のさん　ローン残して全壊て　加来いぶき
のさん　大になれん避難所暮らし　宮川歌留多
のさん　高い皿から割れとった　弥富　小楠
のさん　くずれた我が家貰い火に　西郷スイム
のさん　避難所でメタボになった　加来いぶき
のさん　お城を見ては涙ぐみ　西郷スイム

のさん　真面目に生きて来たけれど　弥富　小楠
のさん　夜になったら目の覚むる　園田　六花
のさん　かかりつけ医がまだ開かん　加来いぶき
のさん　旨うなかてん言うとれん　井上　小緑
のさん　下半分な洗いたか　井上　小緑
たまがった　しかぶった上たあかぶり　井上岩ヶ鼻
たまがった　すれ違うとる麦畑　弥富　小楠
たまがった　ポチに十円ハゲできた　清田すいか
たまがった　保険でそうにゃ焼け太り　井上岩ヶ鼻
たまがった　電子レンジの飛んできた　吉岡　菊水
たまがった　ベッドが宙に舞い上がり　園田　六花
たまがった　液状化とは知らだった　宮川歌留多
たまがった　三途を越えてへもどった　西郷スイム
たまがった　本棚てぎゃん重かつか　豊田　大徳
たまがった　ピョンピョンと飛び跳ねる家具　宮川歌留多
たまがった　明くる日に来たＪＭＡＴ　加来いぶき
たまがった　誰からも問い合わせなし　井上岩ヶ鼻
たまがった　なまずが二匹居ったとは　弥富小楠
たまがった　ＳＮＳのレスポンス　吉岡菊水
たまがった　あの大橋が鉄ゴミに　園田六花
たまがった　映画のごたる揺れだった　弥富小楠
たまがった　支援物資で床が抜け　加来いぶき
たまがった　宝の皿が粉々に　西郷スイム
たまがった　家は無事でん土地が裂け　加来いぶき
たまがった　ピサの斜塔もみぞかもん　宮川歌留多
たまがった　道がこぎゃんも波打って　園田六花
たまがった　古老も知らぬ大地震　西郷スイム
たまがった　これが絆というものか　吉岡菊水
たまがった　電気のこぎゃん早よ点いた　井上小緑
たまがった　まさかあんたも仮設とは　井上小緑

熊日大会

ふるさと納税　お返しは頑張る姿　ねの子
弱ったねぇ　水が命の成趣園　明　球
弱ったねぇ　活断層の真上ばい　民　子
弱ったねぇ　ペットは駄目の避難先　沁　醐
ドキッ　もうめいめいが震度計　三十九
ドキッ　赤紙ちゅうはあの時代　博　岳
ドキッ　箪笥が添い寝してきたつ　狂　介

どしこでん　活断層に枝のある　波留夫
どしこでん　湧き出て欲しか水前寺　民子

清交くらぶ

着々と　あちこちで槌音のする　梅陽
もう二学期　仮設の友も増えて来た　好魚
たのもしさ　爺ちゃん僕が建て直す　春雪
すげェー　揺れも知らんで寝とったか　芳孫
希望を持って　世界中から支援の輪　浩子
今更ながら　止めた保険の悔まるる　精山
今更ながら　小うまか揺れも脅えなん　梅陽
今更ながら　あの本震が無かったら　浩子
思案中　この歳で建て直しても　春雪
寝不足　仮設じゃどうも落ち着かん　勝子
突然　ブルーシートの町になり　梅陽
こてんぱん　お城も阿蘇もむげェもん　好魚
こてんぱん　新耐震で建てたのに　好魚
こてんぱん　活断層の真上なら　芳孫
突然　セイショコさんもショックだろ　鈍牛

突然　歌い終えたら震度7　大徳
突然　今夜も軽で車中泊　好魚
突然　巨大鯰は腹きゃあた　博岳
いじわる　神様何で熊本な　博岳
いじわる　熊本だけが⑦二回　精山
凄かった　パンツ一っちょで飛び出ァた　芳孫

抜粋者　角田俊昭

空振り　仮設入居も運次第　小山　角田兆作
又とない　孫とタッグでボランティア　御幸笛田　竹本英王
もしかして　地下十キロに大ナマズ　護藤　高田正院
握り飯　避難先での有り難さ　小山　角田兆作
欲しかねェ　天災にでん負けん家　小山　角田兆作
ガタガタ　自然の猛威まのあたり　小山　角田兆作
さあどうする　補助はこれだけしか出らん　津奈木　色葉二穂
教わった　命の飲料水《みず》の大切さ　小山　角田兆作
心細さ　世話役さんの居らっさん　小山　角田兆作
感謝感謝　県外からもボランティア　小山　角田兆作
大切さ　隣・近所の助け合い　小山　角田兆作

肥後狂句連盟会長　鈍牛

【一般】

押しつまり　被災地にゃ正月もにゃァ　公女
そして今　瓦礫の町に虫の鳴く　紬子
何処からか　被災の地にも槌の音　精山
身にしみて　地震保険は掛け増さす　一九
身にしみて　防災頭巾作りおる　浩子
身にしみて　ボランティアさん有難う　火男
たまらん　揺れるたんびに鍋かぶる　〇子
こらいかん　一口城主増やさなん　月知
こらいかん　あの名城が嘘みたい　はじめ
あげひばり　地割れの大地嘆きよろ　幸枝
その時俺は　寝たきりの親担ぎ出し　春雪
こらいかん　武者返しまでいっ壊れ　素心
こらいかん　足腰痛む車中泊　清子
こらいかん　ブルーシートのままで梅雨　阿龍
とり急ぎ　熊本に元気のほしか　万日
ふの悪さ　活断層て目にゃ見えん　助六
ご苦労さん　地震に負けず出来た米　房恵
ご苦労さん　熊本城も踏ん張らす　勝子
ご苦労さん　避難先からご出勤　雄峰
涙も出らん　保険は昨日切れとった　玄白
涙も出らん　どこもかしこも青い屋根　梅陽
銭ン高もん　震度1でちゃ持って出る　景勝
そう言えば　国民そうよ震度計　助六
大胆不敵　ノックもせんで来る地震　はじめ
大胆不敵　被災地にドロボウ行脚　龍狂
何んとなし　まあだ揺れよる気がします　芳孫
ずぶ濡れ　復旧工事待ったなし　行男
ずぶ濡れ　テントぐらしは辛かろう　万日
公用車　逆撫で仕よる仮設小屋　義雄
公用車　物資も積んでお出んか　浩平
読めん　学者もひねる地震予知　房恵
読めん　天災だけは神の技　大伸
びっしゃげて　二重のローンからわにゃん　波留夫
びっしゃげて　清正公も泣きよろう　万日
びっしゃげて　ようよ乗っとる鬼瓦　精山
びっしゃげて　も一度絆確かむる　はじめ
びっしゃげて　気合いだ益城南阿蘇　三吉
びっしゃげて　泣き声んする梁の下　エミ子

びっしゃげて　牛の処分がきつかです　弘喜
びっしゃげて　人の情けが身に沁みる　房恵
もう過ぎた　あとは復興待つばかり　助六
五月雨　二次災害に脅えなん　房恵
五月雨　水路も崩えてしもうとる　龍狂
五月雨　地割れで田植えさるる舞ァ　春雪
杓子定規　こら全壊じゃありません　芳孫
杓子定規　罹災証明間に合わん　雄峰
七九度さ　いつまで揺らさなんとこう　梅陽
いいぞいいぞ　支え切ったぞ飯田丸　然生
どうかい　震度3・4じゃ驚かん　公女
どうかい　地震祓いに馬追うぞ　然生
どうかい　五カ月振りィ水入らず　七重
気にしない　青天井も乙なもの　恵天
財政難　なかなか剥げん青シート　狂介
ブルーシート　まだ復興へ遠い道　白扇
ガレキの中　受難のお城凜と起つ　繁富
復興に　二重ローンののしかかり　賀松
冬景色　地震の阿蘇も雪の下　如水
瓦礫の山　何の試練か大自然　正好

頑張ろう　お城のように踏ん張って　上気
ポリタンク　まず仏壇に上げる水　芳道
大地震　山の形も変わっとる　砥用あきら
神も仏も　ゆんべ渡った橋の無ァ　義雄
鳴く蜩の　一際しみる仮住まい　義雄
生きてる地球　動くなちゅうは無理だろう　松雪
一揺れで　お城も橋もぶっこわす　松雪
負けんばい　ガレキにいつか花も咲く　一升
負けんばい　びっしゃげとらん心意気　一升
負けんばい　肥後モッコスの見せどころ　大笑
負けんばい　熊本城が笑うまで　大笑
折り返し　近くて遠か阿蘇になり　一升
とんでも無ァ　いんま九州まっ二つ　一柳
すんまっせん　ペット連れでも良かですか　一柳
どしゃぶり　乱れ太鼓のテント屋根　寛哲
明日はあした　気もだえしても始まらん　一針
忘年会　肴はやはり震度7　玉林
寝苦しさ　余震の続く熱帯夜　東峰
腕まくり　震災ゴミに四苦八苦　東峰
寝苦しさ　車の中が避難場所　菊男

寝苦しさ　今も雑魚寝の生活で　菊男
解体作業　途中で何か探し出し　菊男
解体作業　心機一転出直しだ　久雄
解体作業　こりゃあ重機の入らんど　笑
解体作業　未だ見通しが立たんばい　笑
解体作業　馴染んだ家に涙ぐむ　十四
早とちり　大型トラの通ったつ　十四
解体作業　目処の立たない震災地　三十九
解体作業　怪物の噛み砕きよる　三十九
不甲斐なさ　覆いもきらん揺れの痕　三十九
難攻不落　創痍の城が凛として　波留夫
思わぬ事に　深手負ぅとる武者返し　波留夫
こらァいかん　大動脈の橋なのに　波留夫
青葉若葉　被災の町に風おくり　幸枝
踏んばって　隣の家も支えとる　三智
つくづく　自然の脅威肌で知り　静川
こらーよか　支援金にも税控除　大作
つんのめり　冥土の旅がちらついた　隆樹
驚天動地　鉄橋の無うしなっとる　道之
ぞろぞろ　震災ゴミにまぎれとる　みのる

驚天動地　地球鎮める術のなか　艶香
惚れ直し　肝ん据わった嬶だった　和峰
負けられん　お城はぴしゃり建て直す　月知
やおいかん　銀杏城の修復は　圭子
青葉若葉　映えるお城にまたきっと　聖子
踏ん張って　共に歩こう復興へ　卓哉
驚天動地　ほんとに山が動いてる　こん吉
大行列　幹線みんな途切れとる　みどり
難しさ　番号振って積み直し　みどり
何が何でも　新居に親を戻したい　みどり
疲れ果て　地震忘れて二度寝さす　六
嘘でしょう　まあた地震の来ってたい　千恵
友が一番　あの半分の握り飯　千恵
月明かり　車中泊から仰ぎ見る　千恵
仮設住宅　話し相手が増えました　しょう
次から次　余震余震で眠られん　梅清
義援金　早く多目に配ってね　あざみ
春一番　地震の悪夢吹っ飛ばせ　直美
声掛け合って　車中泊にも隣保組　直美
雨模様　テント暮らしが気に掛かる　良輔

五月晴れ　被災地に行くボランティア　幸子
五月晴れ　復興急ぐ震災地　光義
もう安心　耐震強化出来ました　ゆき子
花　地震の跡に植え込ます　宗一
大地震　遠くで拝む天守閣　五男
ふるさと納税　城は皆んなで建て替ゆう　白扇
どしこでん　地震で知った世の情け　勝子
ブルーシート　消防団も駆り出され　大六
ブルーシート　百年後にも伝えなん　巧笑
ブルーシート　風に遊ばれ雨に泣き　ねの子
ブルーシート　くまモンの絵が描いてある　月知
自由時間　今日は益城にボランティア　風船
負けんばい　肥後にはバックギアはなか　笑和
負けんばい　地震に怯む肥後で無ァ　開
負けんばい　先の戦禍もくぐったつ　行男
負けんばい　泣いてる暇は無ァぞ嬶　正之
負けんばい　肥後モッコスが意地見せじゃ　ゆき
負けんばい　くまモンも居る嬶も居る　蝶花
ドンピシャリ　今じゃ誰もが地震計　真秀子
道半ば　やっと更地になっただけ　みどり

道半ば　城の再興諦めん　美鶴
あっちこっち　活断層の動きよる　一心
うろたえて　非常袋は打ち忘れ　春雪
あらまァ　瓦礫の中にコスモスが　善教
後ろめたさ　地割れのしとる観光地　耕三
ほったらかし　まぁだシートの青い屋根　三十九
ペット曰く　仮設でようよ吠えらるる　景勝
ほったらかし　人手のおらん震災地　孝幸
希望を持って　阿蘇大橋も架け替わる　大徳
凄かった　地球最後の日て思た　三吉
やめてくれ　貧乏揺すりてちゃ恐怖　博岳
皆の衆　心一つにがんばろう　鈍牛
春はまだ　壁にはヒビの入ったまま　大徳
まだ続く　鯰に麻酔打たんなら　大徳
よう揺れた　俺の脳まで液状化　大徳
松の内　二の丸で復興祈る　岩ヶ鼻
松の内　ブルーシートでお出迎え　菊水
おめでとう　仮設に上がる鯉のぼり　小楠
済まんねぇ　並んでくれてもろた水　ピリン
とほむにゃア　見る影も無ァ武者返し　大徳

とほむにゃア　どっから見ても全壊ぞ　六花
いい気持ち　水の流れてお湯も沸く　藪蔵
いい気持ち　手足伸ばして寝る我が家　いぶき
盛り上がり　支援に行くぞこの土日　スイム
道半ば　揺れが奪った若い夢　一友
手のかかる　先の見えない災害地　まつえ
見てごらん　城の悲鳴が聞こえそう　鈍牛
チラチラ　星を見ながら車中泊　狂児
がんばろう熊本　復興せずに置くもんか　春雪
がんばろう熊本　両陛下にも励まされ　紬子
何処だろか　町は地震で様変わり　若心
見てごらん　これでも一部損壊か　行男
水の出らん　神に見えたよ給水車　ひばり
今でしょう　名城は元の姿に　素心
熊本が好き　まだ人情は錆びとらん　大六
突然　諸行無常も程んある　わかん
突然　四百年の城無残　鴎
突然　夢なら覚めてこの惨事　みさ子
オットットット　踏ん張ってくれ武者返し　ねの子
揺れ動き　そっでんボロ家立っとった　えつこ

くまモン曰く　被災地に覇気見ゆるまで　龍狂
親切さ　仮設見回るボランティア　明球
くまモン曰く　復興の日はきっと来る　恵子
頼もしさ　被災地回るくまモンな　やっこ
たまがった　一夜でぐゎらり武者返し　民子
大地震　古里見ると泣こごたる　民子
負けんばい　ガンバッペにも応えなん　民子

【インターネット句会】

車中泊　妻の鼾で眠られん　九九
避難所に　くまモンおいで場が和む　博多秀爺
おとろしか　なまずの上ちゃ知らだった　まさはる
自衛隊　いつも頼りにしとります　清風
避難所へ　枕担いで飛び出した　たいこう
避難して　塩オニギリの旨かこつ　時五
この歳で　初体験の車中泊　絹女
身内より　隣気にする家のパパ　郷
やっぱ来た　出番待ってたオスプレイ　阿龍
また余震　テレビが映す見知り顔　風船
また余震　ペット避難に右左　風船
あれからは　築百年はもう好かん　てつろ

あれからは　トイレのドアは開け放し　てつろ
仮設住宅　戦後も生きた自負がある　公女
車中泊　早よ大の字で寝ろごたる　葉桜
復興支援　恩は心に刻みます　葉桜
震度7　立ちたいけれど立たれんと　山歩
外人さんの　カレー作りのボランティア　山歩

【高校生】

（一般財団法人熊本公徳会が高校生を対象に募集した平成28年度公徳文芸賞の入賞作品から）

がんばろう熊本　「忘れる」でなく「バネ」にする　第二　山内優奈
がんばろう熊本　ピンチばってんチャンスばい　尚絅　土橋奈々
がんばろう熊本　支援した人だんだんな　球磨工　一橋佑輔
がんばろう熊本　前に進むよ負けん県　熊本西　坂本菜々子

抜粋者　橋本芦

負けんばい　角石垣に笑わるる　時五
負けんばい　瓦礫睨んで仁王立ち　景勝
負けんばい　津波も五年掛かっとる　め組
負けんばい　まあだ命は残っとる　新米
道半ば　石にも戸籍作らなん　太顔
道半ば　仮設の窓に秋の風　風船
俺に任せろ　天守閣どま臍繰りで　良輔
ペット曰く　震度7からホームレス　玉流川
ほったらかし　墓の修理に出ん保険　風船
あらまァ　二度目の揺れで戸の開き　三吉
不自由さ　手足伸ばせん車内泊　清子

ボランティアの若者

随筆など

渥美多嘉子

それは突然にやってきた。

すべての出口がふさがれ真っ暗闇の中で、焦りまくったあの夜、わずかの隙間をこじ開け玄関までたどり着く。外階段の手すりを必死に掴んでも振り落されそうで怖い母親の死にさえ涙を見せなかった孫が、

「まだ死にたくないよ」と肩を震わせる。

「死ぬ時は三人一緒だよ」私と娘が言うと。

『まだ二十歳そこそこしか生きていないのよ。まだやりたい事ばかりなのに、ばあちゃんと一緒にしないでよ』と泣く。

先ずは避難所の白川公園へ走る。

人、人、人　ペットの猫も犬もみんな不安を抱えて恐怖におののいていた。

寒さに震えながらも一先ず、生きていることの実感をかみしめた。

地底からの突き上げと、揺れ、地面ごと吸い込まれるのではないかと、恐怖は募る。

公園での生活は、三日間ほど続いた。

コートの下にビニール袋やドンゴロスを破って身に纏い寒さを凌ぐ。

さすがに三日目になると、人は消えたようにいなくなった。広い公園には、僅か六組ほど帰宅しようにも我が家は落下した家財で足の踏み場もない。電気はついたものの水が出ない。トイレも風呂も使えない。公園も仮設トイレは使いすぎのため故障して使用不能。公衆トイレも満杯で、てんこ盛り。

日ごろ考えもしなかった不自由な生活体験。

人づてに聞いた次の避難所は城東小学校。運動場は車で満杯。運よく『自己責任でよかったら二階の和室が空いているから』との言葉に飛びついた。ボランティアの人々から暖かいご飯の提供。トイレも水道も使えた。寝る処もひとまず確保できて、ほっとした。雑居の和室生活十日余り、その後、体育館で簡易ダンボールベッドが提供され、快適な寝場所が出来た。広い広い体育館で、一晩中煌々とついている電燈はまぶしくて眠れない。でも地面に近く逃げやすい安心感があった。

支給される支援物資に支えられ不自由を感じない生活が出来た。児童が栽培していたサニーレタスを収穫。なんとおいしかったことか。

避難中も貸室が上階からの水漏れ

天井も畳も部屋も水被害で悲惨極まる。床は傷つきすべて補修必要。その上、入居者は即座に退去。踏んだり蹴ったりで落ち込む。

又我がビルも外壁のタイルは割れ、内部も御影石も壁も大きなダメージ。温水器は倒壊、水があふれ、階下まで水漏れ。あれもこれもと頭は混乱の日々。「我が家は、まさにポンコツ家族だね」と笑いに変えてのりきった。パニックの日々の中でも、時間が少しずつ解決してくれた。

また辛い生活を余儀なくされている人たちに一日も早い平穏な日々が訪れることを祈念。

満身創痍の悲惨な熊本城や阿蘇神社が一日も早く元通りに復旧復元され、訪れる人々でにぎわいが戻ることを願うばかりです。

帰館

井川　捷

四月十五日夜、娘宅で息子家族も呼んで食事会をやり、そのまま自宅マンションに戻らず、孫に添い寝していた。翌十六日午前一時過ぎ、ワァーッ、と孫が泣き叫んだ。暗闇が轟々と唸り声をあげている。これはおとといの震度七より大きい。死ぬのか？「出口はこっち！」妻の声に先導され、車に乗り込んで、息子家族の住むマンションを目指した。駐車場に車はない。夫婦と赤ちゃんは無事逃れられただろうか。

避難所。高校体育館の鉄骨が余震に共鳴して、拡声器付の轟音を発している。天井が落ちてきそうだ。そこで、グランドに停めた車の中で、夜を明かすことにした。車は確かに揺れも音も小さい。だがブルルと震えて何度もトイレをもよおす。しゃちこばったからだを、あっちへやり、こっちへ向けて、次第にエコノミークラス症候群の入口へと近づいて行く。

くもった窓を拭くと、我が五階建てマンションが見えた。人が消えてしまった幻の館……手を伸ばせば届きそうな距離が、何と遠いことか。この細長いマンションは、のたうつ竜と化したに違いない。翌日行ってみると、一階ピロティ式駐車場の柱と梁の接合部は、コンクリートが剥離し、鉄筋が露出している。壁のヒビ割れより、柱鉄筋の損傷の方が不気味だ。後日、知り合いの建築士に診てもらったら、いますぐアパートに引っ越した方がいい、と言った。

娘宅にガスが復旧した。学校避難所から娘の家に避難場所を変更して、十日ほどが過ぎた。娘夫婦も孫たちも快く私たちを受け入れてくれていた。妻は、娘宅の増築費を出して娘家族と一緒に住もうかしら、と将来への想いを巡らせている。だが、娘たちがこの家で暮らし始めてから、もう十年にもなる。当然彼らの生活の空気が家の隅々にまで行き及んでいる。それは、私たち夫婦の空気とは似て非なるものだ。もしも二家族いっしょに住む

写真提供　特定非営利活動法人くまもと災害ボランティア団体ネットワーク（KVOAD）

となれば、私たちの居住姿勢を控えざるを得なくなるだろう。私たち夫婦の過ごしてきた時間は継続されず、娘たち家族の時間へ吸収されていく。仮にそうなったとしても、生活に支障を来すわけではないが、過去へ後戻りする心の鬱屈が、体内に蓄積されていくのは目に見えている。そう思うと、やはり「終の棲家」をうたい、ローンも残りわずかな我がマンションには、断ちがたい未練がある。

　既に職場に復帰していた妻が、やっといま目が醒めたように言った。

「マンションに帰るから、お父さん、先に行ってぼつぼつ片づけといて」

地震体験所感抄

生田　史人

東北地方に地震やそれに伴う大津波などの
　大震災があってから丸五年
三陸海岸や宮城・福島などでの惨状を
　痛ましいとの同情の思いをこめつゝも
　何となく対岸の火災視するような気分
　で眺めていたら
今度は　それに匹敵するとも言える
　大きな災害が我が身にも降りかゝってきた
忘れまじ
二〇一六年卯月十四日の夜と十六日の未明
と
二度にわたり襲い来った震度七の強震
そして　それは
この熊本市と益城《ましき》・宇土《うと》などの周辺の町村
さらには阿蘇の原野から
　遠くは豊後の温泉地をも含む
　　九州の中部一帯にまでも広がり
未だに終息を見ず
　不断の揺れは止むことなく続いている
激しい震動の日のあと
　　わが家の周辺を歩いてみたところ
由緒ある名刹《めいさつ》の山門は崩れ落ちて　見る影
もなく
広い墓地では墓石が落下して散乱し
　まことにおどろ〳〵しき有様となる
とある高層マンションは
　大地へと減《め》り込む形にひしゃげて
　　見苦しき態《さま》を呈するにいたっている
聞けば
阿蘇神社の楼門《ろうもん》やジェーンズ邸などの
歴史的な文化財も倒壊したとのこと
さらに加えて
私たち熊本人にとって痛恨の極みと言う
べき最大の打撃は
四百年の昔
戦陣の英雄かつ土木建築の大家として
　永く渇仰《かつごう》されてきた加藤清正公により築
かれ
天下三名城の一つとして誇りにしてきた
　熊本城の石垣が崩落したことであろう
最初の震動からすでにかなりの月日が過ぎ
　大地の揺れも何とか少しずつは
　　収まってきたようではあるが
未だに　屋内にいても街を歩いていても
　時折り思いがけない揺れに驚かされるこ

とがある
ついこの間のこと
とあるお地蔵さんの傍《かたわら》で一休《ひとやす》みしていると
　突然に坐っていた石が揺れ出して
　　思わず立ち上がるということもあった
この果てしない大地の揺れは
　　　一体いつまで続くのか
気象庁の方《かた》も　学者先生方も
　すっかりお手上げのようである
私たちの住む熊本という盆地形の小天地は
その豊かな地下水の上に浮かんで
　不断にたゆたっているようにも感じられ
る
そして　テレビの画面は日々
「熊本地震・今後も警戒」の文字を
　　　繰返し流し続けている
明治二十二年以来およそ百二十数年振りと言
う
　この熊本地方一帯を襲った大地震の
　　そもそもの根源は何か

地震学者たちの間では
　布田《ふた》川だの日奈久《ひなぐ》だの幾つかの活断層の
　　動きや擦《ず》れによるものと
　　　取沙汰されているようであるが
そうした科学的憶測を繰返したところで
明確な結論などは何も出てこないであろう
あるいは　これは
阿蘇神社に鎮座まします主神
神話伝説によれば
阿蘇火口原西方の立野《たての》地区の外輪山の
山壁を蹴破ってカルデラ湖の水を
白川の流れへと押し流したと伝えられる
健磐龍命《たけいわたつのみこと》の怒りによるのではないかと
　　考えたりもする
それでは一体何が　どうしたことが
　神の怒りを呼び起したのであろうか
それについて私は思う
　過ぎし一九九五年の阪神淡路大震災
　　二〇一一年の東日本大震災に次ぐ
　　　今回の熊本地震も

戦後の高度成長期以来の
　余りにも行過ぎた経済成長優先主義
とりわけバブルショック以後の
　成り振り構わぬマネタリズムや
環境破壊をも顧みぬ極端な近代化至上主
義に対しての自然の側からの報復行為
　　あるいは大いなる警鐘ではないのか
経済成長一辺倒のあり方は修正されるべし
　それを願うこと自体がもはや時代錯誤《アナクロニズム》であ
る
心ある有識者たちが言うように
　これからは自然破壊を最少限にとどめ
限りある資源を無駄なく有効に使って
　地域的にも社会的にも格差の少ない
安定した社会の建設を目指すべきではない
か
広いグローバルな視野から冷静に考えれば
夢よ今一度の成長理論など
　果敢《はか》ないものであることは自明である
私たちも　そうしたまともな考え方を
　　　基盤にして

今後の復興への道を歩むべきであろう
さもないと　かつての
　関東大震災後の歴史が示すごとく
大きな災害の後では復興を急ぐあまりに
　ともすれば国を挙げての妙な気分に踊ら
せられて
再びどうしようもない危い道へと
　踏み出しかねないのである
この頃の世の風潮を眺めていると
　その不安は大きい

「春月」

今村　武章

　その時、私はなぜか防空壕から見上げたアメリカの爆撃機がきらきらと光って綺麗だったと言っていた母のことを思い出していた。それは生まれて初めて死の恐怖を覚えたあの二回目の震度七の本震の揺れのあと、慌てて避難した近くの小学校の体育館で、大きな余震が起こる度に天井を見上げてあがる人々の悲鳴を聞いていた時のことだった。

　今回の熊本地震で最愛の人を亡くした人や怪我を負ったり家を失った人が大勢いる中で、自分のことは被災者とは言えないと思っているが、その時そこにいた者として少し記しておきたいと思う。

千人と寝る春月に照らされて

　時間が経つごとに避難者の数は増え続け、横になるスペースもないほどの人いきれの中で疲れ切って押し黙ったままの人が多い中、「お城が大変なことになっている」と聞いたのは、すでに夜が白み始めたころで、どこぞの橋が落ちたとか、益城、阿蘇方面がかなりひどく車が通れないとか、あちこちで家やマンションが壊れているとか本当のことや本当ではないことが体育館の床で語られていた頃だった。

避難所の床に鼾や春送る

　物心ついた時から其処にあり、人生の節目節目に見上げてきた美しい城であるが、正直なところ自分自身の中では、城の石垣、長塀、天守とかにさほど深い愛着があったわけではなく、若い頃に友人たちと連れ立って石垣の上で何時間も語り合ったこととか、新緑の中を大切な人と黙ったままで歩いたこととか、そうゆう想い出のつまった大事な「場所」という気持ちのほうが強かったと思う。ところが少しづつ聞こえてくる城の惨状を聞くたびに、はからずも懐かしく思い出されたのは、すでに亡くなってしまった父母のことや、叔父のこと、祖父母のこと、曾祖父母のことだった。

崩れたる石も仏やほととぎす

　夏目漱石が第五高等学校の英語教師として熊本に住んでいたころの城は、維新後の西南戦争で焼かれて天守閣はなかった。今の天守は昭和も戦後になって復元されたものだ。

ちなみに漱石が熊本に赴任し鏡子と結婚した明治二十九年六月九日の六日後の十五日に明治三陸地震が発生し、大津波で約二万人の死者を出している。

近世から現代まで、平和な時も戦争の時も、天守があった時もなかった時も、それから幾度の災害に見舞われながらも私たちは何代にもわたって城に寄り添うように生き、つましい暮らしを続けてきた。

人間は誰でもいつかは死ぬ。そして生きてゆく間は抗うことのできないものの前で立ちすくみ、右往左往し、泣き笑う。だからこそ今はこの産土の風土と家族を愛し、普通の暮らしを大切にしてゆきたいと切に願うばかりである。

若竹や清正公さんの町に住み

城の完全な復興には二十年かかると言われていて、生きて見ることは無理かもしれないが、それはそれであるがままでよいと思っている。櫓とか石垣とかももちろん大切なものではあるが、私にとってはその佇まいそのものがいとおしくてたまらない。

熊本地震——漂流から創造へ

岩岡《いわおか》　中正《なかまさ》

四月半ばの二度の震度七の激震以来、九月半ばまでに二千百余回の余震。震度七にも驚いたが、いつ果てるとも知れない余震に、私は疲労困憊《こんぱい》した。

余震なほ指先にある春の闇（中正）
梅天を遠流のやうに歩きけり（〃）

これだけ長く頻繁に余震が続くと、人の心は傷つき過敏になり、遂には漂流し漂泊の思いにとらわれたりする。暗い梅雨空の下を歩いていて揺れたりすると、何だか遠流の思いまでして、昨年旅をした隠岐の島や、都会の孤独のようなものも思ったりした。

緑蔭に命拾ひの立話（土屋芳己）
緑蔭に息災のかほそろひけり（坂田美代子）

他方、激震は一句目のように、「命拾ひ」の実感を通して、日頃はあまり話もしない近所の人たちとの会話や思いやりを生んだ。これは、虚子の言う「存問《そんもん》」や「挨拶」だが、つまりは日常ごく普通の、いのちへの気づかいが復活したのである。私たちは自分が遭遇した痛みや危機を通して、他人の痛みに気付いたのかもしれない。私はふと、ルソーが自然人の本性としてあげた、「自己愛と憐憫」のうちの後者のことを思ったりした。それは、私たちの「種」としての自己保存本能なのかもしれない。

私は、右の二句目の『息災』も「そろひけり」も好きだ。何より息災や無事が一番だというのが、今回の地震で実感したことだが、それは私一身だけの息災ではなく、家族や仲間の皆の息災でなくてはならない。隣にあるべきいのちがそこにあって息づいているということが、大事なのだ。まことにこの句は、安堵と平和の詩である。

また、この眼差は、人間だけに対するものではない。今回の地震で私はしばしば、次の句のように、小動物に自分を重ねて見ていた。

人の世はいつも唐突かたつむり（中正）
ででむしの角ふるはせて生きんとす（〃）
子燕の顔出してゐる余震かな（〃）
たましひのごと瓦礫より梅雨の蝶（〃）

余震がややおさまりはじめた八月、やっと県立劇場が再開し、子供たちの合唱を聞くことがあった。いま熊本では「創造的復興」が言われているが、子供たちの澄んだ声を聞きながら、この「創造的」とは、次世代のいのちが健やかに育つ社会を作ることだと、思い当たった。

今熊本は、長い長い余震の中から復興を始めた。私は、「表現するということは、社会を変える方法を手にすることだ」（山田創平）という頼もしいことばを最近知ったが、私は今、ささやかな表現活動を通して、復興の未来図をどう構想しどう参加できるかを考えているところである。

赤赤と鬼灯《ほおずき》われに為すことあり（中正）

佇立する恐怖

上水　敬由

暗闇の中で長いエンドロールが流れ続けるのをほとんどの観客がじっと座ったまま見つめていた。

たいていの場合は終演と同時に立ち上がり、手荷物を小脇に抱えてそそくさと入り口へむかうのだが、なぜかこのときには場内に何となく重苦しい空気が満ちていて、いつもの観劇後のお手軽な達成感は得られなかった。

おそらくそれは我々がこの春以来肌身に沁みてきた、ありふれた日常に突然襲いかかる

大地の震えに対する不安感が、銀幕の向こう側から繰り返し伝わってきたからだろう。たとえ制作者にその意図はなかったにしても。

作品は「時代の子」であるという。

作者が意識するしないにかかわらず、ある作品の背景にはその時代の共通認識が明確に現れている。

一九五四年の第一作が冷戦下に行われていた核実験をもとに構想されたということは事実であるにしても、巨大な力に破壊される街の姿や人々の日常生活の壊れやすさが、ついこの間までそこにあった戦場の記憶とじかにつながっていたことを見落としてはならないと思う。

そしてそれこそが当時として驚くべき観客動員数を実現した理由なのだ。

かの獣の吠声とその作り方がときおり話題になるが、実のところは、それよりも間をおいて響きわたる足音の方が観る側に大きな衝撃を与えていることを、評者は強調すべきだろう。

それはある者にとっては艦砲射撃の咆吼であり、爆撃機が落としていくボムの破裂音であり、破壊された建造物の崩壊する音である。

そしてそれらの奥底にあるのが、どう抗いようもない強大な力そのものへの無力感と恐怖だろう。

一九九五年一月一七日に遠く離れた街で、テレビ画面の上手から微かにあがった煙が、音もなくじわじわと範囲を広げていく様を見つめていたときの何ともしれないいらだち。

それは昔、カンボジアの留学生と一緒に行った、狭いながらも繁盛していた中華食堂がそこにあったから、そしてその記憶が失われそうだったからというのではない。

同じく二〇一一年三月一一日にも、ふたたび遠く離れた街で、自衛隊機が撮影した、太平洋に向かって延々と続く砂浜に押し寄せてくる白い津波の列を、ただひたすら眺めているしかなかったときの腹立たしさ。

それも、かつて定年を迎える友人と訪れたことのある、松島のカヤ小屋のことを心配していたためというわけではない。

要はどうすることもできない自らの無力に対するやりきれなさだ。

無力感というやつがどこから来るのか、たとえば『遠野物語』の『猿の経立』を思う。

「栃内村の林崎に住む何某という男、今は五十に近し。十年あまり前のことなり。六角牛山に鹿を撃ちに行き、オキを吹きたりしに、猿の経立あり、これを真の鹿なりと思いしか、地竹を手にて分けながら、大なる口をあけ嶺の方より下り来たれり。胆潰れて笛を吹きやめたれば、やがて反れて谷の方へ走り行きたり。」

この話からは「猿の経立」の具体的な姿はわからない。

わからないが、男の感じた恐怖だけは伝わってくる。

そして近在の村では、聞き分けのない子どもを「六角牛の猿の経立が来るぞ」と叱りつけるという。

ここに摘出されているのは、何かわけのわからないもの、ある意志の固まりのようなもの。

それに対してじっと動きを止め、ただ見つめるほかに術がないという男の無力感なのだ。

酷暑の続いた夏の終わりに宇城市のショッピングモールまで出かけたのは、熊本市とその近郊の映画館がほとんど壊滅状態にあったからだ。

全壊した住宅や二階が押しつぶされたビル、瓦の飛ばされた屋根をブルーシートで覆った家並みや倒壊したブロック塀、いたるところが沈下してひび割れた道路、そのために浮いてしまった橋やマンホール、河川の堤を補強する目的で置かれた大きな土嚢の黒い列など。

今ではすっかり見なれてしまった景色の中を、ごく小さな損害をこうむった〔被災者〕のひとりとして、特にどうという感慨もなくドライブすることにしたのだ。

「すべてが揺らいだ」

書川あまね

「たんどくだね」

医者は佳穂が聞きかえすよりも先にかたわらのメモに「丹毒」と漢字で書いてみせた。

「珍しい病気じゃないから」

聞いたこともない病名に息をのんでいると、かかりつけの皮膚科医はなぐさめとも受けとれる言葉をかけ、「仕事がちょっと忙しかったのかな」と言って佳穂の顔をのぞきこむ。

ちょっとどころではなかった。四月に入り、佳穂の毎日の帰宅時間は十二時を回っていた。佳穂の勤める会社は、来月東海地方に本社のある上場企業に吸収合併されることになっていて、期末決算に加え今週末の四月十五日を期限に大量のデータ入力と引き継ぎ資料の作成を依頼されており、経営企画部に所属している佳穂は手一杯の状態だった。

そんなとき、まずは耳たぶが格闘技の選手のように赤くはれてきたのだった。金属アレルギーの気《け》があるので、おそらくピアスにかぶれてしまったのだろうと軽く考えていた。しかし、赤味が顔にまでのびてきていた今日、同僚に「放っておいたら痕が残ってしまうわよ」と半ば脅されるようにして書類を何とかまとめ上げて半日休みをとり、ようやく病院に来ることができたのだった。

「抗生剤を飲んで。五日分出しておくから。塗り薬も出しておこう」

医者はさらさらとカルテに書きつけた。そしてもう一度佳穂の頬を触診し、

「だいぶはれている。痛くて我慢できないようだったら、明日朝からいらっしゃい。点滴してあげるから」

そこまでひどくはならないと思うけど、大病ではなくてよかった。早く薬を飲んでとにかく休もう。

佳穂はありがとうございましたと頭を下げ、病室を後にした。

チューブに入ったクリーム状の塗り薬を頬にのばし、熱を持った頬をそっとなでる。少しはれがひいただろうか。確かめたくて佳穂はスマートフォンのディスプレイをなめにしたり見おろしたりして、右の頬がうつるようにパシャッとシャッターボタンを押す。いつも鏡でみる自分の顔だが右の頬骨の辺りから鼻の骨の出たところまで赤くてかてかとはれあがっている。

――ひどい顔。

昼間よりも赤い範囲が広がっているような気がする。しかも殴られたみたいにぽっこりとふくれ、左右の大きさの違いがぱっと見ただけでもはっきりとわかる。なんだかピリピリと顔が痛い。

どうしよう。やっぱりこんなに赤くはれた顔では友章には会えない。

絶望的な気持ちでスマートフォンを置き、電気を消して布団にもぐりこむ。

リビングからは母がバラエティ番組でも見ているのだろう、漏れていた笑い声が途切れ、もう寝るのとつぶやいている。まだ夜九時になったばかりなのに、宵っ張りの娘が早々に就寝するのはよっぽどのことと思ったのだろう、様子をうかがうことなくテレビに興じているようだ。

スマートフォンのボタンを押し、メールが届いていないかチェックしてみる。友章からの連絡は届いていない。今夜もおそらく遅いのだろう。思わずため息がもれる。

友章はフィットネスジムの顔見知りだった。同時期に入会し、ランニングマシンの隣り合わせになりあいさつをかわすうち、自然とジムを訪れる時間を合わせるようになっていた。車を買ったから一番に助手席に乗ってくれませんかとドライブに誘われたのだった。

「俺、女性の指を結構気にするんです。手だけじゃなくて、足の指も。佳穂さん、今度マニュキュアとペディキュアを塗ってきてくれる？」

「おしゃれをした佳穂さんと俺の家でのんびりと過ごしたい」

友章は佳穂の会社の隣にある総合病院の神経内科の医師だった。薬指に指輪はなかった。三十九歳の佳穂には最後のチャンスかもしれない。何としてでもつかんでおきたい。今日は木曜日。友章との約束はあさっての土曜日。それまでには治るだろう。いや、治してみせる。桜色の新色のマニュキュアを買っておいた。明日には塗っておこう。

枕元においていた保冷剤を顔に当てる。冷たさを心地よく感じながらいつの間にかうとうとと眠りについたようだった。

ガタッ。ガタガタガタッ。ゴゴゴゴゴーッ。地面の振動が体に伝わってくる。揺れは収まらず、十秒、いや三十秒。体を丸める。

――何？ 何なの？

枕元においたスマートフォンからこれまで聞いたことのない音がけたたましく鳴る。

〝緊急地震速報 震度六強 〇秒後 強い揺れに備えて下さい〟

地震？ 続けて、メールの着信音が鳴った。会社の安否確認システムが作動したのだ。

まさか。

声を上げることもできず、反射的に布団を頭からかぶって丸く縮こまる。ガチャン、ガチャン、ガチャンと何かが次から次に落ちている音が立て続けに聞こえてくる。

「佳穂、大丈夫？」

母が寝室に駆け込んでくる。布団の端をめくり、一緒にかぶる。

「お母さん、ガス」

「消した」

枕元においていたCDラジカセの電源を入れるが、電源は入らない。部屋の明かりは常夜灯にしていたはずだが消えている。あんなに聞こえていたテレビの音がやんでいる。

佳穂はスマートフォンのラジオアプリを立ちあげる。

〝テレビと同時音声でお送りしています。先ほど午後九時二十六分ごろ、熊本地方で震度六強の地震を観測しました。津波の心配はありません。落ち着いて行動してください。身の安全を確保してください〟

「ちょっと手回しラジオとってくる。懐中電灯も一緒についとるし」

「用心して」

と、再びけたたましくスマートフォンが鳴る。すぐにガタガタガタッ、と揺れが来る。

「お母さん、早く」

ラジオを持って母が布団の中にもぐりこむ。

「何だろか？ 地震？」

停電になったのならしばらくは充電できない。バッテリーを持たせるために、スマートフォンの電源を落とし、手回しラジオのハンドルをぐるぐると回す。

また揺れる。

〝震源は熊本県熊本地方。震源の深さは約十キロメートル。津波の心配はありません。強い揺れに警戒してください〟

吊り下げ型の照明器具がガチャンガチャンと横に激しく揺れている。ガタンと大きな音がして、神棚が落ちる。どこからか何かが落ちる音がして恐怖をあおりたてる。

「大丈夫？ 佳穂、大丈夫？」

「大丈夫。お母さんは」

「大丈夫」

母は循環器疾患を抱えている。ふうーっ、ふうーっと深呼吸をくりかえして息を整えている。おそらく心拍数が上がっているはずだ。普段異常のない佳穂の脈もどくどくとさっきから激しく打っている。

また揺れる。

「お父さん、助けてください。守ってください」

母が佳穂の手をぎゅっと握り締める。母と手を握りあったことなど何年ぶりだろう。佳穂もぎゅっと握り返す。頭を上げて父の遺影を見る。鴨居にしっかりとのったままでこの揺れにもぐらりともしていない。お父さんがいるから大丈夫だよ、そう母に声をかけたいが、迫りくる恐怖から口に出すことができない。いつ収まるともつかない揺れに対する恐怖がまだ立ち去ろうとしてくれないのだ。

〝先ほど情報が入りました。熊本城の石垣が崩れています〟

〝阿蘇大橋が倒壊したとの情報も入っています〟

尋常ではない。これは非常事態なのだ。

〝近所の人と声を掛け合ってください。倒れている人がいないか、確認してください〟

母のスマートフォンが鳴る。

「大丈夫です」「ありがとうございます」「気をつけて」と言って母は電話を切る。

「隣の向坂家のお嫁さんからだった。車の中に避難しとらすごたる。佳穂、どぎゃんする？ 私たちも避難する？」

「避難するって、どこに？」

「わからん」

ガガガッと揺れが来て、母はますます身を縮こまらせる。

スマートフォンの電源を入れて、「熊本　避難所」と入力し、検索をする。近くの小学校や公園が表示される。

「小学校と公園て」

「行こか」

「けど、そこまで移動するまでが恐ろしか」

誰か。友章。もうだめだ。これで縁も切れてしまった。

昨夜までのあまやかな気持ち。いつの日か取り戻すことができるのだろうか。

けれど、この家は、これからどうしたらいいのか。母と二人、食料は何とかなる。家も何とか持ちこたえている。会社は。会社はどうしよう。

私が何とかしなければ。

また地鳴りが聞こえてくる。

「熊本地震そのとき」

木村　壽昭

「ドーン・ゴー」と、地底から突き上げるような激震、同時に弾けるように絵額が落下する。「危ない」と、悲鳴に似た恐怖心で首をすくめるが声にはならない。居間の吊り照明が大揺れに揺れ、吹っ飛びそうだ。布団をめくり、起き上がろうとするが思うように体が動かない。突然に停電、真っ暗だ。手探りで隣のベッドの脚を掴み、立ち上がる。ベッドには、半身不随の妻が寝たきり、懐中電灯をかざして覗き込む。やや緊張気味だが軽く笑顔を見せる。「大丈夫か」、ちょっと外の様子をみてくる」と、玄関口に向かう。一歩踏み出すようにして、玄関戸を押し開き、外を伺う。街灯は消えているが、月明かりのせいか意外に明るく、特段に被害は見当たらない。時計は、午前1時半を廻ったところだ。玄関戸は開いたままにして、車椅子を押し寝所に戻る。突然、玄関口に人影、「木村さん、大丈夫ですか」と、紛れもなく近所の奥さんの声だ。「はーい、二人共大丈夫です」と、大きな声で応える。振り返るようにして妻に、「近所の奥さんだね、気丈な方だ、心配して声を掛けてくれたんだね」と、話かけ、緩んだ顔に安堵する。それから間もなく、震度2か、3か、余震が立て続けに起こる。その都度、「ゾクッ」と、血の気の下がる想いで緊張する。妻を起こし、ベッドに腰かける状態で歩行用装具を付ける。車椅子をベッドに横付けとし、避難準備をして夜明けを待つ。道路を走る車の音が頻繁となり、近くの駐車場でも車の排気音に交じって男女の声が聞こえる。携帯ラジオの音量を上げて地震情報に集中する。「益城町震度7」私達の中央区でも「震度6弱」、被害もかなりの模様だ。ようやく東の空が明るくなり、安堵感を覚える。「ちょっと避難所を視てくるよ」と妻に言い残し、家を出る。と、激震直後は気付かなかった我が家のブロック塀が、中段から折れるように崩壊しているのを発見するが、そのまま急ぎ、近くの小学校に向かう。避難所となっている小学校は、既に多くの人と車でごった返しだ。校庭の半分以上は駐車の車で埋め尽くされ、100台以上は確かだ。聞くところ、避難所の体育館は照明具の落下で危険とか使用出来ず、教室を開放している由。しかし車中泊の人が大部分だそうだ。車椅子での避難は無理と判断、直ぐに自宅にとってかえす。「只今、避難所は人と車で大変だ、家で大丈夫だろう。ご飯の準備するよ」と、声をかけ、妻のもとへ直行する。妻の笑顔にほっとする。幸い、昨夕残りのご飯と漬物、ベッドの妻と向き合うようにして朝食をとる。動きまわったせいか、二人の無事で安堵したせいか、実に美味い。食後間もなく停電は解け、テレビで地震の大きさを知り、驚く。

最高のプレゼント

日下部浩美

始まりは十四日の夜、イスに座っていてテーブルにしがみついたので、割れた食器にも当たらずにすんだ。揺れがおさまると福岡にいる息子から「大丈夫？」のメール。すぐに息子に電話

「だいぶ揺れたけど、お父さんとおばあちゃんにケガはないし、家や家具も大丈夫よ。」

そして友人達からもお見舞いのメールが次々に届いた。離れていてもやっぱり家族だなーと息子や友人達との繋がりが嬉しく思えた。

夜遅く、近くに住む叔母から電話でSOS。余震が恐くて一人で過ごせないとのことで迎えに行った。食器棚も倒れ、足の踏み場がないと声をふるわせていた。リビングで二人、余震のたびにテーブルの下に隠れ、くり返しているうちに夜が明けた。車で仕事場に向かう夫を心配しながら見送った。

十五日の昼前、息子から電話

「その後どんな？仕事を切り上げて家に帰ろうか？」

でも車はないし、高速道は不通、電車もバスも動いていない。

「気持ちはありがたいけど、まだ余震も続いてるし、もう少し落ち着いてからよろしくね。」と答えるしかなかった。

十六日深夜、寝不足のせいかついリビングでうたた寝。ドーンと地響きがきて強烈な揺れで目が覚めた。すぐ停電し真っ黒闇の中、止んだと思うとまた不気味な地響きに揺れの連続！二十分も続く中やっと携帯電話を手に取り、その微かな明かりで周囲を見る。前日は持ちこたえた食器棚の戸は落ち、片付けたばかりの台所の床はまた破片の海となった。

やっと揺れがおさまり、2階で寝ていた夫がリビングへ。お互いケガはなかった。そのうち電気がついてテレビも見れ、ホッとできた。息子からのメールに気付き、なんとか大丈夫と返信していたら、玄関に人影が…。

叔母に加え、いとこに叔父夫婦。家が古いので一家で避難させてと。とにかく高齢の二人をソファに座らせた。また長い夜を、皆で肩寄せ合って過ごすことで、不安がやわらぐ感じがした。

十七日、十八日も余震が続き、夜には叔母が泊まりにきた。十九日、やっとJRが動き出し、夜になって息子からメール「夕方から出て今荒尾。熊本行きは十時頃の発車予定。」

ところが九時頃にまた大きな余震があり、「乗った電車が止まったら大変だから、家に帰らずUターンして！」と息子に電話。

「いや、ここまで着いたから絶対帰る！」と息子。そこで電話は途切れてしまい…。

心配なまま、とうとう十二時前、息子がやっと帰宅。

「お帰り、はるばるありがとうね…。」

息子の笑顔が私にとって最高の誕生日プレゼントになった。

一杯のみそ汁に

黒田あや子

人ごとだと思っていた震災が我が街を襲った。避難所へ向かう車の列が続く中、車のない娘と私は何も持たずに近くの公園へ走った。

夜が更けても弱まることのない激震の中、明かりがともった公園の「いこいの家」に駆け込んだ。「家が老朽化していて怖いのでお願いします」と。

一晩だけお世話になるつもりが、余震におびえて、とうとう9日間も長居してしまった。

水道もガスも止まった不便な中で、町内の役員さんである女性の方が指揮をとり、ボランティアの方々とがっちりチームを組んで至れり尽くせりのお世話をしていただいた。何日かすると役員さんの声掛けで体操や散歩をして運動不足を解消した。

水が出るようになると、炊き立てのご飯と温かいみそ汁が並んだ。普段から食べ慣れたおつゆなのに、一口含んだだけで生き返るほどおいしい。

夕食は、我が家よりも品数が多いごちそうだった。腰を痛めていて何のお手伝いもできない私は、申し訳なさに心の中で手を合わせた。

十数人のこぢんまりした避難所は、畳の上で足を伸ばして休めた。指揮してくださった方は建物の外で夜明かしして、みんなを見守っておられた。どこよりも、どこよりも一番の避難所で過ごした日々は、生涯忘れることはない。

一番被害のひどかった地域の方々の苦境に思いをはせながら、降りしきる無情の雨がやむのを、イエローカードを貼られた家の中でじっと待つ。

「平成二十八年熊本地震」に思う

園田洋一郎

四月十四日、21時26分。震度7、マグニチュード6・5。突き上げられるような衝撃だった。熊本の地面に、想像を絶する地の震えが起きたのだ。建具が軋《きし》めき、ガチャガチャと食器類の落下音が囂《かまびす》しい。魂消《たまげ》たことに、仏壇が私を目掛けて一直線に素っ飛んできた。こんなのある？って感じだった。直下型地震は凄まじくって怖い——心底そう思った。揺れの所為で、足は未だふらついていた。

テレビの地震速報は「震源は熊本地方、益城。震度7」と、慌ただしく繰り返した。〝電光石火〟とはこのこと。〝同時性〟という特性を備えるラジオやテレビは、このようなときにその特性を遺憾なく発揮し、瞬時に情報を伝達してくれる有難いメディアだ。

明治の世にも大地震に見舞われたことは承知のうえで、熊本は地震とは縁遠い所だと思い込んでいた。だが、それは当方の勝手読み。迂闊千万だった。思うに、福島の原発事故だって同様だ。〝想定外〟なんて言い種《ぐさ》は、決して許されぬのだ。然し、それで事は終わらなかった。

四月十六日、1時25分。震度7、マグニチュード7・3。布団ごと持ち上げられたような異様な一瞬に、悪夢を破られた。ドドドドドという不気味な音。現世のものとも思えぬ身の毛が弥《よ》立つ恐ろしさに、立ち竦《すく》んだ。揺れは大きく、長く激しかった。それも道理。あとで分かったことだが、こちらの方が「熊本地震」の本震だったのだ。「地震・雷・火事・親父」の言葉に、改めて合点がいった。昔の人は、事の本質をうまく言い当てたものだ。家族は、疾っくに戸外に難を避けていた。周章狼狽したって仕様もないと不貞寝を決め込んだ私に、立ち戻った愚息は苛立って叫んだ。「こんど揺れがきたら、家はぶっ潰れるぞ」

この日から。私の避難生活が始まった。最寄りの避難場所、中学校の体育館は二〇〇〇人が押しかけ、立錐の余地も無かった。24時間というもの、プライバシーなんて論外だった。一杯の水に、一個のお結びに、一枚の毛布に、労《いたわ》りの一言に、多くの恩愛《ない》の絆を感じた。

明日ありと思う心の仇桜
夜半に嵐の吹かぬものかは
（親鸞上人絵詞伝）

明日のわが身がどうなるかなんて、誰も分かりゃしない。それは、親鸞の教え通りで決して間違ってはいない。

然《さ》れど「人間万事塞翁《さいおう》が馬」という、中国の故事だってあるではないか。禍福は糾《あざな》える縄の如し——だ。今次の奇禍に一喜一憂することはない。有史以来、人間は戦火や災害や飢饉に追われ流浪を重ねてきた。文明が進み、科学技術の力で自然を征服したと豪語する傲《ごう》岸《がん》無礼な人間への天の試練と受けとめ、これを教訓とすべきだ。私はめげることなく、わが故郷熊本で精一杯生きていこう——と、覚悟を新たにした。

緊張の一週間

高木　容子

四月十四の夜は女子会をしていて、そろそろお開きとなった頃、突然どーん！と轟音一つ。「地震よ！帰ろう！」と解散もそこそこに懸命に自転車を漕いだ。玄関を開けると、靴箱の上の鏡は倒れ、刺繍を入れた飾りガラスも倒れ、観音開きの本棚からは本が雪崩れ出ていた。幸い箪笥等は亡き主人が留め具で留めていてくれて何事もなかった。一先ず倒れていたものを起こして、用心の為バッグは枕許に置いて寝る。翌日は掃除がてらに倒れた物を片付けていると、散歩中の知人が瓦の漆喰いが剥がれていると教えてくれた。外に出てみると成程少し剥がれている。一日かけてきれいになって掃除終了。

そしてその夜中。どーん！と昨日より大きい地震。仰天して飛び起き着替え、なぜか玄関の鍵を外し、バッグ、非常用袋、預っている会計袋を持ちテーブルの下へ。かなり長く揺れていたが、「おばちゃん！大丈夫か！」と甥がやって来て、「八代へ（甥の嫁の実家）行くばい！」と言う。私の妹も一緒に（つまり甥の母）連れてきていて、私は「ありがとう」と震え声で言い車に乗る。

甥の義父母も待っていて下さって二晩は八代に避難させて貰う。いわゆる本震が起きた朝、昼はわが家へと送ってもらって帰ると、昨日きれいにした鏡や飾り物は昨日よりひどく悉く倒れ、食器は棚の扉の方に寄り集まり、開けるに開けられぬ状態。仏壇のお釈迦様は最上段から畳の上に移動し何故か佇立。本棚の本は又飛び出し、ステレオは壁から離れ、二階の本棚は止めてなかったので二つとも倒れ、ガラス戸は割れて外れ散乱した本で足の踏み場もない。

一人ではどうにもできないし、又ひどいのが来るかもしれないと連休まで二階はそのままにしていた。

しょっちゅう揺れるし、時々大きいのがどんと来るので、一人よりも皆と一緒がいいかもと後の五日間は近くの鏡小学校へ避難する。既に満杯状態だったが一人分の空きスペースを作って入れて貰う。茣蓙代わりのタオルケットを敷き、会計袋、わが家の大事な証書袋、バッグの三つを枕許に置き、夕方から朝までを過ごし、昼は家へ。

色々な会合や行事は次々と中止。昼はわが家で草取りしたり稽古事のお浚いをしたりして、早目の夕食後又避難所へ。公園や運動場は車中泊の人々で一杯。五日間は小学校に避難したが、五日目吐き気がして、人に酔ったように体が揺れて眠れなくなった。体調不良の悪化も恐くて、一週間の避難生活を切り上げた。その後車中泊をしようと色々車に持ち込んでみたが一時間も持てずにわが家に帰った。あちこちからお見舞の連絡があったり、こっちからもかけたり、地震の度にびっくりしたりで四月はあっという間に過ぎていった。

犠牲になられた方々にお悔やみを申し上げこれ以上の天災が来ないことを祈るばかりで

ある。

熊本大地震より3か月を過ぎて（ご報告）

平成28年7月17日
田中　武夫

この度の熊本大地震については皆様方にはいろいろご心配および励ましを頂き本当にありがとうございました。これまで何らご報告もせずに過ごしてまいりましたが、ちょうど震災後3ケ月に当たり以下簡単なご報告をさせていただきます。どうかよろしくお願いいたします。

4月16日午前1時25分ゴーという音とともに2階寝室で熟睡していた私は気が付いたらベッドから床に叩き付けられていました。激しい揺れと轟音が数分続きました。振動が治まり、真っ暗闇を手探りで階下へ降りました。1階は足の踏み場もなくすごい揺り戻しが続き、2階へ引き返し夜明けを待ちました。夜が明けると外は今まで見たことのない土地の亀裂、庭の隆起、屋内は〝よくぞこれほどまで…〟というような破壊品の山々、呆然と立ち尽くしました。

家屋自体は約1m程スッポリ沈下し、家屋北端から南端まで約30㎝程傾き庭面が廊下より高くなっており、部屋にいても傾斜を感じますが、幸い家屋本体、屋根、内壁等は軽度の損傷で済んだため、16日以降も自宅に住み続けました。余震が怖く車内で過ごす人も多かった中、我々二人は腹を決めました。〝阿蘇でこれまで楽しませてもらったのだからこのままここで死んでもいい…〟という思いでした。

付近の被害は大変なものでした。京大火山研究所の丘陵が一部崩落し麓の住宅家屋を押し潰し6人が生き埋めになりました。当分譲地も北側濁川の崖地へ住宅が数棟傾き墜ちかかっています。分譲地内道路もアスファルトがめくれ隆起陥没が酷く、数日は車両通行不能でした。阿蘇の山々はあちこちに土砂崩れの爪痕が痛々しいほど残っています。

翌日からは自衛隊、レスキュー隊、各地からの消防隊がこの地区だけでも1000人近く集合、土砂の中から遺体を探し続けました。また、上空にはヘリが常に数機巡回し（報道関係のヘリも多い）さながら戦場の感がありました。

ライフラインが回復するには、電気が1週間、水道は2か月掛かりました。その間絶え間ない余震（1月で1000回を超えました）に怯えながら過ごしました。

私共はどうにか避難所へ行くこともなく、自宅（「罹災証明」は「全壊」の判定でした）で二人と二匹が何とか暮らせました。飲み水は常用備蓄水が30Lあり、卓上ガスコンロで料理はできました。冷蔵庫の中に多少の食品もありました。またトイレは電気・水道不通では使えません。仮設トイレができるまで畑に穴を掘りました。当分譲地居住者約60軒の内避難所に行かずに自宅で頑張ったのは3軒だけでした。避難所は村に数か所設置され直後は1000所帯程が集まったと聞いています。避難所へは行くも地獄、自宅に残るも地獄でした。救援物資は着々と届いてきました。幸い隣の高森町への道路は早く開通した（高森町は地震軽度）ため5日後には高森町のスーパーで買い物も可能になりました。

震災直後の一週間が最悪でした。停電の夜中の余震に一番恐怖感を覚えました。情報も途絶え、阿蘇大橋の崩落始め地震の被害の大きさを知ったのも数日後でした。携帯電話の蓄電状況がいつも気になり、遠くへ充電に行きました。

しかし有り難かったのは近所の人達の互助協力でした。救援物資（重い水などを）もを何回も届けてくれ又乾電池など不足物資を買い出しに行ってくれました。

又避難所始め各所でのボランテイァの方々の献身的な活動には本当に頭が下がるばかりです。

一週間後、電気電話が通じると幾分気分がほぐれました。しかし水道がないと全く不便です。飲料水は別として生活用水がこんなに必要とは思いもしませんでした。雨水を何杯ものバケツに貯めトイレの流し水に使いました。コインランドリーが使えるようになり、村営の温泉で初めて入浴したのも約10日後でした。いずれも5km～10km先までいかねばなりませんが…。

しかし通信が再開されると、連日友人知人からの見舞い、激励の電話・メールがひっきり無しに架かって来ました。延べ130人ほどだったでしょうか？中には十数年音信不通の人からの架電もいくつかありました。物資提供の申出でも十数件ありましたが、すべてお断りしました。でも「何かできることがあれば言ってくれ」というその気持ちが本当に嬉しく、勇気付けられました。こんなにも大勢の人達が心配してくれているという思いがほんとに大きな励みになりました。以後銀行OB会、銀行同期会、大学クラス会を始めとして友人・知人から見舞金も送られてきました。

6月中旬から当地は集中豪雨に見舞われました。気象庁が〝観測史上記録にない大雨〟と報道した大雨が4日間絶え間なく降り続きました。村からの避難指示が幾度も出され、パトカーも避難の指示を伝えに来ました。〝自然〟はまことに過酷なものです。震災地に〝これほどまでも〟と容赦なく豪雨が叩き付けます。まるで旧約聖書の〝ノアの箱舟〟時代のように何年も降り続くのか？と思える程の豪雨でした。今までこんなに激しい雨の音は聞いたことがありません。

今度も自宅で頑張りました。さすがに豪雨の夜は〝家ごと浮いているのでは〟と夜中に外へ出て見たほどでした。

雨上がりに自虐的にこんな句を詠みました。

無残やな　地震の爪跡《あと》や　梅雨の庭

こうした豪雨はやっと開通した国道への村の迂回路を土砂で寸断し復旧工事を大きく遅延させています。

こうした中、当分譲地には住人に共通するいろいろな問題が惹起してきました。

当分譲地に今後も住み続けることを前提に各人の問題を集約し、行政へ伝えることを目的に「熊本地震東急分譲地被災者の会」が出来ました。固辞したものの〝役に立てば〟と会長職を引き受けました。

県、村の各担当局・課への要望、折衝、施工者東急との会議、マスコミ対応、当地へ実査の学者先生達からのヒアリング、被災者集会での説明会等々結構いろんな方々との接触が現在進行中です。TVにも熊本放送局2社で放映され、読売新聞地方版、赤旗全国版にも当分譲地のことが記事になりました。

現在の当村の大きな課題は交通網です。熊本市を結ぶ大動脈の国道57号線の崩落遮断とJR豊肥線の不通、何よりも大痛手は「阿蘇大橋」の崩落です。いま国、県、村も交通網の復旧に必死ですが、完成までにはまだ数年は掛かると思われます。

個人的には、これから家屋改修、庭の改修の大問題があります。30㎝の傾斜の家を平衡にするには、いろいろな手法があり、3社に見積もりを依頼していますがいずれにしても、多額の費用が掛かり目下思案中です。

平穏な日常生活が一夜にして寸断され、こんな非常の事態に直面するなど全く思いもかけぬことでした。人生何があるか判りません。まさに一寸先は闇です。

この年になってこんな事態に遭遇するとは…という思いはありますが、家内共々怪我もせずに無事だったこと、まだまだ二人とも元気なことで善しとしたいと思います。又、友人知人からの励まし、近隣の人達との一層の親交、いろいろな業界の人達との交流、復旧

写真提供　特定非営利活動法人くまもと災害ボランティア団体ネットワーク（KVOAD）

へ携わる人達の一丸となった熱意等こうした事態が起きなければ一生知りえなかった事々を考えると複雑な気持ちです。

今（7月13日）なお当地は豪雨に曝されています。昨夜は避難指示の警報に3度も起こされました。まだまだ地震の後遺症は続いています。

それでも梅雨が明けると阿蘇はまた雄大な自然を取り戻すでしょう。そして数年後には、震災以前よりもさらに素晴らしい阿蘇および南阿蘇村になるものと信じています
そしてその頃には復旧なった阿蘇（南阿蘇村）へ是非お越しください。
その折は私がアッシーとして十分お役に立つ所存です。

ご拝読ありがとうございました。

青い空・夜の雷鳴

楢木野史貴

私の唯一の道楽は、すぐに絶版になりそうな人気薄の本を集めることだが、本震のあと雨漏りで水膨れし、醜く変形した本を大量に捨てたところで気力が抜けてしまった。だから、倒れた書架を元に戻し、散乱したガラクタを整理し、部屋の奥で、中身のわからない大きな白いビニール袋を手にしたのはずいぶん時間が経ってからであった。

袋の中身を確かめると、古いレコード盤だった。マイケル・マーフィーの「青い空・夜の雷鳴」。盤は割れていた。私はこのアルバムを購入したことはない。発表されたのは一九七五年。まだ私が大学生の頃だ。記憶を辿るのはたやすかった。これは友人のKから借りたレコードだ。このアルバムに収められた「ワイルドファイアー」という曲が大好きなので、おまえも聴いてみてくれ、そういうことだったと思う。だが、なぜ借りたレコードがここにあるのか？　答えはひとつ。私は借りたレコードを返していなかったのだ。暗い気持ちの中でさらに記憶を辿った。しかし、「返していない」という記憶に辿り着くことができなかった。Mは大学卒業後、私と同じ役所に入った。そして、七年前、現職のまま病気で亡くなった。今となっては返そうにも返せない。

なぜ、彼は催促しなかったのか？　他人に物を貸して、忘れる人間はいないだろう。三十年以上借りっぱなしだったことになる。私は床に座ったまま、Kの心中を推し量り、ため息をついた。その時、ふと、学生時代に運転免許を取り立ての彼とドライブに行った時のことを思い浮かべた。彼の新車に乗せてもらい、県外に紅葉を見に行った。それがどこの場所であったか、もう覚えていない。狭い山道に入り込み、道を間違ったのではないかと不安を覚えながら走っていた時に対向車が来た。離合もやっとなほどの道幅で、こちらは停車したが、紅葉に見とれているらしい対向車は直前までスピードを緩めなかった。こち

らに気付き、ブレーキをかけたがわずかに遅かった。対向車はKの新車に軽くぶつかった。父と母、それに若い娘の三人家族だった。

対向車は運転手である父親のみが降りてきて双方の車を点検した。お互い、前部のバンパーがへこんでいた。当てられたKの車の方が深い傷を負っていたと思う。父親は明らかに動揺の色を顔に浮かべていた。「こちらが全面的に悪いので。」と父親が口を開いた。驚いたのはそれを受けてのKの反応だった。

「たいした傷ではないようだし、いいですよ、心配なさらずに。」私は唖然としてKの顔を見た。父親は明らかにほっとした表情をして、「遠い旅立ちでしたから、それはありがたいです。」と言って頭を下げた。

対向車が離れて行ったあと、「修理費を請求しないのかい？」と私は不満を表明した。

Kは、「こんな場所まで警察を呼ぶことはできないよ。後が面倒だし。」

Kの気前の良さが私にも発揮されたのだろうか？　彼とはそれから三十年も付き合ってきた。最後に会ったのは病室で、その時は彼がもう死の間際にいることがわかっていた。ずいぶん痩せた彼からレコードの話は最後まで出なかった。

私は、割れたレコード盤を片づけて、ライナーノーツに書かれた曲目と浜野サトルの訳詞を読んだ。その中の一曲、「生命の輪」はこう始まる。

だんだんとたくましさを身につけながら、
ぼくは成長する。
少しずつやせ細っていき、やがてぼくは死ぬ。

そしてこう閉じられる。

バラ園の周囲をぐるぐるとまわり
ポケット一杯の気取りで身を飾ったあげく
地に倒れてぼくらは皆　灰に、灰になる。

そう、私もすぐに灰になるだろう。雨に膨れた本たちのように。その前にこのアルバムをもう一度聴きたいものだ、と私は思った。便利になったこの世の中で、CDがあればインターネットで注文できるだろう。だが、もちろんそれは、彼から借りたレコードではない。

それから私は、また数十冊の本と一緒に割れたレコード盤を捨てたのだった。

熊本地震

畠山　明徳

熊本地震の発生から間もなく一年が経とうとしている。

ここ二十数年間で日本全国で地震または災害などが起こりつつ、いつ地元で災害が起こるのかもわからなかった。

四月十三日の夜に起きた。食事も終えて、TVを見ている時であった。

「パー」と大きな音がしてから縦に揺れた。何だと思って、今度は横に揺れたので、何だったのだろうと思っていた。

少し経過して、近所の人が外へ出て来た。

そして外から話し声が聞いて地震だったとようやく我に返った。

ただ地震の中、揺られるままリビングでTVを見て「何があったのだろう」という感覚であった。家の中を見たら、茶器棚の上に荷物を置いていたのが下に落下していたとか、キッチンの所には扉が開いて物が錯乱している。

TVのチャンネルを民放からNHKに変えたら、地震のあった時刻と場所と震度が上の方の文字で印されていた。震度七益城と出た。間もなくすると、番組が打ち切りになり、現在の状況という事で、被害が大きい所から、ブラウン管を通して見ていた。

特に益城はひどかったし、地震でくずれた建物が広大になっていた。場所を変更して、熊本市内の市街地も見た。大勢の人が建物から出ていて外に出ていた様子であり、近くの人たちと固まったり、話しをするのも映し出されていた。


いきなりの出来事だったので何が起こったのだろうと思った人は、私だけではなかった。夜中に起きたので、まだ暗黒の中だったので見えない所だらけであった。

翌日、夜が明けてTVを見たら、「えらいこっちゃ、こりゃ大変だ」という思いだった。県内は、あちらこちらで被害が大きい。

特に震源地が被害が大きかった。また、阿蘇地方も夜では見る事の出来ない朝方の映画でもびっくりするほど被害が大きい。

地震があり、キッチンの散乱した物を元どおりにしたり、また他の部屋でも荷物をこずんでいた所は、ただいっぱいに散らかっていた。少しずつ片付けるしかないと思いつつ、翌日十四日にも片付け、元あった所に片付けたり、あまり高い所には、荷物を置いたりせずにしていた。

十三日だけでは、本命の地震でまだ片付けも半分くらい片付けした程だった。

翌日も被災地の方の被害が、熊本が全国に地震があったという事は流れた。


気象庁もまだ当分の間余震が続くであろうという記者会見をしていた。

片付けも間もなく、十四日の夜床に就いた所、朝早く何か震れていると思ったら地震だった。「ドーン」という音がしたような記憶になり、横に震れた。休んでいてもゆられて、立とうとしても立ち上がれずじまいだった。

後でわかったのだが、これが「本命」の地震だった。

一昨日の地震よりも、大きく震れて時間も長い時間ゆれていた。

もちろん片付けていた所の物もまたもとどおりに散乱している。

地震後には停電になり、部屋の中はまっ暗になり、私の家だけがそうなっているのかと思い、外を見わたした。

やはり近所の人も外に出ていた。周りを見てもまっ暗だった。

一回目の時よりも地震の揺れも大きかったし被害も大きかった。

夜中だが、外を見たら古い家は壊れたりし

ていた所しかわからなかった。

もう恐ろしくて、家の中は、コップとか食器とか割れていた様子だった。そこで足元にも怪我したようだったのは後で気付いた。

外へ出て近所の人達と一緒に近くの広い原っぱで一夜を過ごした。

地震発生後、大きい道に出ていったら、誰もが車に乗り運転していて同じ方向に向かっていた。いったい何事なのかととまどった。

そして外にほとんどの人が出ていたのではないだろうか。

避難場所はあるが、避難する所もなかったのであった。

一夜を過ごして、家の周辺を見た。それまで近所の人がラジオを持って聞いていたので、それを聞いていた。

まだ寒い夜中だったので毛布は借りたが、夜の道を走る、救急車やパトロールカーの音、また深夜に、マイク放送の音などで少し寒さを感じて眠れなかった記憶だった。

家の周辺を夜明けと共に見たが、外見は被害なかった。近くの共に一夜を過ごした方々の家も大きい被害はなかった。

まだ、電気も来ていなく、断水状態だった。家の中は散らかっていて、家の中に入っていて、車の中にいた。安心したのか車の中で、少し仮眠をした。

その後、お腹も減り、コンビニやディスカウントへ買い物へ行ったのが、朝八時頃だった。弁当・おにぎり・パンなど全て売り切れ状態。また、棚に載せてあった店も商品が下に落ちていて、開店はできない状態であった。

断水もあり、近くの避難所から、ペットボトルをもっていき水をいただいた。

避難所に行ったのが十一時頃であった。

炊き出し物もどこからか来ていて食料も配給されていた。

一回家に戻り、水を置いて避難所から支援に来られていた暖かいものを家族の分いただいて帰り腹ごしらえをした。

その時聞いたのが、夕方にもまたやってくるとの事だった。

夕方には電気は元に戻った。でも店に行っても食料はなし、家は住める程度であった。

避難所には、家で壊れた方が広い敷地の中で全国から届いた一地域の毛布も配布されていて、そこで生活されている。

ＴＶでは相変わらずに熊本地震という事で、被害があった県内または大分県の一部をブラウン管を通して映像があった。

特に避難されている所など、どこの局を見てもそういう場面が映し出されていたのである。

まあ、このように二回大きい地震で震度七という数字が話題になった。

以前、熊本は地震が起こらないから安全だという神話は崩れた。

以前地震があったのは、明治頃で、夏目漱石が熊本へ五高の教師に来てからだと聞いているといっても生まれてなくて、新聞を見た。

熊本のシンボルでもある熊本城の復興には、何十年という歳月がかかる。

他にもいろんな被害がこうむった。

私自身、幸いに大きな被害もなく、ただ心の中のケアだけ残ってしまった。

日本全国から支援に来られた方々に感謝を申し上げたい。

『何か目に見えない大きな力』

孫田　純子

「タモリさんと、くまモンの出ているコマーシャルを見る度に心の中で『熊本がんばれぇ！』って応援しているよ。」と、長崎で小・中・高校と一緒だった友だち（現在は東京在住）からラインがあった。

この友だちは、驚いたことに、本震の3日後、私の口座にお見舞金を振り込んでくれた。私は感激したのと同時に、この友だちから、心配を即行動に移すということを教わった。

逆に、私は心配を行動に移したくても移せないことがあった。

それは、小学校に避難している知り合いには差し入れが出来なかったことだ。知り合いの周りにいる避難者の気持ちを考えると、どうしても出来なかった。

私は恵まれたことに、本震の直後は主人の単身赴任先の博多に車で避難できた。大渋滞の中、追突事故を2件見た。誰もが睡眠をとっていないからだろう。これから警察を呼び、事故処理をするとなると、どれだけの時間が必要なのだろうかと思った。

道端に「福岡まで」と書いた紙を持った大学生風の男の子が立っていた。『乗せてあげなくてゴメン。誰か乗せてあげて。』と心の中で頭を下げた。帰省する交通ラインが途絶えているから移動できないのだと不憫に思ったが、他人のことまで考える余裕はなかった。

熊本から博多まで片道5時間45分かかったが無事に博多に到着。博多の街は、熊本地震は現実に起きていることなのだろうかと疑ってしまうくらい、日常の街だった。熊本のことを考えると罪悪感が募った。

博多から熊本に戻り、大いに困ったのはお風呂だけだった。

ガレージの給湯器が車に倒れて壊れた為、お湯が出ず、修理が来るまでの1ヶ月間、銭湯に通ったことぐらいである。

また、本震の日は、建築中の新居の棟上げ式予定だったが、本震の2ヶ月半後、無事に完成し、引っ越すことができた。

独身時代の元上司にメールでその旨、報告すると、「孫田家と岩下家の両方のご先祖さまに感謝しなさい。」と返信があった。

真夏でもなく、真冬でもなく、4月に起こった熊本地震。奇跡的なこのタイミングは、せめてもの救いだと思う。

長崎で生まれ、主人の転勤で大分・熊本と移り住み、熊本に来て10年目での地震。

何か目に見えない大きな力が、過去・現在・未来と働いている気がする。それは私に何を伝えたいのか、これからも折に触れて考えていきたいと思う。

平成28年熊本地震

松本　章子

「ウワッ」と叫んで、夫の許へ駆け寄った。

四月十四日、午後九時二十六分、熊本地震の始まりだ。夕食をとった後、夫は筍を湯がき、私は食器を洗っていた矢先の出来事だった。

ドッカンとすごい音がし、あっという間もなく、身をつんざくほどの激しさで室内が揺れた。筍の湯が噴き上がり、あちこちに飛び散り、顔にも掛かった。テレビに、震度七、益城町と出た。そこは、私の住居から二キロほどの近さだ。その後余震が二十分毎ぐらいに続き、只々身がすくんだ。

部屋を見回すと、あちこちに物が散らかり、雑然としている。急いで、落ちそうな物を畳に並べ、それでも震えながら、二階に寝た。翌日も余震は続くものの、やがて収まるだろうと二階に寝た。ところが、又もやズドンと大きな音がし、夕べにもまさる大揺れが来た。後で知ったが、何とこれが本地震だったのだ。恐ろしさに蹲っていると、近くに住む息子夫婦が来て、すぐ外に出るよう促した。

外には近所の人々が出、いそいそと公園に、避難所に、車にと、散って行った。私達家族は、庭に車を並べて車中に居た。眠るどころではない。新幹線が脱線し、古里の宇土市役所が半壊したと車のテレビが伝えた。只々恐ろしく、余震の激しさに震えながら、以前余所事のように捉えていた愚かさを恥じた。

翌日、独り暮らしの叔母を迎えに行く途中、屋根瓦や、壁や、ガラス戸や、看板等の壊れた様を見た。水前寺の大鳥居や、駒犬も崩れていた。益城町に回ってみたが、路が通行止めになっていて、全壊した家屋が所々に見え、何ともいえぬ悲惨な気持ちになった。電気が消え、水道、ガスが止まり、たちまちの内に界隈が、食べ物や水を求めてパニック状態に陥った。

今日で二週間経ったが、まだ頻繁に揺れが続き、避難所に暮らす人々が数知れない。熊本城も阿蘇も大被害を受けた。これからどうなるのか予測がつかず、途方に暮れている。

熊本地震「2」

松本　章子

悪夢の夜から、一月が経った。

未だに日に何度もの余震が続き、いざという時すぐ逃げ出せるように、着の身着のままで寝ている。こんな中で、あの震度七の前震、本震の後のパニック状態は忘れられない。

家の崩壊を免れたとはいえ、電気も水道もガスも止まった界隈は、食料と水等を求めて雑然となった。子供夫婦と、嫁の妹と、一人暮らしの叔母と車で過ごすことになった我が家も、車一杯ペットボトルの水やトイレットペーパーを買い込み、おにぎりやパンを求めて開いている店を探し回った。道に亀裂が生じ、車が渋滞して進まず、店に着いても、おにぎりやパンは勿論、ラーメンや菓子類も売り切れの状態だった。どうにか若い者達が調達してはきたが、これがいつまで続くのかと思うと、不安で一杯になった。

電話でつながる友人達は、一人は家が崩れて実家へ、一人はマンションが傾き、弟の住まいへ、一人は、家庭介護をしている胃瘻の母親を連れて避難所へ、一人は、車椅子生活のまま震えながら自宅に、一人は骨折して入院と、それぞれ大変な目に遇っていた。ましてや、益城に実家のある知人は、自分も避難所にいながら、「実家も、その隣にある兄の家も潰れてしまった。」と嘆き、戦争を体験した知人は、「あの時よりも、ひどい。」と恐ろしがった。

身近を見てもこんな風だから、県全体となると、もう途轍もない大惨事なのである。

不安が不安を呼び、予測のつかぬ状況に只々怯えながら、たちまちの内に一月が過ぎたが、その間どれだけの方々に助けられたことか。電話、メール、手紙、小包と毎日のように届き、数々の励ましの言葉を頂いた。また、隣り近所の人達とも言葉を交わし合い、物を分け合って、絆を深めた。

絆…そう、絆だ。常日頃の人と人との心のつながりが最も大切なのだと、つくづく思い知らされた一月間であった。

砥川新川・岩戸川木山川秋津川
布田川・日奈久断層帯（続）

三浦　房江

益城平野のほぼ真ん中、木山川に架かる新川橋から眺めると、穀倉地帯である平野全体を見渡すことができる。右前方に阿蘇山、左前方に金峰山、背後に飯田山を配して佇むと、足下を通る県道益城菊陽線は稲田の中を真っ直ぐに惣領集落に突き当たり、県道熊本高森線と交差している。熊本市小島から高森まで熊本県の中央を横断している道路である。

その交差点一帯、惣領地区から左側方向に福富、広崎、そして熊本市秋津町沼山津となる。また惣領から今度は右方向に馬水、安永、木山と続く。木山地区は役場や公共施設、学校、商店街などが並ぶ益城町の中心部である。

この幹線道路熊本高森線に沿うようにしてびっしりと家並みが連なっている。熊本市内からの便利の良さでベッドタウン的に発展してきた所である。木山からは寺迫、上陳、杉堂を通って西原村、南阿蘇村、高森町の国道三二五号へと続いている。

阿蘇外輪山から右方向に船野山、飯田山、奥に九州山脈が連なり、それらの山々の麓を国道四四三号が走っている。菊陽町から益城町木山の街中を通り、赤井、砥川、小池、御船町高木へと山裾を走っている。その途中、小池から今度は右折して小池竜田線が始まり、東無田、熊本市秋津町沼山津となり、ここで県道熊本高森線と交差し、環状線のように益城平野を取り囲み、つながっている。古くから農業、特に稲作が営まれてきた一帯である。

その稲作を潤してきたのが平野を流れている二本の川、木山川と秋津川である。木山川は阿蘇外輪山、冠ヶ岳付近の渓谷の流れが集まり平野へと流れてきている。また秋津川は木山から熊本市へと続く集落を取り囲むようにして流れていて、秋津町沼山津の江津湖付近で木山川と合流。御船町、嘉島町から流れてきた矢形川とも合流し加勢川となっている。その木山川の支流に、同じく外輪山から西原を通り木山へと流れてきている布田川がある。

橋から見える景色は例年と変わらない静かな田園風景である。しかし、二〇一六年四月一四日午後九時二六分震度7・前震、四月一六日午前一時二五分震度7・本震と、二度も巨大地震に襲われた。この地、益城町布田川断層帯を震源とする熊本地震である。恐怖にさらされて一カ月後も余震は頻繁に続き、震度1以上の回数は一四〇〇回を超えていた。阿蘇大橋の崩落や南阿蘇鉄道・俵山トンネルの損壊、熊本城の被害はもとより、住宅損壊被害、道路網の不通等々、半年以上過ぎてもまだ把握すらできていない所も含めると被害の拡大や被災者の生活への不安等計り知れないと思う。友の会の文学散歩で訪れた秋津川沿いにある四時軒や益城町杉堂の四賢婦人記念館、潮井水源等も甚大な被害だったと聞く。

橋の横の堤防の段差に大地の恐怖を感じながら、私は故郷新川の家の前に立ちつくした。土台がずれ壁が落ち柱が傾き、玄関前には亀裂が入っている姿は痛々しい。妹と井戸の周りと庭先を少し掃除して帰ってはきたが。

※参考（数値等は熊本日日新聞朝刊より）

本震・一人暮らしその時（随筆）

向井ゆき子

突然のことに何が起きたか分からなかった。地震だ。まさか又来るとは。１４日の地震より大きい。蒲団の中でうつ伏せで収まるのを待つ。４月１６日、深夜である。揺れは永遠に続くかと思うほど長かった。熊本城から徒歩約十五分の四階建てビルの４階に住んでいる。築四十余年の鉄骨造りである。部屋の蛍光灯は天井根元からドサリ落ちていた。「ふっふっふっふーっ」地鳴りは収まり私は、枕元の靴を履きダウンコートを着てリュックを背負い、ヘルメットをかぶり懐中電灯を頼りに階段を駆け下りた。

家のすぐ前は藤崎八旛宮の参道である。薄暗い中に数人の人々が飛び出してきているのが見えた。私は女性に声をかけ、一人で国道3号線沿いに、数人の後に従い白川公園へと逃げた。4、5分の道のりにはマンション・病院などが建つ。

白川公園で、空いていたベンチに二十代くらいの若い女性と座る。一晩を助け合い、励まし合いながら過ごす。その間も大きな余震が容赦なく襲ってきた。子供が泣いていた。スマートホンを操作していた彼女が、「どこかの橋が落ちたみたいですよ。阿蘇大橋らしい」と言ったが、定かではなく、又、その時は深く考える余裕は無かった。大変な事が起こっていることだけは確かだ。暫く経って、子供たちとの安否確認がとれた。八ヶ月の腹を抱えた娘のことが心配だったが、一家四人無事に逃げていた。大阪の息子とはなかなか連絡がとれなかった。公園のトイレは水が出ないため、排泄物で山となっていた。国道向いの住宅会社がトイレを開放してくださり、案内されていた。有難いことであった。リユックのチョコレートを分け合い、寒さ除けにビニールのちり袋を彼女と履いた。しかし、朝方の一時間は冷え込んだ。右端に座った自転車の男性の寝袋を三人の膝にかけ救われた。

皆で「炬燵みたいだね」と少し笑った。

　辺りが白み始めた。待っていた夜明けだ。地面に敷物を敷き、毛布らしき物を被っていた家族連れも動きはじめた。そんな中、彼女に自分の住んでいるマンションに付いて来て欲しいと頼まれ、公園を後にした。1階が駐車場でワンフロアー2世帯の1DKの、のっぽのマンション4階が彼女の住居であった。ドアを開けると、はたして中はぐちゃぐちゃ、折り重なる様に物が倒れ見るも悲惨であった。同じ4階の我家を思った。彼女は財布を持ち出す余裕もなく逃げ出してきたのだ。健軍の姉のところに行くべく急ぎ準備した彼女は車で家の前まで送ってくれた。

　その後の事は何故かあまり覚えていない。箪笥は倒れ、ピアノは洋室の真ん中付近まで移動し、食器棚の下は割れた茶碗、ガラスコップ等で山となっていた。どの部屋も足の踏み場もない状態だったことは確認した。これから後は、車中泊、娘の家への避難生活となっていくのであった。

反響

村上　了一

「何度か電話をかけてみたけど通じませんでした。この葉書届いたら、ご一報下さい。何か送ろうと思ったけど、宛先の安否不明、道路状態の不明、などで断られました……」

「想像を絶する激しい災害、心よりお見舞い申し上げます。ご自身、お身内の方、お障りはございませんか。何かお困りのこと、御必要なものございましたら、ご遠慮なくお申し越し下さい。……ご無事で、少しでもお元気で困難な日々を乗り越えられるよう祈念して居ります」

「熊本の大地震なかなか収まらないようですが、お家の方は大丈夫でしたでしょうか。東日本大震災で娘たちが被災しましたが、本当に大変でした。お元気でも後からひびきます、どうぞ御身大切にお過し下さい」

「お見舞いありがとうございます。村上さんのあの本棚大暴れしましたね。片付け大変で、散乱した膨大な本の中、ゴソゴソ動いておられる様子、眼に見えるようです」

「お便りありがとうございました。安心しました。どうしていらっしゃるだろうかと今日も話していたところでした。……私の家はマンションの八階なので揺れが酷く、すべての家具が倒れ、歩けるのは何も置いてない廊下だけ。二週間娘の家から片付けに通い、後大阪の妹夫婦が来てやっと落ち着きました」

「お葉書拝読、御無事で何よりです。本震の際はこれで死ぬのかなと覚悟しましたが生き延びました。十六日に水とガスが止まりましたので、山鹿へ一週間疎開。山鹿は平穏で同じ県内でも随分差があるものですね。それにしてもこんな時に、ギックリ腰とは……」

「大変な地震でした。大地が揺れるのは本当に怖いですね。夜はまだ安心して眠れません。それにしても地震の短歌を作ってらっしゃるのに感心しました。私も作らねばならぬのに言葉が出て来ず困っています。ギックリ腰は大変ですね。心から同情致します」

「四月十四日夜あの激しい揺れに虚をつかれ唖然としました。十六日未明の本震では玄関前の車の中に避難し、車は動く防空壕だなと思いました。家の方は無事で、日常がすぐに戻って来ましたが、少し歩くと壊れた家やアパート、店があちこちに見られます。……あんな地震があっても、日常あり、喜劇も」

「ギックリ腰は、湿布、重いものを持たない、安静に。後は時間がたてばその中ドギャンカなります」

南区蓮台寺橋東側付近の液状化と、犬たちへの挽歌

森本　知子

有明海に注ぐ白川が、最後にL字型に大きく蛇行するところに架かる蓮台寺橋の、東側は平田町である。その橋の下を南北に通る狭い道は中央区への通勤通学路であり、中高年や犬の散歩道でもあった。土手下の河川敷を歩くと楠や榎、藪椿などの大木二、三十本が生えるひよしの森に着く。グラウンドゴルフ場が整備され、森林浴や散歩ができる。山々の眺望もよく、西の白川鉄橋には九州新幹線、時期によってSL人吉、北の豊肥線にはASOボーイも通っていた。列車を追って疾走する森の中の若犬シェルティの姿は絵のようだった。

しかし、四月の地震によって、立野からの流木がここまで漂着した。河川敷の道と森の中は、静脈瘤を削ったように地割れし、通学路も六月から大がかりな堤防改修工事が始まって、通行止めになった。近見一丁目の川尻市道沿いは、電柱が何本も垂直に数十センチ沈んだままで、道路は割れたアスファルトに噴き出した砂が交じり、凹凸で波打った。橋の北側のお宅では、本震の夜中、庭では2メートルほどの噴水が何本もあがり、跡は一面砂場、それが液状化だったそうだ。砂の噴き出た庭、多くが北側へ傾いた家々の横を散歩で通る。このころはうちの芝犬十一歳も歩くところを慎重に選び、散歩道を毎日変えたものである。犬友達に会うことも少なくなって、犬も人もストレスで疲れて帰る毎日だった。

摂氏三七度が続く酷暑の日々、堤防工事はいよいよ大規模になった。一年前の秋の日の夕暮れ、散歩の帰り道、蓮台寺橋下を通って西を見ると、普賢岳の右に素晴らしく大きな夕日、堤防で見えなくて残念ね、とつい口から出たところ、犬はすたすたと先導して止まった。体高（42センチ）から見える完璧に見事な夕日だった。満足した表情で遠周りして帰宅。だが、この年は夕日を楽しむ余裕はな

かった。余震の多さや多雨と酷暑がなければ、液状化と地盤沈下が早く修復されていたら、もっと長生きしていただろう。また、わが家の「一部損壊」した温水器の修理を早く済ませていたらとか、病気に早く気づいて薬を飲ませて、看取ることができていたらとか、脳裏をよぎり何か月も悔やまれた。老犬友達の、漆黒の毛並みが綺麗だったキャバリアは八歳で、今年はよくドライブに連れて行ってもらったあと、やはり心不全。体重25キロの優しい雌の雑種犬は一月だった。小さな、けなげな命たちを偲ぶ。

蓮台寺橋東側の復旧工事では、二月、徳山プラント二機が地下十メートルの液状化にセメントを注入している。近見一丁目は更地が増えた。きっと堤防沿いは、若い犬たちが散歩し、老若男女が往来し、地元民にとっては、地震を乗り越える近代的な風景になるのだろう。

秋彼岸日の入り択って逝った犬教えの多さに正す我が身を
各々の庭に埋めた愛犬に弔いあらん寺と森から

亡くなる2日前、グループホームにいる姑の見舞い、1日前、芦北の山にある祖父たちの墓参り、その日は大雨の益城空港で子どもの見送り、帰りに公民館へ図書返却、帰宅して、疲れたね、と二人で休憩したあとのこと、秋分の日の日の入りのころ、たくさんの恩返しもしてくれた犬、十二歳二か月、私の人生よりも立派かも、と思って身を正す。

砂取小学校

一生の思い出熊本地震

5年　岡田　昴己

4月14日熊本県益城町を震源とした震度7のゆれがありました。

強い揺れを感じてすぐに机の下に隠れました。揺れが収まったと思って机から出たら、まだ余震があってまた隠れました。その次の日の夜中（4月16日）本震がありました。夜中だったのでベッドにいました。布団のおかげで物があたることはありませんでした。

地震があってずっと学校が休んでいて、5月10日やっと学校が再開しました。3週間もの休みの間は、いろいろな片付けを手伝ったりしていたので、友達にも会えず、ずっと会いたいなと思っていました。

ひさしぶりに学校にきてひさしぶりに友達としゃべったとき、最初の話題は地震のときに何をしていたかでした。友達は、

「すぐに学校に避難して、友達と過ごした。」

「おばあちゃん家に避難した。」

など、教えてくれました。学校に来てひさしぶりに友達と遊ぶことができ、とても楽しかった一日となりました。

ぼくは地震があってからはあまり外にでていなくて、友達ともぜんぜん会えなくてちょっとさみしかったから、もう地震はおこってほ

しくないです。だから、もしもまたおこったらそのために、水を蓄えておくことや、懐中電灯や毛布をおいていくなど、対策を立てておきたいです。

大事なことを学んだ熊本地震

5年　大田黒みゆ

四月十四日、その時、熊本地震はおこりました。

地震がおこる前は、私は地震のひなん訓練の時、「地震なんてそんなおきないでしょ。」と、思っていました。だけど、熊本地震がおきて、「地震という自然災害もおきる時は、突然おきてしまうんだな。」と、思いました。

四月十六日の夜中に、二度目の地震がおきました。その時は、電気も水道も止まってしまいました。私は、家族と一緒に県庁に避難しました。

停電は経験したことがあったけど、水道が止まったことなんてなかったので、すごく不便な毎日を過ごしました。トイレの水も流せなかったので、水を汲んで流しました。飲み水もなかったので、水道局まで行って、透明な袋に水を入れてもらいました。とても重かったのに、使えばすぐになくなってしまうので、家族で何度か取りに行きました。いつもはいっぱい使っていて、何も考えていなかったけど、袋の中の水がどんどん減っていくのを見て、「水をもっと大切に使おう。」と、思いました。

学校にも、3週間行くことができませんでした。友達とも、あまり会えなかったので少しさみしかったし、早く友達と遊びたかったです。「今何をしているのかな。」とか、「だいじょうぶかな。」など友達のことを考えたりしました。勉強は、やらなくて少しうれしかったけど、ずっとできなかったので不安になってきました。久々に学校に行った日、勉強が少しわすれていた所があったので「勉強も大事だなぁ。」と、あらためて思いました。

私は、熊本地震がおこって地震の怖さや、電気や水の大切さ、学校で友達と一緒に学べることのありがたさを知りました。この経験をこれからの生活に役立てていきたいと思います。

6年　沖田　栞奈

2016年4月に、わたしたちは、熊本地震を体験しました。熊本地震があった時、まわりの人たちで、支えあい、なんとか、のりこえられました。

支援物資をとどけてくれた方、ほんとうに、ありがとうございました。

絵：沖田　栞奈

〔報道機関取材記事〕

意見 視点

熊本県立くまもと文学・歴史館は、熊本市民の憩いの場、水前寺江津湖公園の一角にある。1985年に開館した熊本近代文学館をリニューアル、昨年1月28日にオープンした。明治の文豪、夏目漱石や小泉八雲ら熊本ゆかりの文学者の原稿や遺品、江戸時代の絵図や人吉藩主・相良氏の古文書など約8万5000点を所蔵している。

熊本が育んだ文学と歴史に触れる「知の拠点」としてスタートし、3か月後に大きな地震に見舞われた。4月14日の前震、16日の本震で、書架や展示ケースが破損、多くの書籍が落下、5月末までの休館を余儀なくされた。

経験したことのないような地震からまもなく1年。

服部　英雄　くまもと文学・歴史館長

1949年名古屋市生まれ。73年東京大文学部卒。東京大大学院修士課程を修了。文化庁・文化財調査官などを経て、94年九州大大学院比較社会文化研究科助教授。97年に教授に昇格。2016年から現職。「景観にさぐる中世」「蒙古襲来」など多数の著書がある。

震災万葉集 思い後世に

当館では4月14日から企画展「震災の記憶と復興エール」を予定している。過去の地震の記録とともに、熊本に縁のある作家らの応援メッセージも展示する。

企画展の一環として、文学作品も募集している。「震災万葉集」と銘打っているが、短歌だけではなく、詩、散文、俳句、川柳など幅広い分野の作品を対象としている。

断層が動き、地鳴りとともに、大地が揺れて割れたあの日。不安な日々が続くなか、人々は何を感じ、何を考えていたのだろうか。

書家の神野雄二さんは、夜中に矢も盾もたまらず、筆ではなく、掌《てのひら》に墨をつけ、紙いっぱいに書きなぐったそうだ。この時にしか書けないと直感したという。

震災万葉集は心から湧き上がった感情を表現してきた人たちの思いを後世に残そうという企画と言える。これまでに寄せられた作品のいくつかを紹介しよう。

〈すさまじき　音してゆがく筍《たけのこ》の　湯が飛び散りぬ　ああ震度七〉（熊本市　松本章子さん）

〈車中泊　気遣ひながら寝返りす　八ヶ月の腹の娘と並びゐて〉（熊本市　向井ゆき子さん）

短歌以外の作品もある。戦国時代の武将、加藤清正公ゆかりの本妙寺（熊本市西区）の池上経さんは〈地《な》震《い》あれど　全山緑　いざ生きむ〉と詠んだ。本妙寺は灯籠が倒れ、山門が破損するなどの被害を受けており、新緑を生きる励ましとしたことがうかがえる。

熊本弁の話し口調が特徴の肥後狂句では、時　五（ペンネーム）さんの〈負けんばい　角石垣《すみいしがき》に笑わるる〉がある。復興への決意が頼もしい。

紹介した以外にも、多くの心を打つ作品が寄せられている。近い将来、出版にこぎつけることができれば、と考えている。締め切りは今月17日。要項は当館ホームページhttps://www.library.pref.kumamoto.jp/に掲示している。問い合わせは096・384・5000へ。

読売新聞　2017年3月5日

日新聞　新聞定価1カ月　朝刊のみ＝3,093円(税込み)、朝夕刊セット＝3,460円(税込み)　朝刊1部売り＝120円(税込み)

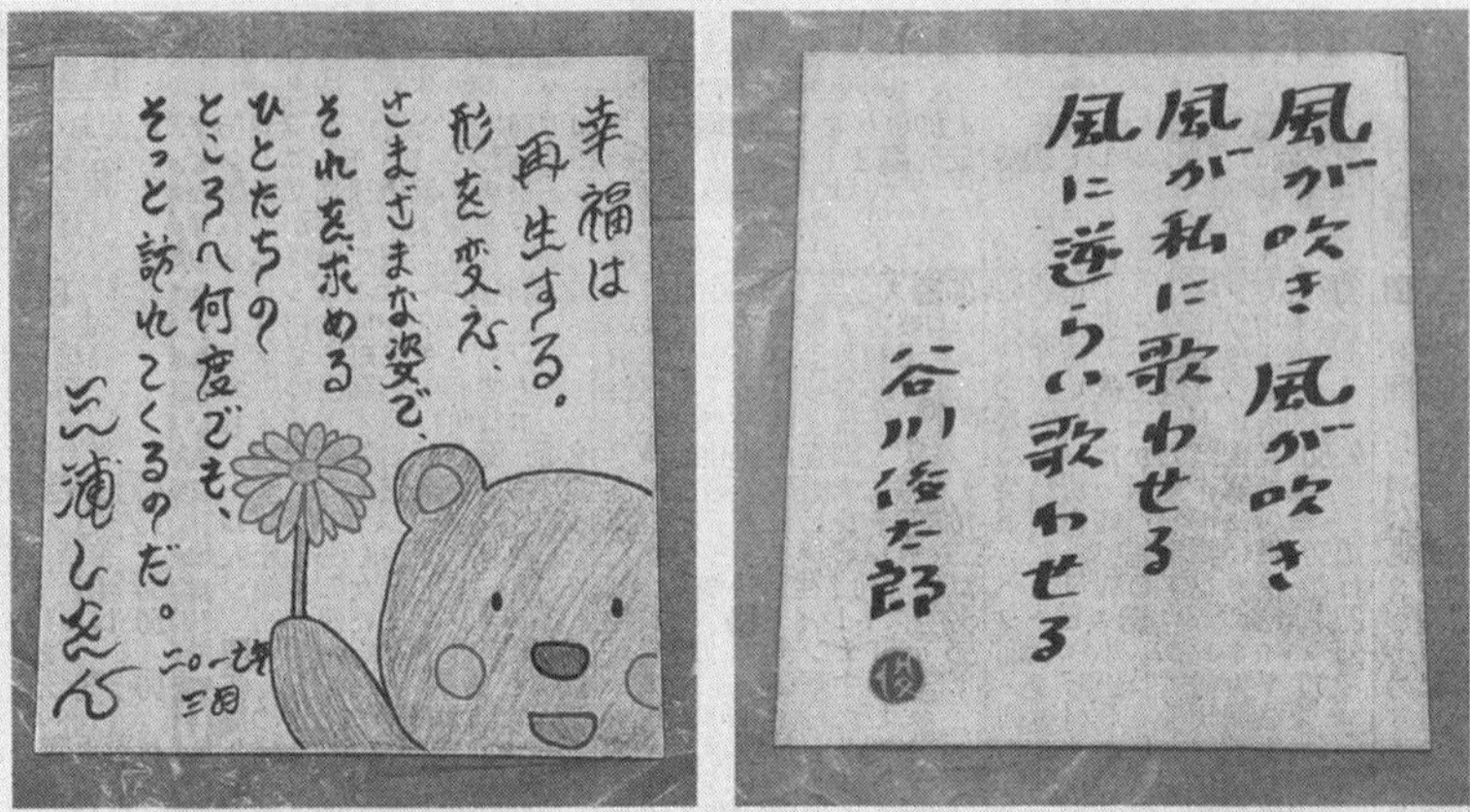

谷川俊太郎さんの色紙（右）と三浦しをんさんの色紙

被災者安らぐ心の言葉

谷川俊太郎さんら40人　くまもと文学・歴史館　メッセージを依頼

くまもと文学・歴史館（熊本市中央区）は、熊本地震の発生から1年を前に、県内外の表現者に被災者へのメッセージを依頼。詩人谷川俊太郎さんら約40人が直筆の色紙などを寄せた。同館の企画展「震災の記憶と復興エール」で14日から展示される。

谷川さんは「風が吹き 風が吹き 風が私に歌わせる 風に逆らい歌わせる」との言葉を贈った。

小説『舟を編む』の著者で作家の三浦しをんさんは「幸福は再生する。形を変え、さまざまな姿で、それを求めるひとたちのところへ何度でも、そっと訪れてくるのだ」とつづっている。

俳人の長谷川櫂さん（宇城市出身）は「ずたずたの 春の女神が 草の上」としたためた。

在熊の作家石牟礼道子さん、坂口恭平さんらも色紙などを寄せている。（中原功一朗）

熊本の誇り句に　正木ゆう子さん

熊本市生まれの俳人正木ゆう子さん(64)＝さいたま市在住＝からのメッセージは、「ひかりより 明るく春の 泉かな」の句だった。

正木ゆう子さん

生家近くにある江津湖の湧き水に朝日が当たり、きらきら輝く様子を詠んだという。「水は生命の源。清らかに、こんこんとわくのは素晴らしい。熊本の誇りだ」と正木さん。

かねて熊日読者文芸の俳句選者も担当。「熊本地震で投句が減るかと思ったが、全く減らなかった。本当に驚いた」と振り返る。俳句に登場する言葉は、車中泊、仮設、更地などと、時間の経過とともに変化した。

「俳句は何の役にも立たないと思っていたが、震災体験を客観視でき、精神的に良くなるのかもしれない。俳句に込められた思いを受け止めて、共有していきたい」と正木さんは話している。（中原功一朗）

熊本日日新聞　2017年4月7日

郷土の震災 古代から

熊本地震1年企画展

史料、絵図…復興の道筋に

14日から県立美術館、くまもと文学・歴史館

熊本地震の発生からやがて1年。県立美術館本館と、くまもと文学・歴史館（いずれも熊本市中央区）で14日から、熊本の震災と復旧の歴史を紹介する企画展が始まる。史料や絵図を豊富に展示し、復興への道筋を探る。

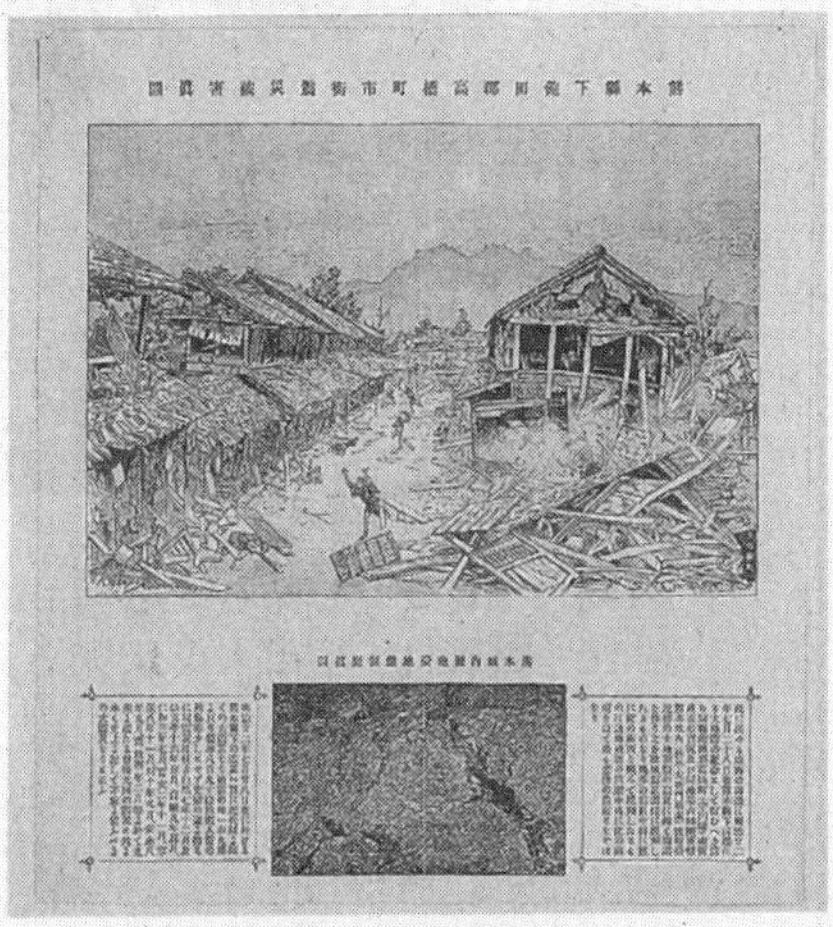

明治22年の熊本地震を伝える版画「熊本県下飽田郡高橋町市街震災被害眞図」（県立美術館所蔵）＝同館本館で展示

県立美術館本館で開かれるのは「震災と復興のメモリー＠熊本」（同美術館と熊日など主催、5月21日まで）。奈良時代から、1889（明治22）年の明治熊本地震までを記録した古文書や絵図、古写真など約40点を展示する。

被害生々しく

展示から見えるのは、地震被害の生々しさだ。史料の一つ「万覚書《よろずおぼえがき》」によると、1625（寛永2）年の大地震で、熊本城内の建物は瓦や梁《はり》がことごとく落ち、柱だけが残ったという。7年後、熊本城に入った藩主の細川忠利も頻発する地震に悩み、庭もない本丸には危なくて居られないと、家臣宛ての書簡につづった。城の被災箇所を描き、幕府に普請を申請した絵図の控えもある。

1792（寛政4）年には、「島原大変肥後迷惑」で知られる雲仙の噴火と山体崩壊による津波が発生。会場では、甚大な被害を描いた絵図のほか、逃げ遅れた人が亡くなったことを刻んだ石碑の拓本も展示。教訓を後世に伝える。

このほか1855（安政2）年の江戸大地震を描いた絵巻「国宝　江戸大地震之図」（4月25日から5月7日までの展示）もある。にぎやかな江戸の町並みが夜中の地震で一変。建物の倒壊や火災にあいながらも、少しずつ復旧に向かう様子を描いている。

メカニズムも

くまもと文学・歴史館で開催されるのは「震災の記憶と復興エール」（同館と県立図書館主催、5月29日まで）。歴史から自然科学まで幅広い分野を取り上げ、「今を生きる私たちも必ず復興できる」とのメッセージを打ち出す。

歴史の史料や絵図などは約40点。「日本書紀」の中から、九州北部での地震・筑紫国大地動（679年）を紹介。「続日《しょくに》本紀《ほんぎ》」「三代実録」で奈良～平安時代の肥後国の地震をたどる。

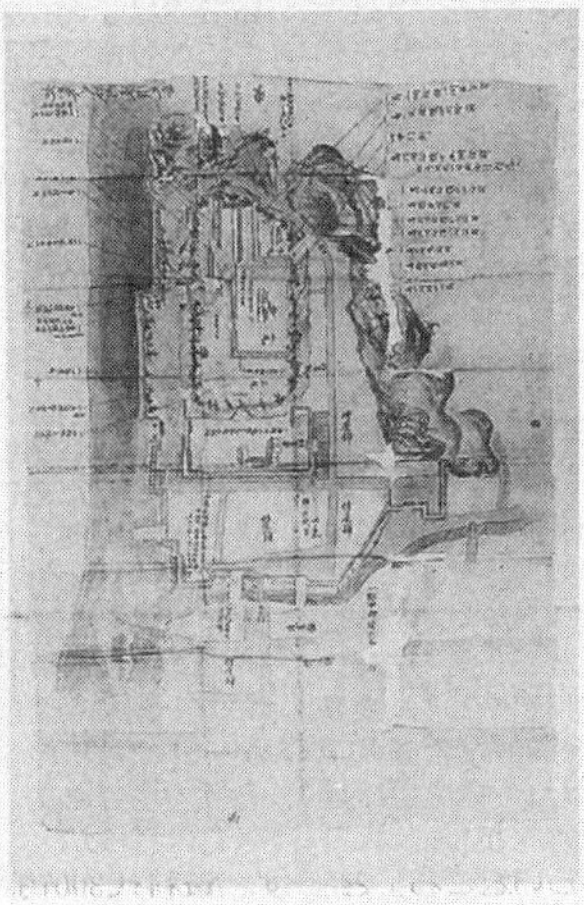

宝永大地震での人吉城の被災状況を描いた「地震ニ付城内破損之図」（県立図書館所蔵）＝くまもと文学・歴史館で展示

具体的な被災状況を示す絵図も展示。宝永大地震（1707年）での人吉城「地震ニ付城内破損之図」には、本丸のがけ崩れや石垣の櫓《やぐら》門の崩落など34カ所の被災が描かれている。明治熊本地震後の「熊本県管内図」もあり、家屋の倒壊や地割れなど広域被災の様子が一目で理解できる。

自然科学分野では、熊本大の「くまもと水循環・減災研究教育センター」が、パネルで地震のメカニズムを紹介。「火山と地震の関係」「熊本城や古墳の被害状況」などをテーマに教授らが出前講座を開く。

詩人の谷川俊太郎さんはじめ、作家、批評家ら約40人から寄せられた自筆メッセージも展示。全国の漫画家から県に寄贈された「くまモン頑張れ絵」も掲示する。

（中原功一朗、飛松佐和子）

熊本日日新聞　2017年4月12日

谷川俊太郎さん直筆エールも

くまもと文学・歴史館

熊本の過去の地震の史料や復興へのメッセージを展示した「震災の記憶と復興エール」が14日、熊本市中央区のくまもと文学・歴史館で始まった。5月29日まで。同館と県立図書館主催。

奈良時代以降に熊本で起きた地震をたどり、宝永大地震（1707年）や明治の熊本地震（1889年）では被害が分かる絵図を展示。教師や元藩士らの明治の地震についての日記もある。

谷川俊太郎さんなど詩人や文学者ら約40人から寄せられた直筆メッセージを展示。全国の漫画家による約120点の「くまモン頑張れ絵」も並べている。被災者の短歌や肥後狂句など約4千点を掲示する「震災万葉集」、熊本地震被害のパネル展示コーナーもある。

熊本市南区の佐川絵美さん(30)は「すべての作品から『よく頑張ったね』とエールをもらっているようで感動した」と涙ぐんでいた。（飛松佐和子）

全国の漫画家から寄せられたイラストなどを展示した「震災の記憶と復興エール」
＝14日、熊本市中央区のくまもと文学・歴史館

熊本日日新聞　2017年4月15日

車中泊気遣ひながら寝返りす八ヶ月の腹の娘と並びゐて

震災でみんなのやさしさあふれだす

熊本地震 詠んで4066点

くまもと文学・歴史館が「震災万葉集」

熊本地震の被災体験を文学作品として記録しようと、熊本県立図書館内のくまもと文学・歴史館（熊本市中央区）が募った短歌や川柳、熊本独自の狂句など4066点を収めた「震災万葉集」が完成した。小学生から90代まで幅広い世代の作品は、過酷な境遇を嘆きつつ、ユーモアを利かせたしなやかでたくましい逸品がそろった。

◇◇

「すさまじき音してゆがく筍《たけのこ》の湯が飛び散りぬああ震度七」「車中泊気遣ひながら寝返りす八ヶ月の腹の娘と並びゐて」。地震の瞬間や避難生活を詠んだ短歌は、激震の衝撃と生死が隣り合わせだった避難生活の生々しさを伝える。

県民に親しまれている肥後狂句は、与えられた課題に対し、熊本弁でとんちのきいた下の句を紡ぐのが真骨頂。「のさん（つらい）」という課題に「元彼がいる避難先」は、恋多き女性の気持ちを表現したユーモアあふれる作品だ。

「地震《ない》あれど全山緑いざ生きむ」は再起を誓う俳句。「震災でみんなのやさしさあふれだす」と詠んだ小学生の俳句は、被災地支援に対する感謝の気持ちがにじんでいる。

震災万葉集は、服部英雄館長が震度7に2度襲われた益城町に何度も訪れ、発案した。「あの日のことを言葉のバトンに」として県文化協会などを通じて募ったところ、短歌1454点▽肥後狂句1011点▽川柳851点▽俳句654点▽詩50点▽漢詩23点▽随筆など23点―が集まった。

服部館長は「作品には非日常的体験が生み出すリアルさがある。熊本地震を体験した人々の記憶を次世代に伝えたい」と話している。

作品は同館で開催中の企画展「震災の記憶と復興エール」で展示している。5月29日まで。入場無料。

（古川剛光）

震災万葉集を手に「文学で次世代に伝えたい」と語る服部英雄館長

西日本新聞　2017年４月20日

被災地の記憶 詩歌に乗せ

熊本で「震災万葉集」公募展

熊本地震の体験を詠んだ詩歌「震災万葉集」の公募展「震災の記憶と復興エール」が、熊本市のくまもと文学・歴史館で開かれている。災害の混乱のただ中にいた人々の心の動きが、今なお切実さを伴って伝わってくる。

おにぎりの一個に並ぶ暮の春

車中泊気遣ひながら寝返りす八ヶ月の腹の娘と並びゐて

のさん　かかりつけ医がまだ開かん

万緑や地震の大地は蘇る

熊本県内外の被災者たちから寄せられた短歌、俳句、詩、肥後狂句など4066点をパネルに印字して展示。突然の巨大な地震に遭遇しての動揺、過酷な避難生活のつらさ、人知を超えた自然への畏怖、復興に向かっていく決意などがつづられる。

一つ一つの作品を追っていくと、単なる映像や文章による記録だけでは伝わりにくい市井の人々の心情が、鑑賞する者の胸にあふれ出してくる感覚に襲われる。詩歌という文学が、人間の心をより深く表現する強靱《きょうじん》さを持っていることを再確認させられる。

服部英雄館長は「作品の巧拙を超えた次元で、被災した人間の内面の実相を感じてもらえる作品群だと思う」と話す。

「震災万葉集」とは別に、詩人の谷川俊太郎、伊藤比呂美、小説家の三浦しをんさんら約30人の文学者が被災地に寄せた自筆メッセージも展示。熊本の震災の歴史を記す古文書などもある。29日まで。

（右田和孝）

読売新聞　2017年５月13日

展覧会を企画する人たち

中原　功一朗（文化生活部）

取材前線

熊本地震から1年を機に熊本市で始まった二つの展覧会を取材した。そこには、節目の開催に向けて力を注いだ関係者の思いがにじんでいた。

くまもと文学・歴史館の「震災の記憶と復興エール」展には、被災者に向けた全国の作家や詩人ら約40人の色紙などが並ぶ。「あの苦が　この苦が　抜けていきますように」（詩人伊藤比呂美さん）、「幕が上がる!!」（劇作家平田オリザさん）など、ご本人の「語り」のような言葉が心にしみ入り、じわりと力が出る。作家らに依頼したのは同館の鶴本市朗さん(49)。「なえてしまいがちな気持ちを強くするには、言葉が必要」と話す。

同市在住の漫画家ウオズミアミさんが被災体験を描いた漫画「ひさいめし」の一部が、音楽付きの映像として鑑賞できるよう編集された展示には驚いた。鶴本さんが「作者の思いが詰まった作品なので、分かりやすく伝えたい」とわずか半日で完成させた。

県立美術館本館の「震災と復興のメモリー@熊本」展では、熊本が古代から繰り返し大地震に見舞われてきたことを示す古文書や絵図が並び、地震はいつでも起こり得ると感じさせる。企画したのは同館の山田貴司さん(40)。通常、展覧会の準備には2年ほどかかるが、昨年5月から1年足らずで展示品を解説する図録まで作り上げた。

山田さんは当初、「お客さんが地震を思い出して不安になるのではないか」と開催を懸念した。だが、「記憶の風化が予想以上に進んでいる気がする。やれて良かった」と言う。

熊本地震を経験し、何をどのように社会に伝えるのか。先を見据えた視野の広さも大切だ。展覧会を企画する人たちは悩み考えている。記者としても、その視点に学びたい。

2017・4・25

熊本日日新聞　2017年4月26日

タウン TOWN たうん TOWN タウン TOWN たうん TOWN タウン

震災記憶と復興エール

「くまもと文学・歴史館」で29日まで

奈良～明治期の史料や県内外の声

君たちが造る故郷の青山河

地元出身の俳人、長谷川櫂さんの作品に見入る来場者ら

熊本市中央区出水2の県立図書館内にある「くまもと文学・歴史館」で、熊本であった地震を伝える史料や、1年前の熊本地震で文学者らが熊本に寄せたメッセージを集めた「震災の記憶と復興エール」展が開かれている。29日まで。

過去に熊本が被災した地震を知ることで、今後の復興への希望を市民と共有するのが企画の狙い。展示は、奈良時代から明治時代までに熊本であった地震と被災の様子を伝える史料▽熊本地震で県内外、国外の文学者や漫画家から寄せられたメッセージ▽県民に呼びかけて集めた詩歌や狂句、川柳など――の三つで構成。

谷川俊太郎さんをはじめとする文学者のメッセージ51点と漫画家、川崎のぼるさんら国内や香港の漫画家が描いた「くまもん頑張れ絵」の120点が目を引く。

熊本出身の俳人、長谷川櫂《かい》さんが寄せた「君たちが造る故郷の青山河」など3首は、地元の若者に復興の夢を託している。展示総数は4274点。

熊本市東区から来た熊本県立大学准教授の五島慶一さん(44)は「たくさんの励ましが来ている。有名な人からのメッセージは、自分たちへの応援になる」と話していた。【杉山恵一】

毎日新聞　2017年5月10日

江戸、明治にも震災 歴史から学ぼう

熊本地震から1年。熊本県立くまもと文学・歴史館（県立図書館）で、震災の歴史から学び、寄せられた励ましのメッセージを紹介する震災企画展「震災の記憶と復興エール」（29日まで）が開かれています。（武田祐一）

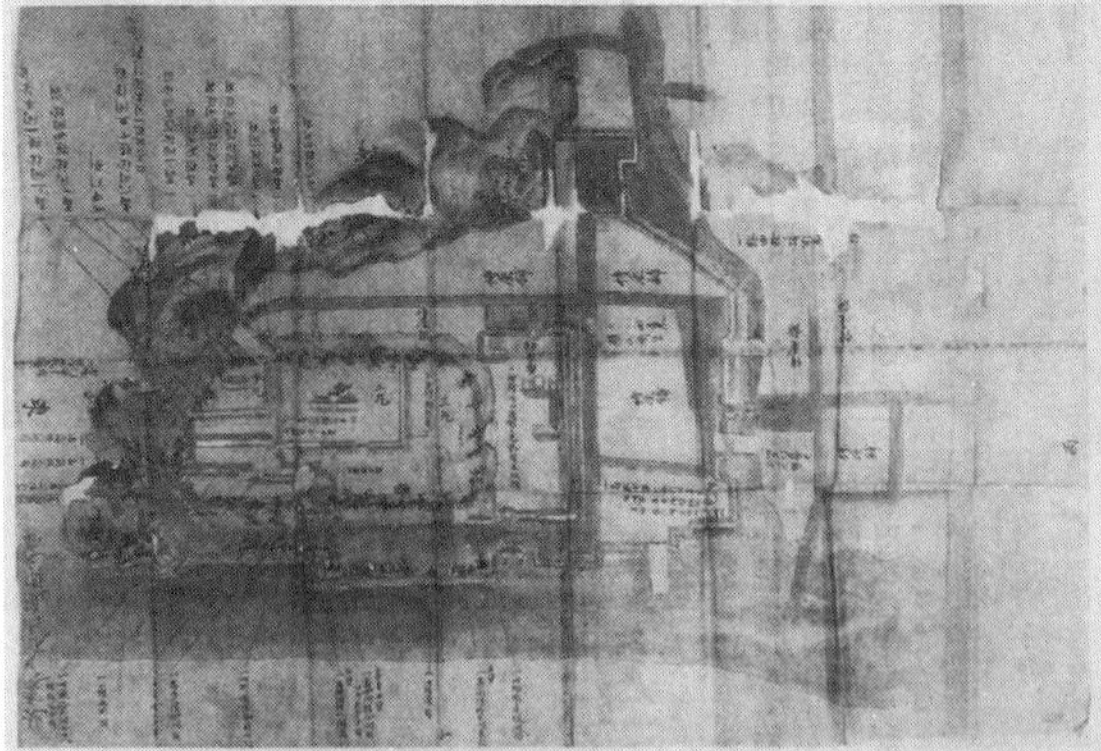
写真1　宝永地震での人吉城の被害を記した「地震二付城内破損之図」（熊本県立図書館所蔵）

熊本地震１年　県立文学・歴史館で企画展

昨年4月、震度7の地震に2度も襲われ、大きな被害を受けた熊本県。それまで多くの人々は「熊本県は地震がないところ」と思っていました。

しかし、あらためて歴史をひも解くと、熊本県をはじめ九州地方は、過去に大きな地震に見舞われていたことがわかります。同館は、九州地方や熊本県内で起きた地震について記録している文献や資料に光を当てて展示しています。

文献が伝える過去の大地震

古くは「日本書紀」の「巻廿九」（29巻）です。679年（天武7年）12月に「筑紫國大地動之地裂…」という記述があります。現在の福岡県久留米市あたりで、大きな地震が起きて地面が裂けたと推定される記述です。実際に、同市の益生田古墳群では、地震によって動いたと思われる跡が2014年6月に発見されています。

写真2　大地震を詳細に記録した「明治廿二年熊本縣大震始末」の表紙（熊本県立図書館所蔵）

江戸時代に起きた宝永地震については、多くの資料が残っています。

1707年（宝永4年）10月4日（旧暦、新暦では10月28日）の午後2時ごろ、大地震がありました。遠州灘から南海トラフを震源とした、推定マグニチュード8・6の大地震でした。熊本県南部の人吉藩では、けが人はなかったものの、人吉城の本丸や二ノ丸の高岸（高く切り立ったところ）や石垣が崩れ、城下の侍屋敷や町屋に被害がありました。民家28軒が倒壊し、往還道3カ所と山岸（山中のがけ）23カ所が崩落しました。被害を記した図面（写真1）が残っています。

当時、被害箇所を修理するためには、幕府の許可が必要でした。城の工事をすると謀反を企てているのではないかと疑われるからです。

人吉藩主の相良家から幕府に対して、被害状況を報告し、修理を申請した書状が保存されています。

近代では1889年（明治22年）7月28日午後11時40分に、熊本地方を震源とする推定マグニチュード6・3の直下型地震が発生しました。熊本城をはじめ熊本市内外で20人が死亡、数百棟が全・半壊しました。

県庁が地震の被害を後世に伝えるために作成した文書（写真2）には、被害や余震の状況、役所の業務、新聞を使った情報公開、地震の科学的分析、義援金の配分などが記録されています。日本の都市直下型地震で科学的な記録としては最も古いものだといいます。

応援の声を復興のエネルギーに

企画展「震災の記憶と復興エール」。漫画家から寄せられた激励メッセージ

作家や漫画家 メッセージが

ほかにも、地震の様子を記した市民の日記などが展示されています。

また、今回の熊本地震で寄せられた作家、漫画家など著名人の応援メッセージの色紙が展示されています。

詩人の谷川俊太郎さんは「風が吹き　風が吹き　風が私に歌わせる　風に逆らい歌わせる」という言葉を寄せ、漫画家の岡野雄一さんはイラスト付きで「生きとけば　どんげんでんなる　だけんいきとこうで♡」と励ましています。

「熊本では過去にも地震があったことと、全国の方から寄せられた応援の声を感じて、復興のエネルギーにしていただきたいと企画しました」と同館職員の丸山伸治さんは話します。「このほかにも、県民の皆さんから寄せられた熊本地震後の思いをおりこんだ俳句や短歌などの文学作品を展示しています。多くの方に見ていただきたいですね」

しんぶん赤旗　2017年５月16日

短歌・川柳・詩・文学者や漫画家のエール…

震災が生んだ言葉 集まった

くまもと文学・歴史館で展示「すべての記憶、大切に」

熊本地震の経験から、生みだされた言葉がある。文学者や漫画家から届けられた被災地へのエールや、被災者らが震災の記憶を元につづった歌、俳句などを集めた企画展「震災の記憶と復興エール」が、くまもと文学・歴史館（熊本市中央区出水2丁目）で開かれている。被災後の状況や心情を言葉にしてとどめ、未来へ伝えようとの試みだ。

企画展の順路は、県立図書館が所蔵する江戸期、明治期の熊本の地震の記録の展示から始まる。明治22（1889）年の大地震で、被災した男性が記した日記。

らんふもたわれくらすみに相成　依テ至急ニ提《ちょう》灯《ちん》ニ付替――ランプが倒れた被災直後の様子が生々しく伝わる。学芸員の片桐まいさんは「その時にとどめた言葉が、未来へ伝わっていくことを実感してもらいたい」と話す。

右漫画家らから寄せられた「くまモン頑張れ絵」左「くまモン頑張れ絵」が並ぶ展示室

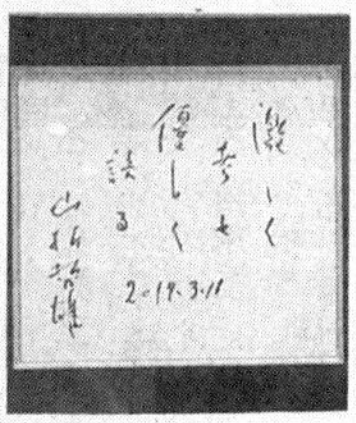

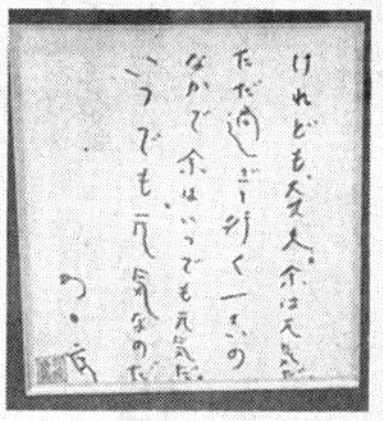

右宗教学者の山折哲雄さんと左作家の町田康さんのメッセージ＝いずれも熊本市中央区

企画展の原点は「熊本地震を機に多くの人が色々なことを感じ、色々なことを考えた。その一つ一つをなかったことにしたくない」との思いだという。歴史に続く「生まれいづる文学」と題したコーナーでは、館とつながりのある46人の文人から寄せられた被災者へのエールが並ぶ。

詩人の谷川俊太郎さんは

風が吹き　風が吹き　風が私に歌わせる　風に逆らい歌わせる

写真家の川内倫子さんは

日常がきらきら光っている

言葉は作家の町田康さん、いとうせいこうさん、劇作家の平田オリザさん、宗教学者の山折哲雄さんら様々な分野で活躍する人から寄せられた。被災を経験した文人も。熊本大名誉教授で俳人の岩岡中正さんは地震後、がれきからはい出したかたつむりの姿に励まされて、詠んだ。

ででむしの　角ふるはせて　生きむとす

企画展はさらに「励ますことの葉」として、ツイッターでの呼びかけをきっかけに、全国の漫画家らが被災者を励まそうと県などに寄せた約120点のイラストと言葉「くまモン頑張れ絵」の展示へと続く。

そしてその後には、被災者らが自身の体験を表現した俳句、短歌、川柳、詩など約4千点。同館が「震災万葉集」と名付け、県民から募った。

避難所に舞ひ込む蝶《ちょう》の落ち着かず

春寒し瓦礫《がれき》にさがす銀の匙《さじ》

豆腐屋の解きし更地に大《ま》豆《め》生ゆる

長期にわたる避難生活や、一変した日常の風景を切り取った言葉が並ぶ。小学生の作品も。

しんさい後　友達と会えて　うれしかった

評価は加えずに、寄せられた全作品を掲示する。片桐さんは「被災の時の状況も誕生日を祝っていたり、トイレにいたりと様々。すべての記憶を大切にしたい」と話す。

企画展は、同館で29日まで（23日と26日は休館）。午前9時半～午後5時15分で入場無料。（平井良和）

朝日新聞　2017年5月22日

「震災万葉集」の取材を通じて

NHK熊本放送局　加藤　知紗

二〇一七年五月十七日、NHK総合「クマロク！」で、「震災万葉集」のリポートを放送した。「くまもと文学・歴史館」での展示、来場者の様子や声、作品を書いた人の思いなどを伝えた。放送するにあたり、四、〇六六点の作品を二日間かけて全て目を通した。その中から、リポートでご紹介したお二人の作品に寄せる思いを紹介する。

一人目は、「耳すまし　また聞こえたよ　熊本弁」の俳句を書いた、小学六年生の女児Aさん。私がAさんに取材をしたいと思ったのは、「また聞こえたよ　熊本弁」という言葉の表現から、いつどのような状況の中で熊本弁が聞こえなくなったのか、聞こえなくなった時、何を感じどのように思ったのか、そして熊本弁がどのようなタイミングで聞こえ、最初に飛び込んできた熊本弁は何だったのか、聞こえてきた時どのような気持ちになったのか…など、十四文字の言葉から、その言葉の奥にあるAさんの感情や思い、心の変化など次々と疑問が膨らみ、言葉に隠されたその背景について深く知りたいという思いが強くなったからだ。さらに地元の方言である「熊本弁」に焦点があたっていることから、関西出身の私にとっては、方言に苦慮していた頃でもあったため、「熊本弁」という言葉で俳句に表現したAさんの意図や思いも、さらに興味深いものとなった。

取材によりわかったことは、Aさんは私と同じ県外出身者であった。熊本地震が発生する一年前、父親の転勤で関東から移り住んだ。今まで標準語で生活をしていたため、言葉が聞き取れない難しさがあった。しかし、標準語と違いやわらかいイメージがあり、友人との距離も近くなった気がしたという。特に、「～だけん」、「～ばい」の方言が好きである。地元の人にしか通じない「熊本弁」という方言がとても素敵なことだと思うようになり、次第に熊本弁に対して特別な思いを持つようになった。

その翌年地震が発生し、生活していたアパートは半壊。余震が続く中、何度も鳴り続ける緊急地震速報のアラーム音の怖さと、逃げることに精一杯でしばらく何も考える余裕がなかったそうだ。辛い環境におかれると、人は平常な心や感覚的情報が正常に働かなくなるともいわれている。熊本弁に対して特別な思いを持っていたからこそ、聞こえないことに寂しい思いがさらに募っていった。他県に避難したことや、友人にも会えないことで、さらに寂しい思いは強くなった。地震から二カ月後、熊本に戻ってきたAさん。辛さや恐怖から、学校でも友人同士の会話が少なくなったそうだ。少しずつ落ち着きを取り戻していったある日の通学中、Aさんはふっとあることに気が付いた。その時の思いが「耳すまし　また聞こえたよ　熊本弁」の俳句であった。どのような言葉がではなく、一度聞こえなくなった熊本弁がまた聞こえてきたことに嬉しさを感じたという。熊本生まれの人は普段から使っている言葉で気が付かないかもしれないが、熊本弁がまた聞こえてきたことで、皆が少しずつ元気になっているのではないか、熊本弁を通して熊本の明るい未来を感じたとAさんは話された。

何気ない十四文字の言葉かもしれないが、その言葉の背景には、その人だからこそ感じ、表現できる言葉や思い、物語が隠されていた。放送後、私はAさんの親から「娘がどんな思いを持っていたのか知ることができた」という言葉も頂いた。地震から一年、Aさんの周りには、今明るい熊本弁が溢れている作品であった。

二人目は、「悲しくて　泣くのではなく　やさしさに　涙はらはら三日目の夜」の短歌を書いた六十代の女性Bさん。取材をしたいと思ったのは、震災で大変な状況の中、三日目の夜に何があったのだろうか、どのようなやさしさに出会い涙を流したのだろうか…と、その言葉の裏に隠されたBさんの思いや背景について、知りたい気持ちが強くなったからだ。

四月十四日の前震、十六日の本震ともに自宅で被災した。二度の震度七を経験し、死の恐怖を感じたため、数日間車中泊を行った。救急車や消防車のサイレン音が街中に鳴り響き、少しも心を落ち着かせることができず、本震の後も相次ぐ余震で不安は膨らんでいった。次第に水や食料も足りなくなっていき、不安は高まっていった。本震から三日後、長崎に住む甥が水や食料品などを届けに来てくれた。甥の優しさが嬉しく、顔を見たとたん、涙が止まらなかった…と取材時も、涙を流しながら語られた。その時の気持ちが「悲しくて　泣くのではなく　やさしさに　涙はらはら　三日目の夜」の短歌であった。人は悲しい時に涙を流すが、人の優しさや思いやりを感じた時にも涙が出ることを実感したと話された。

人が困った時に優しさを提供することや、人との繋がりを大切にすることを強く感じられた作品であった。

「熊本弁」という郷土愛を感じながらも、環境の変化によってストレスは過剰にかかり、不安が募ることで感情の部分も正常に働かなくなる。取材により、自分の生まれ育ったふるさとがどれだけ大事なのか、人が安心感を得るためには、自分に置かれた「環境」が大きく影響し大切になることを学んだ。そして苦痛や困難に立ちはだかった時、優しい言葉や行動を受けることで人の温かさを強く感じ、抱えていた不安が少し軽減し心が落ち着く。また、不安な時に人の優しさや関わりが欠かせないことも学んだ。

私は一九九五年に阪神淡路大震災を、そして二〇〇六年に大切な親友を亡くした経験がある。熊本に来て取材をする中で、地震で家を失った方、大切な家族を亡くされた方々にも出会った。大切な人や思い出を失った現実は、十年経とうが二十年経とうが変わらず、残された人々にとってその心の傷は消えない。これは体験した私自身も感じたことであり、喪失感を経験すると意欲が湧かず、全てがマイナス思考になり、食も喉を通らないようになった。幻覚も見え始め、空を見るだけで自然と涙が溢れ出て、体調面だけでなく精神状態も不安定になりうつ傾向になった経験がある。人は体験しなければ、その感情や苦痛を知ることができないと思う。

現在NHK熊本放送局が取り組んでいる「被災地からの声」の取材を通じて、熊本の皆様が今抱えている心の思いを吐き出したり、語って頂けることで、少しでも安心した暮らしを取り戻せるよう、私はこれからも微力ながら、放送をする立場の人間として努力していきたい。その関わりによって、熊本県民の皆様が元気に明るく自分らしい暮らしが取り戻せるよう、心から願っている。

編集を終えて

編纂にあたり改めて全作品に目を通しました。四月一四日、四月一六日、さまざまな夜がありました。路上泊、車中泊の作品がきわめて多かったけれど、それとは異なる体験もありました。そこに到達する以前の経験です。

西梅孝子さんの作品に

「女性を一人救出中」とレスキューの隊員は告ぐ吾を制して
五時間後救い出されし若き命一つに挙がる拍手喚声

本郷桂子さんが

戸も明かずケイタイ・車も持ち出せず避難所も入れぬ家族の一夜
まやさかの地震に下敷きの夫急送す益城のがれて治療に専念

と詠んだのは、それぞれあの時間帯に緊張した光景があったことの証言です。倒壊した家屋のなかにいた方、逃げる際に車が出せなかった方もいたし、レスキューに救助された方もいました。

木村眞一郎さんの

草原の地震の地割れに牧牛転落す夏山冬里牧畜まもれ

とある場面も復旧の過程で報道もされないさまざまな悲劇があったことを示しています。

熊本地震では平成二九年八月一〇日時点で死者が二四四人、重軽傷者が二、七一二人に上っています。あらためて震災の恐怖を思います。

わたしたちは共有の場と共有の時間を経験しました。この作品集で、文学を通じて熊本地震を記録することができました。経験はさらに共有されるでしょう。世界各地で絶え間なく報道される地震。警戒を緩めてはなりません。

多くの方々が本書を手に取り、じっくりと読んでくださることを期待します。

最後に予算のないなか、多大な支援を下さった花書院のみなさま、とりわけ仲西佳文社長に感謝いたします。

平成三〇年一月

くまもと文学・歴史館長　服部英雄

平成28年 熊本地震
震災万葉集

二〇一八年（平成三十年）
一月三十日　第一刷発行

編　集／くまもと文学・歴史館
発　行／有限会社 花書院
〒八一〇－〇〇一二
福岡市中央区白金二－九－二
電　話（〇九二）五二六－〇二八七
ＦＡＸ（〇九二）五二四－四四一一
印刷・製本／城島印刷株式会社